講談社文庫

遊園地に行こう！

真保裕一

講談社

目次

遊園地に行こう！

プロローグ

パーク行きのモノレールは、朝から子どもたちの熱気でむせ返るようだった。

「ママぁ、見えてきたよ、エルフのお城。ほらほら！」

女の子が窓に張りついて歓声を上げた。人気キャラクターの描かれた車内を、幼子が奇声を発して走り回る。耳をふさぎたくなるような騒ぎなのに、誰もが笑顔を浮かべている。

「見て、マウンテン・コースターだよ。あれにすぐ乗るからね。ゲートが開いたら走るんだよ、パパ！」

彼らはきっと何週間も前から、この日を楽しみにしてきたのだろう。

午前七時三十分。開園までまだ一時間もあるのに、早くもこの人出だった。アトラクションやショーを楽しみ、妖精《ようせい》エルシーや一角獣《いっかくじゅう》のトロットたちと会うために、これほど多くの人が集まってくれる。

銀色のモノレールを降りると、洞窟《どうくつ》を模した駅のホームが待ち受ける。作り物の鍾乳石《しょうにゅうせき》とライトで光る宝石に囲まれた道をぬけると、パークの入場ゲートが見える。

平日にもかかわらず、開園前から列を作る人々を見て、小島《こじま》さやかは胸が熱くなった。にじみそうになる涙を隠そうと、青く澄み渡る空を見上げる。

あの人が作り上げた遊園地を、こんなにも多くの人が楽しんでくれている。

さやかは空に向かって語りかけた。あなたが願っていたとおりになったわよ。本当によかったね、おめでとう。そして、素敵な夢の国を作ってくれて、ありがとう……。

さやかが幼いころのファンタシア・パークは、私鉄沿線の田園地帯に広がるのどかな遊園地だった。小学生のころに何度か来たので、もう五十年も昔の話だ。

ファンタシアとは、〝印象〟や〝想念〟を意味するギリシャ語だという。子どもたちが夢見る、より印象的な遊園地を目指すとして、鉄道会社の創業者が名づけたのだった。空想を意味するイタリア語の〝ファンタジア〟と似た意味とわかるが、パークという英語と強引にくっつけた呼び名は、ミスマッチでありながら、遊園地としては文字どおりにそこそこ印象的なネーミングに思える。

開園当初は、背の低い観覧車や、恐竜の鳴き声めいた音を放つジェットコースターに、小さな動物園をあわせ持つ貧相な遊園地だった。それでも子どもたちは休日になると親にせがんで、夢のような一日を楽しんだ。古き良き時代の遊園地だった。

ところが、海外から一大アミューズメント・パーク――ディズニーランドが上陸して、状況は一変した。

その洗練された娯楽性と徹底された世界観に、日本中の子どもはもちろん、大人までもが魅了された。マスコミは遊園地界の黒船をこぞって賞賛し、相次ぐ報道がさらに人々の関心をかき立て、あおりを食らった昔ながらの遊園地は苦戦を強《し》いられた。ファンタシア・パークも例外ではなかった。来場者数は右肩下がりで、ついに赤字へと転落し、沿線の経済基盤までが崩壊しかねない事態に追いこまれた。

手をこまねいていれば、私鉄グループ全体のお荷物になる。いっそ閉園して宅地を開発するか。いや、リニューアルに打って出よう。親会社では意見がまっぷたつに割れた。

やがて、積み上がる赤字を見かねて、閉園派が支持を伸ばしていった。どうあがいたところで、本場と提携するディズニーランドに太刀打《たちう》ちできっこない。

もはや閉園は決定的。そう新聞にも記事が掲載された。

と――そこに一人の男が現れ、一石を投じた。

マンガ雑誌の名編集者として知られた加《か》瀬《せ》耕史《こうし》郎《ろう》が、リニューアル計画を提案してきたのだ。

さやかは当時も、大手広告代理店に勤めていた。元旦那《だんな》が売りこみに来たぞ。そう同僚に耳打ちされて、あの人も苦しんでいるのだな、と知った。

加瀬はかつて、日本一の売上を誇る少年マンガ誌の編集者として、続々とヒットを送り出していた。次の編集長は決まった。社の内外問わず、誰もが認める実力者だった。

しかし、辣腕家《らつわんか》たるもの、おおよそ毀誉褒貶《きよほうへん》がついて回る。彼も例外ではなく、情熱を超えた強引さで仕事を進めるのが常で、同業者との揉《も》め事が絶えなかった。よその社から力ずくでマンガ家を引きぬき、原作者でもないのにアニメ化にしつこく口をはさんだ。新人マンガ家への指導は厳しく、何度も描き直しをさせ、罵詈雑言《ばりぞうごん》は当たり前、時に打ち合わせがつかみ合いの喧嘩《けんか》に発展した。

ついに、自分が見こんだマンガ家の連載が打ち切られるに及び、怒り心頭、編集長とぶつかったあげくに殴《なぐ》りつけて、出勤停止の処分を食らった。

なぜ自分だけが……。そう憤《いきどお》った加瀬は、十五年も勤めた会社に辞表をたたきつけた。ちょうど同じ時期、彼はさやかとの離婚届にも判を押した。

二人の間に子どもができていれば、あの人も少しは変わったかもしれない。さやかはそう何度か思いもした。残念ながら子はさずからず、彼はより仕事にのめりこみ、家とさやかを顧《かえり》みようとしなくなった。

加瀬は出版社を辞めたあと、キャラクター・ビジネスの会社を立ち上げた。が、自分が育てたと自負するマンガ家のキャラクター版権は、すでに出版社が押さえていた。マンガ家たちも、彼の強引さを煙《けむ》たがっていたため、新たな仕事の依頼に難色を示す者が続出した。

離婚から五年。業界内で加瀬の噂を聞くことはなくなっていた。

そこに突然、元妻の勤める会社に、企画書を持ちこんできたのだった。

さやかはロビーに足を運び、加瀬が役員室から出てくるのを待った。

エレベーターを降りてきた加瀬は、さやかを見るなり、子どものような笑顔を浮かべた。五年前よりだいぶ白髪が目立ち、かなり痩《や》せて見えた。その時、胸に兆《きざ》した予感が、のちに当たろうとは、まったく想像もしていなかった。

「何だよ、まだこの会社に勤めてたのか。ちょうどいいや。おまえからも上層部におれを売りこんでくれよ。絶対に成功する。だって、そうだろ。日本は世界に誇るマンガ大国なんだぞ。ミッキーマウスやスヌーピーに負けないキャラクターが、あふれるほどにいる。売り出し方が下手《へた》なだけなんだ。な、そう思うだろ」

久しぶり、元気にしてたか、の挨拶《あいさつ》もなく、加瀬はまくし立てた。

結婚前、彼が手がけたマンガの商標権ビジネスで初めて会った時も、名刺交換すらしないうちから一方的に持論を展開してきた。その熱意に押しまくられて、加瀬を意識するようになり、いつしか結婚への道を歩かされていた。

昔とまったく変わらない情熱をこめて、加瀬はさやかに力説した。

「ファンタシア・パークの立地条件はディズニーランドに引けを取らない。あとはキャラクターを印象づける戦略なんだ。おれにはマンガ家との太いパイプがある。出版社とテレビ局だって動かしてきた。アニメや雑誌を連動させていけば、ファンタシア・パークは絶対に復活する。おれならできるんだよ。いや——おれにしかできない仕事なんだ」

上司と喧嘩して出版社を飛び出した男に、今なおどこまで力があるのか。さやかは苦笑した。

この人に何を言っても無駄だった。いつも大きな夢を語って人を巻きこみ、迷惑をかけながらも自分の満足感を優先して仕事を押し進めてしまう。情熱さえあれば、人の心を動かせると信じる甘さが、いまだぬけていなかった。

頑張ってね、期待してるわよ。そう言い残して、さやかは仕事に戻った。

「見てろよ。おれは日本のウォルト・ディズニーになってみせる」

夢を食べ続けていないと、生きていられない悲しい男。笑われているのに気づいていない哀れなピエロ。あの時は、そう思っていた。

命がけの情熱は、こうして夢を見事に実現させたのだった。

「──本日はファンタシア・パークにお越しいただき、ありがとうございます。エントリー・ビザをすでにご購入の皆様は入園ゲートへ。当日ビザをお買い求めのお客様は、中央ロッジの一番から十五番までの窓口にお並びください」

場内係のアナウンスが聞こえる。さやかは年間ビザを手にゲートの列に並んだ。待ちきれないのか、子どもたちが背伸びをするようにパークの中を眺めている。

あれからもう二十五年がすぎた。

奇跡の復活をとげた遊園地。今やファンタシア・パークの名は、多くのキャラクターが活躍するアニメ映画とともに、アジア各国へも知れ渡っている。

あの人が命をかけて育てた子どものようなものだった。本当に大きく、立派に成長してくれた。

自分も、ついに子どもを抱く夢は叶《かな》わなかった。けれど、このパークがある限り、いつでも子どもたちの笑顔に包まれていられる。

なんて素敵な夢の国を残してくれたのだろう。

さやかは、この世に存在するあらゆるものの中で、ファンタシア・パークが何よりも大好きだった。たとえ一人で来ようと、温《ぬく》もりをともなった幸福感が優しく身をくるんでくれる。

テレビアニメでも耳慣れたテーマ・ミュージックが、ゲート前の広場に流れ始めた。

開園を待ちかねた人々が、列をつめて少しずつ前に進みだす。これから夢の時間が始まる。

ゲートの向こうで、出迎えのキャラクターたちが現れて、大きく手を振る。カウントダウンが始まった。子どもたちが数字を逆に数えていく。

「——お待たせいたしました。ファンタシア・パークの開園です！」

第一章　神様のいたずら

1

モノレールの車内が、とにかくやかましい。〝天使の翼〟が生《は》えたカチューシャを頭に載せた女の子が辺りを飛びはね、キャラクター・カードのファイルを宝物のように抱えた男の子が早くも歓声を上げている。

昔の自分もああだった。集めたカードは今も押し入れにしまってある。ライドのバズーカで敵ボスを倒さないともらえないゴールデン・カードがほしくて、両親に泣きついて何度も通った日々が懐かしい。

夢と希望に満ちた輝ける国。現実とは大違いだ。

「うわーっ、エルフのお城だよ、ママ、ほら！」

「恐竜の火山の下だからね、地底探検コースターは。最低でも三回は乗るからね、パパ！」

キラキラと目を輝かせる子どもたちを横目に、北浦亮輔《きたうらりょうすけ》は吊革《つりかわ》をつかむ右手に頬《ほお》を押しつけた。

夢の国を前に胸ときめかせる少年少女をおびえさせるわけにはいかない。木の葉隠《こはがく》れの術を使う忍者のように、ひたすら気配を消し、じっと息をつめて耐える。ミミズ腫《ば》れになった頬の傷を二の腕で隠しながら。

「――みんな、お待たせ。ファンタシア・パークに到着したよ。ようこそ夢の国へ！」

パーク一の人気者、妖精エルシーの車内放送が流れて、モノレールが停まる。ドアが開くと、ホーム下から白い煙が噴《ふ》き上がり、子どもたちの興奮は一気に高まる。

「うわぁ、霧が出てきたよ。すごい、すごーい！」

まさしく子どもだましの演出だ。なのに、大人までがはしゃいでいる。

今日一日、安くはない出費になるので、元を取らなきゃ損。世のせちがらさを忘れるために来たのだから。毎日がお祭り騒ぎのパークで思いっきり羽を伸ばしたい。

モノレールの終着駅は、宝石をちりばめた洞窟を模してある。正面に流れ落ちる滝は、太陽光発電を利用したLEDライトで七色に変わる。

駅の下に連なるショッピング・モールで曜日ごとのスタンプ七色をすべて集めると、特製カードが手に入る。平日もモールに客を呼ぶための涙ぐましいアイディアだ。

こういうファンタシアの戦略を、儲《もう》け主義だと批判する人はいる。が、知恵をしぼったアイディアという努力の結集あってこそ、日本生まれの遊園地が、海外資本と提携するテーマ・パークと競い合っていけるのだった。

来場客が降車したのを見届けてから、亮輔たちパル・スタッフは車両を出る。

「おい、今日は夕立があるって予報が出てたぞ」

「午後から風も強くなりそうだから、アウトドアのライド、ちょっと混乱するかもな」

改札へ歩きながら、先輩パルたちの話し声が耳に届く。

天候によって、屋外アトラクションには様々な影響が出る。タイムカードを押す前から早くも仕事モードになっている。ただ感心するほかはない。

駅の先には、通称クリスタル・ストリートが伸びる。要は、アクリルとアルミの板を貼りつけた屋根を持つアーケードだ。

亮輔たちアルバイトは、クリスタル・ストリートには向かわず、ショッピング・ビルの裏手に続く通路へ急ぐ。

ゲートハウスと呼ばれる案内所の奥に、地下二階、地上五階建てなのに、外から見たのでは白い雪をかぶった山並みにしか見えないオフィス棟が建つ。通称、パル・ロッジ。ここで各部署の制服に着替えて、地下の専用ゲートからパーク内へ出勤する。

ファンタシア・パークでは、社員からアルバイトまで、すべての従業員をパルと呼ぶ。ＰＡＬ——つまり、お客様にとってのよき仲間——というわけだ。

多くのテーマ・パークの例にもれず、ファンタシアもスタッフの大半はアルバイトだった。はっきり言って、給料は安い。雀《すずめ》の涙とは言わないが、妖精エルシーも同情して泣きだすほどの額だ。が、ファンタシアに勤めるアルバイトの士気と誇りは高い。

歴史あるファンタシア・パークを日本一の遊園地にしたい。パッセンジャー——お客様——に喜んでもらうことで、自分たちもハッピーになれる。そう胸に刻《きざ》む信者の集まりだからだ。

単なる好奇心から応募してきた者は、給料の安さと厳しい戒律《かいりつ》に腰をぬかして、さっさと辞めていく。それでもアルバイト志望の若者は引きも切らず、半年に一度行われる採用説明会には、万を超える人々がつめかける。

亮輔は、電話で面接の予約を入れて横浜のホテルへ出向き、その大宴会場を埋めつくす人の群に圧倒された。アイドルのコンサートに押し寄せるファンさながらの熱気が渦巻《うずま》いていた。

そもそも企業にとって、アルバイトは使い勝手のいい駒《こま》にすぎなかった。なのに、これほどにもお人好しが集結する。いい歳して夢にすがりたがる者の多さに唖然《あぜん》とし、今の時代に展望を持てない心優しき羊《ひつじ》の群がここにある、と実感できた。

何より自分こそが、一匹の傷ついた羊だった。

――ぼくは子どものころから、ファンタシアが大好きでした。実家が近かったので、年間ビザも持ってました。自分の手で、子どもたちを喜ばせたいんです。嘘ではなかった。でも、開き直る気持ちのほうが強かった。

――たぶん、ぼくの顔の傷を見て、驚いたり怖がったりする子はいるでしょう。でも、着ぐるみの中なら、ぼくでも彼らのアイドルになれると信じています。

傷を目立たなくする手術は受けた。時間の経過とともに、ミミズ腫れも薄くはなった。気にするなと人は言う。無理な話だ。

縦五センチ、横二センチ七ミリ。計十六針。

鏡を見るたび、傷に目が行く。へこむなんてもんじゃない。

内ももの皮膚を移植する手術を終えたあと、父と母は引きつりぎみの笑顔で言った。

「名誉の負傷だもの。勲章《くんしょう》だと思えばいいのよ」

「ジロジロ見るヤツなんか気にするな。胸を張って、傷ができたわけを話せばいい」

言うは易《やす》く、行うは難《かた》し。

心優しき友人は傷の話題に触れず、今までと同じようにつき合ってくれた。が、事情を知らない者の眼差《まなざ》しは、痛い。刺さる。

フランケン。

子どもってやつは、無邪気なぶん、始末が悪い。ガキ並みの無神経さしか持ち合わせないろくでなしも世には結構はびこっていた。よその学部の者が笑っていたぞ。大学のキャンパスで噂を聞き、腹を立てた自分がばかだった。

情けない結末が待っていた。面白半分に陰口をたたいていたやつを見つけだし、みっともない罵《のの》り合いを演じたうえ、二人そろって弾《はず》みで転倒したあげく、相手が頭を打って気絶した。救急車で運ばれる事態となった。

悪魔にでも呪《のろ》われていたのだろう。頭部裂傷、全治一ヵ月。相手の親が激怒した。大学が間に入ってくれたおかげで、どうにか被害届は出されずにすみ、傷害罪には問われなかった。経歴の傷はまぬがれた。が、引っこみがつかなくなって、親が止めるのも聞かずに退学を決めた。友人たちからこれ以上の同情を集めるのは嫌だった。気落ちする親の顔を見ているのがつらく、アルバイトを探した。

立て続けに不採用を宣告された。

人は外見ではない。そんな言いぐさは建て前だと承知していた。が、現実の壁は、お釈迦《しやか》様の掌《てのひら》みたいに分厚く、体当たりをしようとビクとも動かなかった。

家で黙りこくる弟を見て、ついに姉が爆発した。

「もう、鬱陶《うっとう》しいったら、ありゃしない。現実は受け止めるしかないの。嫌なら着ぐるみでもかぶってなさいよ。傷が見えなきゃいいんでしょうが！」

姉弟喧嘩の果てに出た売言葉だったろう。が、亮輔には天啓《てんけい》にも聞こえた。

その手があったか！

夢の世界でなら、こんな自分でも人を喜ばせられる。その日のうちに、ネット検索でファンタシア・パークの面接日が近いことを知った。善は急げだ。

姉は「勝手にしたら」と弟を突き放した。母は悲しげな目をした。父は「それもひとつの経験だ」と言った。

「卑屈になって着ぐるみに入ろうってわけじゃないんだ。ほら、家族四人で何度もファンタシアへ行ったろ。みんな笑顔で楽しくすごせたじゃないか。姉さんだって、たくさんカードを集めてたものな」

「世間を知らないガキだったからよ。夢の世界なんて手垢《てあか》まみれのキャッチフレーズを、大人が信じてどうする気よ。人を喜ばせるのが、どれほど大変だと思ってるの、あんたは。しかも、アルバイトなんてのは、企業にだけメリットのある、ただの使い捨てよ！」

就職氷河期に直面していた姉は、リアリストに徹して厳しい言葉を投げつけた。亮輔は心して面接会場へおもむいた。

見事、採用の電話連絡が来た。正直、ほっとした。

さすがは夢の世界だ。人を外見で判断はしなかった。傷ついた羊を見て冷たくできなかったのかもしれないが、父が言っていたように、有意義な経験になると思えた。

見ると聞くとでは大違いだった。

現実は甘くなかった。そら見たことか。姉に言われるのが癪《しゃく》なので、尻尾を巻いて逃げるわけにはいかなくなった。どんな仕事も、最初は耐えることが要求される。そう言い聞かせてパークに通う日々が続く。

パル・ロッジの二階へ上がると、カウンターでIDカードを見せて、いつもの制服を受け取った。宇宙飛行士を思わせるグレーのコスチュームだ。赤と青のラインがまがまがしい。

だだっ広い部屋に所せましとロッカーが並ぶ中、多くのパルたちと着替えていく。砂漠の探検隊もいれば、未来の警察官にタキシード姿の紳士もいる。

パーク研修の初日に、この制服を渡された時のことが頭をよぎる。

二日の事前研修を、ファンタシア・ホテルの裏にある電鉄支部でみっちり受けたのち、パークでの実地研修に移った。早朝に呼び出しを受けてパル・ロッジの地下通路へ出向くと、指導役のパル・スタッフが待っていて、この制服を手渡された。

「え？　着ぐるみじゃないんですか……？」

「そうよ、見ればわかるでしょ」

亮輔を指導するパルの女性は、どこから見ても六十歳近くの超がいくつもつきそうな大ベテランだった。あまりに黒いので染めたとわかる髪を後ろで束《たば》ね、黒いローブのような制服を身にまとっていた。これで長い箒《ほうき》を手にしていれば、どこから見ても、立派な魔女だ。草刈《くさか》り鎌《がま》を持てば、死神だ。

「あらあら、不満そうな顔ね。このコスチュームがお気に召さなかったのかしら」

魔女にしか見えないパルは腰に手を当て、しげしげと亮輔の頬の傷を眺めた。顔は笑っていたが、不躾《ぶしつけ》な目つきを隠さなかった。

「てっきり着ぐるみ役として採用されたんだと思ってました。この傷ですから」

対決姿勢をちらつかせて言うと、魔女がはぐらかすような笑みになった。亮輔の前を行ったり来たりしながら言った。

「おやまあ、着ぐるみの中ならマシュマロ・スマイルなんか無視していいと思ってたわけね。だから、事前研修の成績がいまいちだったのか、なるほどね」

パッセンジャーの前では、マシュマロのような優しく柔らかな笑顔を忘れてはならない。研修の初日に、見事な作り笑いの教官に言われ、鏡の前でモナ・リザばりの微笑《ほほえ》みを練習させられていた。

「あ――そうか。君は、ずっと心の底から笑えてなかったわけね。ま、想像はつくわよ。でもね、ファンタシアに来てくれて本当にありがとう、そう心から思ってないと、偽物《にせもの》の笑顔しか作れないでしょうね。あなたは背も高いし、頬に傷もあるんだから、人より素敵な笑顔を作れてこそ、ようやく信頼されると思いなさいね」

よくもずけずけと言ってくれるものだ。

荒療治のつもりらしいが、姉にずっとなじられてきた身なので、少しは免疫もできていた。

「下手《へた》な笑い方しかできなくて、すみません」

「そうよ。薄ら笑いは自信のない証拠。最初に言っとくけど、中には明確な意図を持って苦情を言いにくる人だっているの。クレーマーまがいに、ね、わたしたちは、そういったパッセンジャーにも笑顔で対応していく。パークを支える縁の下の力持ちよ」

明るく言われたが、やっと役回りが読めてきた。

冗談じゃない。気持ちが地底探検コースターに負けじと深く沈んでいった。

「要するに……苦情受付係として採用されたんですね」

頬に傷があるから、相手も少しはびびってくれる。だから、迫力ある笑顔を作れ、というわけなのだ。どこが夢の国だ。もう笑うしかない。

卑屈さに唇《くちびる》をゆがめると、目の前に立つ魔女がさも面白そうに笑いだした。

「何言ってるのよ。今の君じゃ、無理に決まってるでしょ。そんな無愛想な顔でパッセンジャーの前に出ていけると思ってるなんて、うちの仕事をなめてるみたいね」

頭ごなしの決めつけに、ムカついた。姉の言いぐさによく似ていた。

「だったら、何をすればいいんですかね」

「君の適性を見ていくためにも、実地研修があるの。最初はバックヤードの仕事から始めてもらうけど、もちろんインフォメのカウンターにも立ってもらうつもりよ」

「カウンターに……？」

「ほら、最近の若い子って優しすぎるものね。その点、君なら大丈夫でしょ」

軽々しく言われた。傷があるから少しはたくましいはず。勝手な思いこみを押しつけてくる。

「あの、着ぐるみは……ダメなんですか」

未練がましく訊《き》いた。何のためにここへ来たのかわからない。

今度は魔女が見下すような微笑みを見せた。

「君の身長は何センチ？」

「……百七十八センチですが」

「真っ正直に答えてどうすんのよ。——君、ひょっとすると、彼女とうちのパークに来たことないでしょ。うん、間違いないわね」

たとえ図星であっても、話の成り行きが読めず、不平を表すより先に首をひねっていた。

「まだわからないの？　あのねえ……君より背の高いキャラが、うちのパークに何体いると思ってるのかしらね」

あ――。

小さく声が出ていた。見下されて当然だった。高校生の時に仲間と来て以来だから、実はずいぶんとご無沙汰《ぶさた》していた。パークに通ったのは昔のことで、急ごしらえの動機で来た、とバレバレだった。

魔女がまた亮輔の前で、右へ左へ歩きながら言った。

「いいかしら。着ぐるみは、どうしたって中に入る人より大きく造ってあるでしょ。うちはパッセンジャーが一緒に写真を撮る時のことを考えて、なるべくキャラの身長を低く抑えてるの。だってそうよね。キャラに会いたくて来てくれるのは、子どもと若い女の子だもの。キャラと背丈《せたけ》に差がありすぎたら、カメラのフレームに収まりづらいでしょ。いちいちキャラのほうでかがんでたら、時間もかかるし疲れて汗だくにもなる。だからキャラクター部のパルには身長制限があるわけ。自分の背の高さを忘れてるなんて、あきれたものね」

ぐうの音《ね》も出なかった。

もう自分は背の低い子どもではない。人はいやでも成長する。おつむのほうも、もっと成長しなさい。そう言われたようなものだった。

「君がどれほどの情熱を抱いていようと、身長を十五センチも低くはできないでしょ？　たぶん面接官は、君があまりに熱心だったから、身長制限のことを話せなかったんでしょうね」

何たる独り相撲《ずもう》なのか……。

最初から着ぐるみに入れっこなかったのに、のこのこ面接を受けたうえ、晴れて採用されたと悦に入っていた。とんだぬか喜び。頓珍漢《とんちんかん》もはなはだしい。

「でもね、これだけは言えるわよ。裏方仕事があってこそ、キャラやダンサーだって輝ける。インフォメ部門の士気はとっても高いんだからね。だって、実はパッセンジャーの反応をダイレクトに感じ取れる部門でしょ。さあ、先輩パルに紹介するわ。あれ——どうしたの？」

一人で演説をぶって先に歩きだした魔女が、拍子《ひょうし》ぬけしたような顔で振り返った。

「ほらほら、行くわよ、ついて来なさい。新品のコスチュームを渡されたっていうのに、まさかこのまま帰るつもりじゃないわよね」

魔女がにっこり微笑み、手招きをしてきた。この地下通路をぬけた先に、君が期待していた夢の世界があるのよ、と。ここでなら君だって輝けるのよ、と。

あとになって亮輔は知った。

その人こそが、噂に名高き〝ファンタシアの魔女〟だったのだ。

2

東京ドーム八個分の広さを持つパークの中に、インフォメーション・センターは三つ設けられている。

亮輔はパル・ロッジを出ると、地下の専用ゲートをぬけた。ショップやレストランが連なるメイン・プラザの奥にある扉を押し、地上へ出る。

開園まで一時間を切り、パーク内では多くのスタッフが追いこみ中だ。電動カートが各店舗に商品や食材を運び、ライドの早朝点検を終えたスタッフが撤収を始めている。早出をしたダンサーがパレードコースで自主練習に励み、各所でマイクチェックの音声が響く。

夢の時間を楽しみに来るパッセンジャーには見せられない光景が、ここにある。黒《く》子《こ》に徹する者の働きがあるから、ファンタシア・パークが成り立っている。

まだ新人の亮輔は、ほかのパルより早くインフォメーション・センターに入る。照明をつけていき、ハンディ・モップで掃除を始める。

開園前のこの掃除は、驚いたことに、勤務時間には入っていない。再建当時に一人のアルバイトが自主的に始め、その後も伝統として受け継がれてきたものなのだ。愛する職場を、パル自らが快適な状態に保つのは当然のこと。二十五年前に一度はつぶれかかった遊園地なので、いつしか自然発生的に広まった習慣だと、事前研修の教官が自慢げに語ってくれた。

愛、夢、情熱……。

普段は赤面しそうになる言葉も、パルは真剣な顔で、当然のごとく口にする。気恥ずかしく感じているのでは、まだ半人前なのだ。

「おはよう、北浦君。今日も張り切っていこうな」

ゴールド・パルの大志田太一《おおしだたいち》が例によって新人に負けじと早くも現れ、モップをつかんだ。元銀行員でありながら、夢あふれる世界で働くようになって六年という熱血漢の先輩だ。

アルバイト・スタッフは、四つのランクに分けられている。新人は通常、三ヵ月後にまた研修を受け、ブロンズ・バッジが支給されて一人前の扱いを受ける。その後は、勤務実績に応じて、シルバー、ゴールドとキャリア・アップしていく。

さらに内部試験を受けて、正社員になる道も拓《ひら》かれていた。合格者はシニア・パルと呼ばれて、各エリアのリーダーとなる。

二十九歳になる大志田は、前回の昇格試験に落ちて以来、元気がない。三十歳という節目を前に、アルバイトの身から卒業したいのだろうが、合格者は数名のみの狭き門だ。それでもパークで働きたいという夢を捨てきれず、長年アルバイトの身に甘んじている者は多い。

パル仲間がそろって朝の掃除を終えると、開園前のミーティングが始まる。

「皆さん、今日は午後から雨の確率が高くなってます。夕立になると、雨宿りの人もセンターに来ますし、迷子や紛失物も多くなります。状況によってはシニアの応援も入りますので、我々の仕事ぶりをじっくり見てもらうチャンスだと思って励みましょう」

ベテランの大志田としては、自分の采配《さいはい》ぶりをシニアに印象づけて、次の試験に生かしたいとの思いがある。が、仲間の尻をたたく真似はできない。

ファンタシア・パークは夢の国であり、仲間にアドバイスを与えることはあっても、過剰な労働を押しつけるわけにはいかない。もしパル同士でケンカにでもなれば、大失態としてエリア反省会の材料にされる。当然マイナス査定だ。

パッセンジャーの笑顔のため、いかに心を砕けるか。それがパルの評価に直結する。

新人は誰もが、研修でファンタシアの歴史を学ぶ。かつては赤字が続き、パークの経営陣は総辞職に追いこまれて閉園も検討された。そこに、伝説となった一人の男が登場し、今のファンタシアの基礎を築き上げた。

亮輔はパークの近くに住んでいたので、加瀬耕史郎《かせこうしろう》の名を地元のヒーローとして聞かされてきた。

元マンガ雑誌の名物編集者で、ファンタシアのリニューアルを請け負った。前職の強みを生かし、テレビや雑誌、ゲーム業界にも誘いをかけて、パークの中心となるキャラクターの〝妖精エルシー〟を大々的にアピールする戦略を採った。

子どもたちの夢を守ろう。加瀬は名のあるマンガ家に新たな連載を依頼し、同時にスポンサーを口説《くど》き落としてテレビアニメを仕掛けた。新たなキャラクターを考案してもらい、その著作権をパークで買い取った。

ところが――リニューアルオープンの間近に、加瀬は病《やまい》に倒れて帰らぬ人となった。その枕元には、加瀬が編集者時代に、創刊記念のプレゼントで読者とファンタシア・パークに行った時の集合写真が置かれていたという。

奇跡の復活を遂げた遊園地として、ファンタシア・パークの名は日本中に知れ渡った。今なお妖精エルシーをはじめとするキャラが活躍するアニメ映画が作られ、加瀬は〝日本のウォルト・ディズニー〟と呼ばれるようになっていた。

「さあ、今日もたくさんパッセンジャーを喜ばせましょう。我々は笑顔を作り上げるトップ・アーチストなんです」

いつもの合い言葉でミーティングが終わる。発声と笑顔の練習をしてから持ち場に分かれる。

開園五分前には、場内放送でエルシーのテーマ・ミュージックがスタートする。正面ゲートでは、多くの子どもが今か今かと胸を高鳴らせてオープンの時を待つ。

午前九時。チャイムが鳴って、妖精の城で機械仕掛けの人形が踊り始める。夢の国――ファンタシア・パークの開園だった。

一分もしないうちに、目当てのアトラクションへ走る若者たちの足音が、メイン・プラザへ押し寄せてくる。亮輔は、〝洞窟〟と呼ばれる奥の倉庫へ入り、昨日の落とし物の振り分け整理に取りかかる。

デジカメで写真を撮って番号シールを貼り、見つかった場所と時刻を専用タブレットに打ちこんでリストを作る。財布に眼鏡にハンカチ、哺乳瓶に入れ歯にカメラ……。

三万人を超える入場者がある日など、洞窟は遺失物であふれ返る。〝マラッカの海賊〟であれば多大な戦利品に大はしゃぎするところだが、落とし物の管理は手がかかる。

パッセンジャーから問い合わせがあれば、写真を見せて確認してもらい、引き渡しの手続きを取る。新たな落とし物も、各エリアからタブレットに報告が寄せられるので、ナンバーを振って品名ごとに仕分けていく。面倒きわまりない。十一時をすぎると人出が多くなり、例によって洞窟に内線電話がかかってくる。救われた思いで受話器を取った。

「北浦君、忙しい時にゴメン。九番のお客様だ。一号応接で、対応、頼む」

「了解です」

鏡の前に立ち、服装と髪型が乱れていないのを確かめる。いやでも頰の傷に目がいく。見ない振りをして自分にうなずく。よし、笑顔は作れている。

タブレットを手に洞窟を出た。細い通路を小走りに応接ルームへ向かう。

一番のドアをノックしかけた時、通路の奥から、ふわりと黒い影が現れた。急いでいるように見えなくても、彼女の動きは早い。今日も笑顔には一点の曇りもない。

「お早う、北浦君。今日も快調かしらね」

ファンタシアの魔女──及川《おいかわ》真千子《まちこ》。五十歳をすぎてからアルバイトを始めて、二年もかからずシニア・パルに昇りつめたレジェンド。今ではパーク本部長補佐という要職に就く。インフォメは本部の直轄《ちょっかつ》なので、彼女が事実上のトップなのだ。魔女までが呼ばれたとなれば、かなり手強い客だった。

「君のお出ましなら、わたしの出番はないかもね。任せるわよ。ほら、頑張って」

「はい……」

ドンと背中を押された。

厄介《やっかい》な客を待たせては、あとが怖い。亮輔は気を引きしめ、応接室のドアをノックした。

「大変お待たせいたしました」

ドアを開けて、素早く頭を下げた。けれど、謝罪の意味に受け取られないよう、すぐに頭を上げる。あくまで挨拶としてのお辞儀にすぎない。笑顔のまま、さりげなく客を観察する。

パッセンジャーを通す応接室に、贅沢《ぜいたく》な調度品は置いてない。気持ちをなだめる狙いもあって、壁紙にはパークのキャラクターが大きく描かれている。

ビニール張りの赤いソファに、今時恥ずかしげもなく髪の生え際に剃《そ》りこみを入れた三十歳ぐらいの男と、茶髪がまだらになった二十歳すぎの女が、そろってあごをつき出すようなポーズで座っていた。

直接の被害者は、初めて見る女性パルだった。胸のバッジに目を走らせる。センター隣のショップ係だとわかる。一方的に押しまくられていたらしく、ソファの前で身を縮めていたが、やっとバトンを託せる者が来てくれたと、亮輔に目で「お願いします」と合図を送ってきた。

ここでパル同士があからさまな目配せを交わそうものなら、お客がさらに気分を害する。亮輔は彼女にうなずくことはせず、姿勢を正した。

「お客様対応係の北浦です」

亮輔は、あごをつき出す男女を交互に見ながら、にこやかに名乗りを上げた。

男の顔に、すぐさま警戒心が走りぬける。女のほうは、目を大きくして亮輔の頬を見る。傷のある男が現れるとは思ってもいなかったらしい。お生憎様《あいにくさま》だ。

この二ヵ月で、九番対応は四十回を超える。亮輔は二人の視線を受け止めつつ、向かいのソファに腰を下ろした。及川真千子は亮輔の横に立ち、素早くメモの態勢を取った。

男が口を開きかけたので、亮輔は先に言った。

「どうも行き違いがあったようなので、くり返しになるかもしれませんが、あらためて話をうかがわせていただけますでしょうか」

「おまえが、責任者かよ」

いきなり威圧的な物言いで攻めてきた。

「はい。お客様係を担当させていただいております」

「おまえみたいな若造が、責任者なわけねえだろが」

脅《おど》せばどうにでもなると思っているらしく、ドンと革靴の底でフロアを蹴ってきた。横でショップの女の子が首をすくめる。及川真千子は笑顔のままだ。

「そう思われるのは当然かもしれません。実はわたしも、このパークに勤めるようになって驚かされました。我々パルは、与えられた仕事に責任を持つよう、厳しく指導されております。お客様係であるわたしが責任者でもある、というわけなのです」

「ふざけんなよ。そこの人のほうが、頼りになりそうに見えるじゃねえか」

男が魔女にあごを振ったが、彼女は何も答えない。

「実はこの人、わたしの対応にミスがないか、チェックする係なんです」

亮輔が言うと、魔女がにこやかにうなずき返す。二人が拍子ぬけしたような顔になったが、男は威嚇《いかく》の眼差しを消さずに言った。

「――こっちは名誉毀損で訴えたっていいんだからな」

「そうよ、冗談じゃないわよ。万引きだなんて、言いがかりにもほどがあるわよ」

女が、手入れをしすぎて細い線となった眉《まゆ》をつり上げ、ショップ係を睨《にら》みつけた。

「大変失礼ですが、わたしどものパークでは、たとえ万引きと思われる現場を目撃しても、最初は直接的な指摘をさけるべきとの教育を受けております。ですので、ここにいるショップ担当者も、お会計のすんでいない商品はございませんか、というお声かけをさせていただいたと思います」

「だからぁ、要するに、万引きしたんだろって、言いがかりをつけてるわけだろがッ」

男はかなり自信を持って言い切った。こういう強気の出方をしてくる者は少なくない。嘘は押し通すに限る。そう信じて今日まで生きてきたのだろう。

「やはり誤解があったようです。わたしどもは、お会計がすんでいない、というひとつの事実を指摘させていただいたのです。たとえば——何かのはずみで一部の商品が、おふたかたどちらかのバッグに入ってしまった——ほかの商品を手にしようとした拍子に、うっかり隣のものを落とされてしまうことは、よくございますので」

亮輔は言葉づかいに注意を払い、マニュアルどおりに話を進めた。

盗んだ事実を素直に認めるのであれば、手違いから商品がバッグの中に落ちたことにしてもいい。そう悟らせるように助言を与えて、まずは様子を見る。ただし、決して下手《したて》には出ない。誠実な表情を保ちつつ、物のはずみだったのだという方向へ導いてやる。

言葉の意味を考えているのか、二人の目つきに勢いがなくなってくる。

亮輔の持つタブレットが黄色い点滅を表示させた。応接室へ通すのには、時間稼ぎの意味もあった。その間に警備の担当者が防犯カメラの映像をチェックするのだ。

さりげなく画面をタップする。ショップの映像が送られてきた。その内容によって、赤、黄、緑の点滅に分けられる。黄色は、疑わしい動きを見せながらも決定的瞬間は映っていない、という合図だった。

画像を見ると、男が女の横にべったりと張りつき、カメラに死角を作っていた。亮輔は感心した。ショップの防犯カメラは、店内を眺めても、まったく目立たないようカモフラージュがされている。その位置を見ぬいての行動であれば、かなりの常習者と見られる。防犯カメラ業界に知り合いでもいるのか。

確かにこの現場を目撃すれば、売り場の者が目を光らせに向かう。あまりにも不審な行動に映る。指示を受けて監視に向かったパルが、何か決定的な現場を目にしたのだろう。だから、二人がショップを出たところで声かけをした。

しかし、男はまだ自信ありげな表情を崩していなかった。単なる開き直りであればいいが、尻尾を隠す小技を使った可能性もなくはない。事を大きくするぞとゴネれば、見逃してくれると高《たか》をくっているわけか。

応接セットの横に立つ魔女も、自分のタブレットで映像を見たはずだが、彼女は亮輔に目を向けもせず、ただ微笑んでいる。お手並み拝見、の構えのままだ。

さて、どうしたものか。

少し考えてから、亮輔は言った。

「本当に何かのはずみというケースは、我々が予想する以上に多く発生するものなのです。ここでバッグを開けて中を見せろ、とまでは申しません。どうか、まずはご自身でお確かめになっていただけませんか」

ラストチャンスだぞ。その意をこめて二人に微笑んだ。

「――わかったわよ。見ればいいんでしょ。うるさいわねえ」

女が落ちた。誘いかけに乗ったほうがいい、と計算したのだ。

男はまだ亮輔を睨んでいた。女がふて腐れたような態度で、足元に置いた革製のトートバッグをひざの上に引き寄せた。その中を探りだし、急に素《す》っ頓狂《とんきょう》な声を上げた。

「あれ、何なのよ、これ？」

怒ったような声で言い、バッグから右手を引き出す。人気商品のひとつ、エルシー・ストラップがつかみ出された。

「こんなもの、いつ入ったのかしら。ホント、困る。万引き犯にされるとこだったもの」

亮輔は横目で素早くショップ係のパルを見た。彼女は一度小さく首を振った。まだある、とのシグナルだった。

「ほかには入っていませんでしょうか」

亮輔がさらに問いかけると、目の前で男が立ち上がった。

「てめえ。言いがかりにもほどがあるぞ！」

わかりやすい男だ。亮輔は確信した。

こいつらは、パークの反応を事前に入手していたのだ。彼らの知り合いが万引きをして声をかけられ、見逃してもらったに違いない。万引きした商品のうちのひとつを差し出せば、それで必ず許してもらえる。おめでたい夢の世界を気取る遊園地だから、わざわざ事を荒立てて、バッグの中身を調べまではしない。

本当に甘い連中だ。亮輔は笑みを消した。

「どうかお静かに願います。バッグにまだ入ってはいませんか。もし中を見ていただけない場合は、警察に来てもらうしかありません。わたしどもでは一度の小さなあやまちは見逃すべきと考えますが、悪質なケースは通報することにしております。おふたかたとも未成年ではなさそうですし、もし初犯でなければ、確実に窃盗罪《せっとう》で起訴されて前科がつくでしょう」

亮輔は男を見つめて冷静に告げた。手を出してくるほど愚《おろ》かではないだろうが、それでも心臓がバクバクしてくる。

「てめえ……まだおれたちを――」

「たかだか七百円の商品を盗んで、パークからパトカーというライドに乗って警察署ツアーをなさるおつもりでしょうか。どうか正直に打ち明けてください」

男を見限って、横を向き続ける女に訴えかけた。

女が子どもじみた演技で頬をふくらませると、大きく息をつきながらソファの背にもたれかかった。細い足を投げ出すようにして言う。

「あーあ。ヘタ打ったなあ。最悪……」

本当に最悪な客だった。

あきれたことに女のバッグからは、ストラップが計四本、ハンカチ三枚、イヤリング一セット、三色ボールペンが三本、腕時計が二本、しめて二万四千九百円分の商品が飛び出してきた。ネコ型ロボットの四次元ポケットも驚く量で、ほんの出来心とは言えそうになかった。

直《ただ》ちに強制ツアーが決定した。地元署とのホットラインを経て、通報が入れられた。

ファンタシアでは、万引き対策もかねて、商品ケースや透明の袋を大きめに作ってある。包みが大きくなれば、バッグや服の中に隠し入れるのが難しい。ビニールの袋も、わざと音が出る素材を使用している。

それでも、夢の世界へ果敢に挑みたがるチャレンジャーが時に出てくる。

亮輔は、インフォメでの研修を魔女から受けた際、万引き事犯が多い事実に驚いた。夢の世界が売り物だから、たとえ万引き犯を見つけても大目に見てくれる、との噂がネット上に流れているせいだった。

大声で文句をわめき立てれば、夢の世界を壊されたくないので、別室へ案内されたあと、すぐに解放される。そういう根も葉もない情報までが語られており、実にありがた迷惑だった。

「北浦君、やるじゃない。やっぱりわたしの目に狂いはなかったわね。パーク本部長は最初、君を抜擢するのに反対したのよ。知ってた、みんな？」

地下通路を通って来た警官に二人の窃盗犯を引き渡したあと、魔女が亮輔のひじをつつきながらパル仲間を見回して言った。

「ホントに落ち着いてました。まだふた月目の新人だなんて、嘘ですよね」

ショップ係の女の子が感謝の言葉とともに言った。

警察を連れてきた渉外係のシニアが笑う。

「もしかして北浦君、よそのパークから来たのかな？」

本当にパルは仲間を誉《ほ》めるのがうまい。こうやっておだてられるうち、苦情受付係なんて難役にも密かな自負を覚えるようになっていく。

「さあ、仕事に戻りましょう。今日はまだまだ騒動が待ってるわよ、入場制限も出そうだって聞いたからね。気をぬかないで、お持てなしをしていきましょう」

魔女が言って、パンと手の平をたたいた。

お世話様でした。またお願いします。声をかけ合ってパル仲間が持ち場に駆けていく。

「あら、どうしたの。遺失物だって多くなる日よ」

立ち去ろうとしない亮輔を、魔女が見つめてくる。

本部長が反対したのは本当なのか。そう訊きたくなった亮輔の思いに気づいたような素早さで、魔女が微笑みを見せて言った。

「でも、七十五点ね」

「……はい？」

「北浦君、入室してあの二人を見た時、目がちょっと鋭くなってた。やる気を見せるのはいいわよ。でも、きつい目を向けられたら、誰だって心にバリアを張りたくなるでしょ。相手を値踏みしすぎてはダメ。マシュマロ・スマイルを忘れずに、包みこむような眼差しでパッセンジャーを安心させる。次からは気をつけてよね。さあさあ、仕事」

亮輔は一人で納得した。頰に傷のある男を苦情係にすれば、その見てくれから高圧的な対応を取る気かと勘ぐられかねない。本部長の危惧《きぐ》にも一理はある。だからこそ、もっとマシュマロ・スマイルを磨きなさい。そう直言はせずに、微笑みを添えてアドバイスしてくる。新人にこういう接し方ができるから、魔女と言われているのだと思わされる。

「あ——そうだ、北浦君」

洞窟へ向かいかけた亮輔の背に、魔女のひと声が追いかけてきた。振り返ると、謎めいた微笑みが待っていた。

「来月からは、カウンターにも立ってもらうから、そのつもりでいてね」

3

本当に本気か。頬に傷のある男がインフォメのカウンターに立つ。

あらゆる問い合わせが寄せられる場所で、ガイド・ツアーの受付もあるし、親とはぐれた迷子も集まる。一日中、ひっきりなしにパッセンジャーが訪れるのだ。

「うちはね、現場で仕事を覚えてもらうの。雇ったアルバイトをいつまでも遊ばせておく余裕はまったくないの」

実地研修の初日から、亮輔は洞窟行きを命じられた。さらに、仕事をこなしながら、パーク内のあらゆるトイレと非常口と避難経路を一日で覚えろ、との厳命を受けた。

翌日、ペーパーテストがあって、不正解だったエリアには走って確認に行けと言われて、早朝のパークを駆けずり回った。すると、亮輔と同じように、テストで満点を取れなかった仲間の何人もとすれ違ったのだった。

「原則として、トイレ以外の休憩時間はなし。五分を超えて持ち場を離れることは許されない。食事の時間は三十分以内。ローテーションはリーダーの指示にしたがうこと」

次々と規則が言い渡され、軽いパニックにおちいりかけた。

朝の掃除はボランティアだし、休憩はろくになく、それでも笑顔を強制される。ブラック企業。最近よく耳にするフレーズが頭の隅をよぎった。

「どこかのパークは、アルバイトで浮かした儲けのほとんどを、本国の親会社がかっさらっていくんだからね。うちはぎりぎりの自転車操業。君もパークのホームページを見なさい。二百二十七億円という膨大な借入金が、一円たりともごまかさずに書いてあるからね。海外資本の競争相手と闘っていくには、パークへ愛情をそそぐしかないのよ」

「夢の世界を維持していくには、どれほどの汗と情熱が必要なのか、現場をよく見て学んでいってよね」

「これだけは胸を張って言えるわよ。うちで一人前になれたら、どんな企業でも立派に通用する。わたしたちは人を育てることで、夢を支えているの」

魔女はさらりと言ってのけた。

正直、借入金の額には驚いたが、あとで先輩の大志田に、こっそりと教えられた。

「君も魔女のささやきに、してやられた口だな。借入金は巨額でも、パークやホテルにモノレールの固定資産もあるから、バランスシートは健全そのものなんだよ。たとえアルバイトでも勤務先の経営実態は気にかけておけ、ってことだ」

さすが元銀行マンらしい解説だった。

現場で仕事を覚えてもらう。魔女は明言したとおり、一週間で亮輔に洞窟外の仕事を与えた。

「インフォメには、苦情もたくさん寄せられるのよね。貴重な意見だと思って、まずは聞き役に徹する。それくらいなら、できるでしょ」

最初は、彼女のアシスタント役として現場に出た。要するに、魔女の子分だ。

九番――苦情の隠語《いんご》――の依頼が入ると、どこからともなく現れる魔女の後ろについて、微笑みながらパッセンジャーの話を聞く。徹底的に聞く。たっぷりと不満を吐《は》き出させてやる。

レストランの予約が開園前に埋まってしまっているのはおかしい。電話予約がつながらないのはなぜだ。買ったばかりのカチューシャが壊れた。

申し訳ありません。土日と祝日は、五分で予約が満杯になってしまうケースもございます。ネット予約ならば、もう少し取りやすいと思います。

たとえ踏んづけた跡が残っていても、壊れた小物は、精一杯の応急処置をさせてもらう。そのために、ボンドやテープに針金、工具セットにスプレーペンキも、インフォメには取りそろえてあった。

もっとも手強そうだと思わされたクレームは、ポップコーンの中に小石が入っていた、というものだった。客は、歯がかけたので賠償しろ、と迫ってきた。

「あら、それは大変ですね。石を見せていただけますでしょうか」

及川真千子は笑顔のまま、事もなげに客の怒りを受け止めた。

亮輔は後ろで話を聞きながら、表情が引きつりかけた。ファンタシアでは、小さな石ひとつであっても、極力持ちこまないように努めていた。子どもたちの安全のためである。

施設の基礎となるコンクリートに砂利《じゃり》はまぜられていても、外観には使用されていない。花壇《かだん》の土も、すべて検査ずみの腐葉土《ふようど》を使っている。配送用カートは、事故を防ぐためにスピードが出ない特製タイヤをはいているので、外部ではさまった小石が持ちこまれることもない。作業車両も、搬入ゲートでタイヤにカバーを被せる厳重ぶりだ。もちろん、場内は絶えずパーク・キーパーが掃除をしている。

食材はすべて、金属片や石が混入していないか、超音波と磁気によって検査ずみだ。レンガやコンクリートの破片がパーク内で見つかることはあっても、客が持ちこみでもしない限り、石はまずお目にかかれなかった。

「不思議ですね、どこからまぎれこんだのかしら……。申し訳ありませんが、お客様、このエルシー・ポップコーンをどこで購入され、その後にどのアトラクションを楽しまれたか、教えていただけますでしょうか？」

魔女は、怒りの収まらない客に微笑みつつ、パークの地図を開いてみせた。

「何言ってんだよ。まず謝るのが筋じゃないかよ。夢の国が客に石を食わせたんだぞ！」

「申し訳ありませんが、非常に珍しいケースですので、ほかのお客様にもご迷惑がからないよう、早急に原因を突きとめたいのです。どうかご協力をお願いいたします」

その客は、魔女の笑顔に幻惑《げんわく》でもされたのか、不平をこぼしながらも、自分が楽しんだアトラクションを答えていった。

すると魔女が大きくうなずいた。

「ありがとうございます、お客様。おかげで原因らしきものの見当がついてきました。ささ、ご一緒に犯人をつきとめにまいりましょう」

客が楽しんだアトラクションを聞いただけなのに、小石を混入させた犯人がわかったと言いたげな台詞《せりふ》だった。亮輔は首をひねりながら、魔女の後ろについて歩いた。

「お客様、ファンタシア・パークでは、お子様が怪我《けが》をされないよう、施設の中に石のたぐいは置いていないんです。ジャック・リバーの両岸に川原があるように見えますが、すべて塩《えん》ビ製の作り物です。ですので、小石がまぎれこむことは、まず起こりえないものと思われます。ポップコーンの材料も検査ずみのものを使っております」

「じゃあ、おれがわざと小石をまぜたとでも――」

客の目が鋭くとがったのを見て、魔女が軽やかに笑いだした。

「あら、そんなこと、あるわけないですよね。自分で石をかじって歯をかけさせるなんて、痛すぎて、わたしなら到底ムリですもの」

「だったら、どうしてポップコーンの中に石が入ってたんだよ」

「パークの中に小石はほぼ存在しない。となれば、空から降ってきたに決まってます」

魔女が人差し指で青空を示した。

「なにばかなことを――」

「ポップコーンをご購入いただいたあと、お客様はジャングル・ブッシュをお楽しみになられていますよね。お客様がお歩きになったコースの中で、ジャングル・ブッシュへ向かう通称Ｄ通路には、大きな木が植えられているんです。ほら――あそこ」

彼女が指さした場所には、ジャングルを模した植えこみがあり、バオバブに似せた作り物と並んで、実際の木も何本か植えられていた。ヒストリー・タウンとワイルド・タウンを結ぶＤ通路には、木々のアーチが上空をおおっているのだ。

「ほら、見てください。アーチの手前に高い木がありますよね。あの枝で、小鳥が動いてますでしょ、見えませんか」

「鳥……？」

亮輔も近づきながら、生い茂る木々の枝葉を見上げた。

ガジュマルのような木の上に、ちらつく黒い影があった。全長十センチほどの鳥が二羽、枝の上を右に左に動いていた。

「思ったとおりです。小鳥がとまってる枝の根元の辺りを見てください。あれ、鳥の巣です」

「あ、ホントだ……」

つい先ほどまで血相を変えていたお客も、立ち止まって枝を見上げた。

「わたしもまったく気づかずにいました。あんなところに巣を作ってたなんて。鳥の中には、巣作りに小石を使うものもいたと思うんです」

「じゃあ、あの中に……石が？」

「北浦君。工事部に連絡入れて、すぐ梯子《はしご》を持ってくるよう、伝えてちょうだい」

「あ、はい……ただ今」

亮輔はパーク専用の無線機で工事部に連絡を入れた。

三分もしないうちに、小さな馬車を模した電動カートで場内係が到着した。

「鳴き声がしないから、ヒナはいないと思うけど、気をつけてよね」

「わかりました。直ちに撤去します」

御者の制服を着た作業員が梯子に手をかけると、魔女が待ったをかけた。

「いきなり撤去したら、鳥たちが困るでしょ。ひとまず通路の上から移動させておいて。対策はあとで考えます。今は巣の中に小石が入っていないか、見てほしいの」

見物人を意識しての言葉だったろう。小鳥がせっかく作った巣を壊すのでは、むごい仕打ちと思われかねない。夢の国らしからぬ対応になる。

作業員が梯子を使って木の枝に取りつき、巣の中をのぞきこんだ。

「ありますね、小石が。直径一センチ程度のものが十個くらい……」

「へー、鳥の仕業《しわざ》だったのか」

すっかり機嫌を直した客が、感心でもしたようにつぶやいた。犯人が鳥とあっては、怒りのぶつけどころにも困ってしまう。

「お客様。申し訳ありませんでした。通路の上に鳥が巣を作っているのを見逃しておりました」

「いや、でも、仕方ないですよ……」

「今後は、ほかのお客様にもご迷惑がかからないよう、対策を講じさせていただきます。こんなものではお詫《わ》びの品にならないかもしれませんが――」

そう言って魔女は、キャラクターがプリントされた特製シールを差し出した。ショップでも売っていない限定品だ。

「あ……いや、すみませんね」

「今日は一日、楽しいひと時をおすごしください。本当にありがとうございました」

見事な苦情処理に、ため息が出た。

小石が空から落ちてきた可能性に気づいただけでなく、パークのどこに鳥が巣を作りそうな枝が張り出しているか、彼女はすぐに思い当たったのだ。

「可哀想《かわいそう》だけど、処分するしかないわね、あの鳥の巣は」

センターへ戻りながら魔女が声を沈ませた。

「そういえば、パークではカラスや鳩《はと》の姿をほとんど見かけませんね」

亮輔が気づいて言うと、真意を疑うような目を返された。

「今さら何言ってるの。朝晩、鳥の嫌がる超音波を流してるのよ。でも、たまに舞いこんでくることもあってね。糞《ふん》を落とされたら困るから、出て行ってもらうしかないんだけど……」

声が憂《うれ》いを帯びていた。

本当にここが夢の国なら、鳥や虫や動物たちも一緒にすごせる場所であるべきなのに、現実は物悲しさがつきまとう。花壇に虫がわいては困るからと、パーク内だけでなく、近隣にも殺虫剤を散布しているという話もあった。

「鳥や虫を寄せつけないようにしてるって知って、うちのパークに幻滅した？」

「いえ……」

そこまで子どもではないつもりだった。夢の世界というコンセプトを保つため、多くを語れない現実があったとしても致し方ない。

「うちのアルバイトに志望してくるのは、みんな心の優しい子ばかりよ。でも、仕事に就くからには、企業が担う使命と責任を自覚しておかないとね。たとえ夢の世界であっても、うちのパークはまぎれもないひとつの企業だものね」

「……はい」

「夢を大切にしたい、子どもの時の純粋さを忘れたくない。だからファンタシアで働きたい。素敵な志だけど、仕事には責任がともなってくる。そのことに気づいてない子が、最近はちょっと多くなってるわね」

耳が痛くて、足取りが乱れた。

アルバイトであっても、賃金をもらっている以上は、プロであれ。モラトリアムのつもりで働きに来てもらったのでは困る。そう釘を刺された気がした。

「あの……」

亮輔は前から気になっていたことを切り出してみた。

「及川さんは、五十歳をすぎてからパルとして働き始めた、と聞いたんですけど……」

「そうよ。最近は、定年退職後に、やりたかった仕事をしたいと言って、パークに来る人も増えてるわ。でね、そういう年配者のほうが、若い子たちより、よっぽど頼りになるの。若いからって、甘えるのも大概にしてほしい。そうプリプリ怒ってる大人たちが多いのよね」

確かにパル食堂へ行くと、初老に近い人を見かける。表舞台ではないところで、年配者が働いている事実には気がついていた。けれど、聞きたかったのは、そういうことではなかった。

彼女の左の薬指にマリッジリングはない。パル仲間で子どもの話題が出ると、彼女はそれとなく席を外す。独身で子どもはいないらしい。だから、夢の世界の仕事に打ちこんでいる。勝手なことを噂したがる者は、どこにでもいた。

その時は、またセンターから九番の呼び出しがかかり、それ以上は話ができなかった。

過去を知る者がいないからこそ、魔女なのかもしれない。

4

六月に入ると、亮輔は与えられたスケジュールどおりに、インフォメーション・センターのカウンターに立った。

初日はパッセンジャーの目が気になり、ややうつむきがちの仕事だった。マシュマロ・スマイルを心がけたが、亮輔の頰に気づいて目を見張る人もいて、九番対応の依頼でカウンターを離れる時は、心なしか胸をなで下ろす自分がいた。

それでも心優しきパル仲間は、亮輔に声をかけてくれた。

「いいぞ、その調子。おれなんか、初めてカウンターに立った時は、まともな対応できなくて、ゴールドの先輩に助けてもらうしかなかったからな」

「あとは相手を見ての動きが肝心《かんじん》ね。ベビーカーや荷物がほかのパッセンジャーの邪魔になる時もあるから、わたしたちでそれとなく動かすことも必要よ。臨機応変にカウンターからも出ていかないとね」

「パッセンジャーだけじゃなく、周囲にも目配りができたら、それこそゴールドも同じだよ」

　まず誉める部分を探しておいて、少しずつ改善点を小出しにしていく。

　新人を鍛えるマニュアルでもあるのかと思って訊いたが、ゴールド・パルの大志田は食堂のカレーをかきこみながら笑って言った。

「いや、ぼくは見たことないけどね」

「でも、みんな優しく指導してくれるじゃないですか」

「そりゃそうだよ。誰もが同じように先輩から接してもらってきてるからね。頭ごなしに仕事を教えていったんじゃ、職場がギスギスしてくるだろ。そういった雰囲気は絶対パッセンジャーにも伝わり、やがては仕事の能率も落ちてくる」

「でも中には、仕事覚えが悪かったり、先輩に何かと反発したがる人もいますよね」

「いや、最近はいないけどな」

　大志田は三分もかからずにカレーライスを平らげると、水を飲みほしてまた微笑んだ。

「だって、うちに来るのは、ファンタシアが大好きだって者ばかりだろ。パッセンジャーの笑顔のために我々はある」

　何という楽天的な考え方なのだ。現代における絶滅危惧種の善人が、ここにそろっている。好きな仕事であろうと、毎日同じくり返しが続けば、嫌気の差すことだってあるはずだった。

「大志田さんはシニアを目指してるんですよね」

意地の悪い質問に聞こえないよう、亮輔は姿勢を正して訊いた。

席を立とうとした大志田が、ぎこちなく座り直した。

「実は……大手の銀行に勤めてたんだ。ベンチャーに融資して、日本経済を陰から支えたい、なんて夢みたいなこと考えてた。けど、中小から貸しはがしをすることも、新たな融資の依頼を冷たく断わらなきゃならない時もある。土下座されたり、小さな子にも泣かれたりして……。拒食症っていうのかな、食事がのどを通らなくなってね」

大志田の笑顔は変わらなかった。笑って話せるようになるまで、かなりの時間が必要だったと思われる。

「リハビリのつもりで勤め始めたんだ。そしたら、ぬけられなくなった。ここの仲間は、みんな前向きだものな。本当は、そろそろ社会復帰しなきゃいけないと思うんだけどね」

何も言えなくなった。絶滅危惧種どころか、頬と胸に傷を負ったどこかの誰かに似てもいた。気安く質問した自分を恥じた。

「ごめんな。湿っぽい話をして」

「いえ……」

「ファンタシアが好きなのは一緒でも、たぶんみんな同じようなこと、少しは考えてると思うんだ。北浦君も社会復帰のために来たように見えるもの。頑張ろうな。じゃ、先行くよ」

大志田は笑顔を変えずに手を振り、トレイをつかんで席を立った。

亮輔は深く頭を下げた。人それぞれ、働く動機を持つ。夢だけを見て暮らすことはできない。

パル食堂を出ていく大志田の背を見送ると、ドンと音を立てて横にトレイが置かれた。

「ずいぶん深刻そうな顔をしてたね」

声に振り向くと、横に一人の女性が腰を下ろした。大志田に次ぐベテランのシルバー・パル、安井加奈子《やすいかなこ》だった。ローテーションのすれ違いが多く、あまり話したことがない。

年齢は二十代の半ばだろう。仕事を離れた時も笑顔を絶やさない者が多い中、無表情で歩く姿をパル・ロッジで何度か見かけた。こちらから挨拶しても、素っ気《そけ》ない会釈《しゃく》を返されるだけだったが、まさか隣に座ってくるとは想像もしていなかった。

「ねえ、今、何の話をしてたのよ」

表情の乏《とぼ》しさも手伝ってか、威圧感のようなものを醸《かも》し出す人だった。声にも抑揚がなく、冷ややかな口調に感じられる。

「仕事の進め方について、ですが……」

「本当は、銀行時代の話を聞かされてたんじゃないの？」

ズバリと言い当てられて、どう答えていいか迷った。

「やっぱりねえ。だと思った。でも、嘘よ、嘘」

「え……？」

「わたしも聞かされたけど、作り話がうまいのよ、あの人。銀行に勤めてたのは本当だけど、実は大失敗やらかして逃げてきたの。元上司って人がたまたまインフォメに来て、昔のこと話してたのよね。こんなところにいたのかって。誰でも失敗ぐらいはあるのに、って」

事実であれば、かなり話の方向性が違ってくる。

過去のつらい体験を打ち明けてくれてありがたい——そう殊勝に感じ入っていた自分は何だったのだろう。

「作り話で新人の心をつかみ、インフォメの成績を上げていこうってわけ。嘘も方便だものね。仕事の効率アップになるし、チームも掌握《しょうあく》できる。一石二鳥よ」

そう言って安井加奈子はA定食のアジフライを頬張った。

しかし、なぜ亮輔にわざわざ声をかけて、大志田の嘘をばらそうというのか。その意図を勘ぐっていると、安井加奈子が言った。

「いずれは嘘だってわかるでしょ。でも、チームのためを思ってのことよ。ファンタシアのためにもなってるわけだから、彼を責めたりしちゃ、ダメ」

「あ──はい」

「わたしも、あそこまでやらなきゃだめなんでしょうけど、嘘が下手すぎてね。ホント不器用だもの……」

吐息《といき》をつくように言い、味噌汁の椀《わん》を持ったまま天井を見上げていた。その視線が、ふいに亮輔へと向けられた。

「君は、傷が見えてるぶん、少しはましだと思ったほうがいいよ」

まし、とは何たる言いぐさか。

ずかずかとデリケートな部分に踏み入ってくる先輩パルを見返した。

「わたしは両親を早くに亡くして、おじさん一家に引き取られてたでしょ。ずっと貧乏だったから、ディズニーランドやファンタシア・パークに行ったこと、一度もなかった……」

新たな打ち明け話が飛び出してきた。しかも、けっこうディープな内容だ。

亮輔はドギマギして、安井加奈子の横顔から視線をそらした。

「──なんてね。嘘よ、嘘」

何だって？

「でもね、大志田さんじゃないけど、いろんなことから逃げてきた人、実は何人もいるからね。居心地いいから、ぬけられなくなるよ。気をつけたほうがいいかもね。ま、そういうことよ」

安井加奈子は言うだけ言って、またA定食を頬張り始めた。


カウンターに立って三日目の夜だった。思いがけない客がインフォメーション・センターにやって来た。

「おやまあ、おまえがファンタシアのパルかよ。なかなか初々《ういうい》しい姿だな」

声のほうを振り向き、業務用の笑顔が引きつった。げげっ。

世間は本当に狭い。校舎裏で煙草《たばこ》を吸う現場を見つけでもしたような薄ら笑いで、高校時代の悪友が立っていた。その横には、後輩に当たるガールフレンドの笑顔まであった。

「どうして、ここにいるとわかった？」

ファンタシアで働き始めたことは誰にも言わずにいた。知り合いの店でバイトを始めた。そう友人にはごまかしていた。二人の薄ら笑いを見れば、偶然の訪問であるはずはなかった。

「何のバイトだか言わないし、よ。ホント水くさいやっちゃなあ」

悪友はヘラヘラ笑いながらスマートフォンを出し、パチリと亮輔の姿をカメラに収めた。

「はい、証拠写真の一丁上がり。速報メールをあちこちにばらまいとくよ」

「よせって。余計なお世話だ」

「照れるなって。似合ってるぞ、なあ。頑張れよな」

それだけ言い残すと、悪友は彼女とわざとらしく腕を組み、センターから出ていった。

あまりにもあっさりした訪問から、彼らの配慮のほどが伝わってきた。もしかしたらわざわざこのためにナイト・ビザを買って来てくれたのかもしれない。

翌日には、高校時代の仲間から七通のメールが届いた。遊びに行くからサービスしろ。安くビザが手に入るなら買ってやる。裏話を今度聞かせろ。妖精役のパルと合コンしたい。キャラクター・カードの横流しを考えてるなら協力するぞ。

どれも立派な冷やかしだった。が、まぎれもない激励でもあった。

まだ友人たちに気を遣わせている。

冷やかしなら絶対に来るな。そうメールを送り返した。心遣いを重荷に感じたのでは悪いが、憎まれ口の返信であれば、本音がばれずにすむと思えた。

翌週からは、忙しくなる夕方の時間帯にもカウンターの仕事が増えた。リーダー役の大志田から、ローテーションの中核になってくれと相談されたのだった。

「でも、まだ見習い期間ですが……」

「そんなの関係ないって。及川さんの推薦でもあるんだ。即戦力のドラフト一位ってわけだよ。すでにオープン戦の結果は出てる。先発ローテーション入りが確定だ」

熱烈なジャイアンツファンでもある大志田は、おかしなたとえで亮輔を誉め上げた。ほかのパル仲間からも、ぜひ頼む、と朝のミーティングで言われた。

ただ一人、安井加奈子だけは、いつもの無表情で、亮輔のことを見ようとしなかった。何を考えているのかわからない目だった。

「北浦君。はい、ブロンズ・バッジ」

その日の午後、及川真千子が笑顔で現れると、亮輔に新品のバッジを差し出してきた。

「知ってた、君？　二ヵ月で見習い期間を終える子は、三年ぶりなんだからね。スカウト担当として、わたしも低い鼻を高くしてパークの中を歩けるわ」

ブロンズ色のバッジを渡されても、まったく実感がともなわなかった。

悪い気はしないが、そもそも望んでいた仕事ではなかったし、実は今も人前に顔をさらしたくない気持ちがあった。魔女の研修を受けていなければ、パルになっていたかどうかもわからなかったのだ。

「これで君は、仲間の注目をさらに浴びるわよ。ちょっときついでしょうけど、注意してね」

魔女は誉めるだけでなく、忠告も忘れなかった。

正社員へのステップアップを目指す者にとって、有能な新人は手強いライバルとなる。夢の世界にも競争という厳しい現実があり、競い合うことで仕事の技も磨かれていき、さらなる輝きをパークにもたらしていく。

まだ二ヵ月。先のことは、ゆっくり考えていけばいい。ひとまずアルバイトを始めたことで、両親は安堵《あんど》の表情を見せていた。いつまで続くかしら。姉が嫌味を言ってくるのも、亮輔を焚《た》きつけようとしてのことだった。

日曜日は昼すぎから迷子が多く、インフォメーション・センターは蜂《はち》の巣を蹴飛ばしたような忙しさになった。親とはぐれた子が泣き、おもちゃで遊んでいたはずの子ども同士がケンカを始め、老人が倒れたとの一報が寄せられた。

「また子どもを放りっぱなしで遊び回ってる、ろくでもない親がたくさん出てるわね」

泣く子をあやすため、裏からジュースを持ってきた安井加奈子が毒づいた。

親子で楽しんでもらうのがコンセプトのひとつでもあるので、パーク内に託児所は設けていない。自分たちが遊びたいので、子どもを少し預かってもらおうという、ちゃっかり者の若い親がいるのだ。夢の世界で働く人たちなら、子どもをしっかり見ていてくれる。だから心配はない。

「……ったく、三時間も子どもを探しに来ないなんて、どういう気よ」

「よせよ、安井君。パッセンジャーに聞こえるぞ」

「聞こえたって、かまわないわよ。子どもを放っておくなんて許せません」

「仕方ない……。安井君は洞窟の応援に行ってくれ。上野《うえの》君と交代だ」

ついに大志田が、ローテーションから外れろ、と指示を下した。安井加奈子の目が吊り上がる。

横で見ていて、亮輔は気が気でなかった。なぜレストランの予約が取れないのだと、無理難題を吹っかけてくるパッセンジャーの苦情がほとんど耳に入ってこない。

「わかりました。あとは頼みます」

どうにか安井加奈子が折れて、奥へ歩きだした。

その姿を横目で見ながら、もしかしたら、と思わされた。本当に彼女は、両親を早くに亡くしていたのではなかったか。だから、子どもをおろそかにする親が許せず、怒りを抑えられなくなった……。

洞窟に引っこんだ彼女のことは気になったが、くだくだと続く愚痴《ぐち》を聞き、事細かにレストランの予約方法を伝え、若い男女に納得してもらうと、続いてベビーカーのタイヤが外れて困っているとの相談だった。

「はい、お待ちください」

貸出用のベビーカーも用意してあったが、日曜日なので八十台すべてが出払っていた。となれば、修理をするしかない。

「拝見させていただきます」

壊れたベビーカーを見ると、右前のタイヤの軸がまっぷたつに折れていた。

こういう時のため、パークでは大小二種類のキャスターをそろえてある。壊れたタイヤを外し、代わりにキャスターを針金で巻きつけるという応急処置をするしかなかった。五百円で新品のキャスターを買い取ってもらうこともできるし、出口で返却してくれれば、一切料金のかからない使い回し用のパーツもある。そう説明すると、若い夫婦に笑顔が戻った。

「助かりました。ありがとうございます」

壊れたベビーカーをいったん預かり、連絡先として携帯電話の番号をひかえる。

子どもを抱いた夫婦がセンターから出ていくと、代わりに若い男女がショップのパルに連れられて来た。男性のほうがずっと不平口調で何か言っていた。

「だから、ここにレシートがあんだから、新しいのに替えてくればいいじゃないか。修理だなんて面倒だもの」

短髪に白シャツを着て、やけにねちっこそうな物言いをする男だった。陽焼けサロンに通っているとおぼしき肌の黒さで、胸元には黒光りするサングラスが揺れていた。

ショップの女の子が救いを求めるように、亮輔を見た。この調子で迫られていたらしい。買ったばかりのぬいぐるみに、ほつれが出たのだろう。

ぬいぐるみはすべて納品前に、ほつれや傷がないか、確認ずみだ。が、買ったばかりのぬいぐるみを抱いてパークを歩きたがる客は多く、何かに引っかけるかして傷や破れを作ってしまうことがあった。不良品だったのではないか、そう苦情を訴えにくる者が、時にいるのだった。

「お客様、そのぬいぐるみを見せていただけませんか。無料修理をさせていただいており――」

言葉が途切れた。声が出てこなかった。亮輔は息を呑んだ。男の背後に立つ連れの女性に目を奪われた。

その人も、亮輔にすぐ気づいたと見えて、歩みを止めた。

「どうかしたのかよ、おい――」

亮輔の視線をたどった男が、自分の連れの女性を見て、怪訝《けげん》そうに声をかけた。彼女はとっさに目をそらした。亮輔も瞬時に目を戻し、男の手からぬいぐるみを受け取った。が、誰が見ても二人の態度は不自然すぎた。

男の表情が強張《こわば》っていき、亮輔と連れの女性を見比べた。

「ゴメン。ちょっと気分が悪いの……」

塩谷《しおや》文乃《ふみの》は連れの男を見ずに言うと、そのままセンターから走り出ていった。

5

インフォメのカウンターに立てば、いつか知り合いと顔を合わせる。そう漠然《ばくぜん》と考えてはいた。が、冷やかしに来た悪友の次に出くわすのが、塩谷文乃だとは想像もしていなかった。

本当にこのパークは夢の世界だ。運命の神様が、ちょっとしたいたずら心を起こしたのだと思いたかった。

連れの陽焼け男は、急に走り去った彼女を見送ったまま、立ちつくしていた。

その様子から見て、彼に何も話をしていなかったのだろうとわかったが、かといってこちらから事情を打ち明けるべき話にも思えず、亮輔は慌てて言葉を引きずり出した。

「あ……これなら、すぐに修理できます。二十分ほどお預かりさせてください」

下手にもほどがある笑顔をこしらえて言ったが、陽焼け男はまだ彼女が消えたドアを見つめていた。

「あの、お客様——」

「もういいよ」

「は……？」

小声で訊き返すと、陽焼け男は亮輔を見もせずに自動ドアへ歩いた。彼女を追いかけるつもりがあるとは思えない重い足取りで、心なしか気落ちしたみたいな猫背にもなっていた。

「えーと、お待ちください。お預かりさせていただく場合は、連絡先とお名前を書いていただきたいのですが……」

急いでカウンターを出て、陽焼け男の前へ回りこんだ。そこで、息が止まった。

恋敵《こいがたき》を睨みつける目が向けられた。

そりゃ当然だ。今し方の亮輔と彼女の態度を見れば、恋愛事情に鈍感な中学生の男子でも、二人の間にぬき差しならない事情があったと想像はつく。

「あ、いや、その、実は……」

懸命に言葉を探した。こういう時にどう対処すべきか。さすがにパークの接客マニュアルにも、今の誤解を晴らす方法は載ってなかった。

言葉に困り、手にしたぬいぐるみに意味もなく視線を落とした。すると陽焼け男が言った。

「あんたなら、彼女の連絡先、知ってるよな。そのぬいぐるみ、彼女のだからさ」

投げつけるような声に目を上げた。陽焼け男は、体当たりでもするみたいに肩を亮輔にぶつけ、外へ出ていった。

完全なる誤解だった。が、その場の視線が亮輔に集まっていた。誰が見ても、元カレと今カレの激突、と見えたはずだ。冗談じゃない。

「いえ、そうではなくて……」

ぬいぐるみを握ったまま、誰にともなくつぶやいた。こんなところでモゴモゴと言い訳をしても始まらなかった。ショックを受けているのは、あの陽焼け男のほうなのだ。彼女からは説明しにくいだろう。となれば、自分が事情を話すしかない。

だが、あんな絵に描いたようなチャラ男とつき合っていたのかという落胆《らくたん》と、見当ちがいの怒りが胸の中でからまり合って、男を追いかける気が少しもわいてこないのだった。

パッセンジャーの笑顔のためにパルはある。パークの基本は理解している。けれど、パルを離れて一人の北浦亮輔という男に立ち返った時、何を優先すべきなのか、答えを出せずにいた。自分は人として、まだブロンズ・バッジも手にできない見習い期間なのだろう。

周囲の目が気になり、カウンターに戻りかけると、大きな声で名前を呼ばれた。

「北浦君、何してるの！　早くお客様を追いかけなさい」

ハッとして顔を上げると、及川真千子がカウンターの奥に立っていた。いつもの魔女の微笑みはなかった。

あの男の人を追いかけて、君たちの事情を伝えなさい。そう言われたのではなかったろう。ぬいぐるみを預かった以上、名前と連絡先を聞かないでどうする気か。たぶん、そう指摘してきたのだった。いくら魔女でも、過去の事情まで知るはずないのだから。

でも、魔女のひと言で目が醒《さ》めた。踏ん切る勇気が持てた。

「はい、今すぐ！」

ぬいぐるみを握りしめて駆けだした。自動ドアをぬけて、辺りを見回す。

塩谷文乃はエルフの城の方角へ走っていった。が、陽焼け男の背中は、メイン・プラザのある北のほうへ向かった。

迷わず北へ走った。休日なので、プラザへ向かうA通路は人でごった返している。

走りながら陽焼け男の身なりを思い返した。背が高く、茶髪を逆立《さかだ》てるような髪型だった。すぐに見分けはつく。

見つけた。プラザを背景にした絶好の撮影ポイントに、とんがった茶髪が揺れていた。すみませんと断りながら、人をかき分けて走る。

「ぬいぐるみのお客様……」

ビュー・ポイントにいたパッセンジャーがいっせいに振り返った。残念ながら、似ても似つかぬ小太りの別人だった。

ほかにとんがった茶髪の男はいないか。素早く見回していく。茶髪の男は一人、二人……。

片っぱしから顔を見ていくほかはなかった。ドリーム・タウンへのB通路にいた男は、女性と手をつないでいるので別人だ。キッズ・タウンの側へ回りこむ。が、ジージャンを腰に巻きつけた茶髪は、友人たちと笑い合っていた。これも違う。

あとはもう、プラザの人ごみの中か……。二十八のショップと十の飲食店が軒《のき》を連ねる。店に入られてしまえば、もう見つけようはない。

十字になったアーケードの道を、二十分以上も走り回った。一軒ずつ店内ものぞいてみた。が、陽焼け男は見つからなかった。

こうなれば、残る方法はひとつしかない。

息を乱してセンターに帰り着くと、亮輔の代わりとして、及川真千子がカウンター業務を手伝ってくれていた。

「……すみません、お客様が見つかりませんでした。でも、方法はあります。携帯電話をかけに戻ってもいいでしょうか」

「我々パルは、パッセンジャーのためを考えて、独自に判断して行動する。君に任せるわよ、決まってるじゃないの。ゲートに連絡、入れておくね」

「はい、お願いします」

たぶん魔女なら、亮輔の態度から何かあると察したはずだ。だから許可を与えてくれたわけではなかったと思う。彼女の考え方は徹底している。パッセンジャーにパークを楽しんでもらいたい。そのために我々は何をすべきなのか。

亮輔はパル専用ゲートへ走った。携帯電話はパル・ロッジのロッカーに置いたままだ。

ゲートにはすでに連絡が行っていた。一時外出が許された。再び走ってロッジの二階へ駆け上がり、今日のロッカーを開ける。ナップザックの中から携帯電話をつかみ出した。

まだ消すことができずにいた電話番号を表示させた。

鼓動は乱れたままで、指先も震えていた。発信ボタンを押す。

もしかしたら出てくれないのではないか。不安はあった。

六度目のコール音に続いてノイズが聞こえた。電話がつながった。

「あ……もしもし、先ほどは失礼いたしました、インフォメーション・センターの北浦です。今、お連れ様とご一緒でしょうか」

努めて他人行儀に告げた。パルに徹していれば、パッセンジャーへの言葉に迷うことはない。

返事はなかった。かすかに聞こえるのは、パークを楽しむ子どもたちの歓声だ。

「背中がほつれてしまったぬいぐるみをお預かりしています。午後四時三十分にまたインフォメーション・センターまでお越しいただければ、元どおりになったエルシーをお渡しできます」

「……へえ、そうなんだ。サービスいいね」

わざと悪ぶるような声だった。

「それと――お連れ様が何か誤解されたようでしたので、わたしからお連れ様に事情をお伝えしたいと思いますので、どうか必ずご一緒においでください。お願いいたします」

「そりゃ誤解するよね。わたしが、あんなふうに逃げ出したら……」

「ご心配なさらないでください。事情を話せば、必ずわかっていただけます」

「別にわかってもらえなくても、いいのよ」

皮肉を投げつけるような声に、全身を伝う汗が冷えていった。

「わたしが悪いんだって、わかってる。うちの父さんも言ってたように、最後の手術まで、すべてうちで支払うから、あなたは余計な心配しないでほしいな」

「心配なんかしていません」

「わたしは、あなたが思ってるような女じゃないのよ。あの男を見れば、想像つくでしょ。仕事も長続きがしないし、パチンコ好きで、よくキャッシングしてるし……学歴なんかまったくないし……」

声がかすれて、消えかかる。小さく鼻をすする音も聞こえた。

「いつもお金なくて、ピーピー言ってるくせに、ファンタシア・パークへ行こうだなんて……たまには夢の世界で楽しくすごそうなんて……ちゃんちゃらおかしいよね」

「いいえ、おかしくはありません」

意地になって言い返した。

ずっと迷惑をかけてきた彼女と楽しい一日をすごしたい。そう考えることの何がいけないのか。誰もが幸せいっぱいの恵まれた人生を歩んでいるわけではない。

「ねえ、もう勘弁してくれないかな……。あなたには感謝するって言ってきたけど、本当は違うのよ。あの時わたし……信号が見えなかったわけじゃない。最初から道路に飛び出すつもりだった。もう、どうにでもなれって……。わたしが怪我でもしたら、少しはあの人も考え直してくれるかもって……」

広場でショーの始まりを告げるチャイムが鳴り渡り、塩谷文乃の涙声が聞こえなくなった。

6

地元のコーヒー・ショップに、とびきり可愛《かわい》い店員がいる。友人たちが騒ぎだしたのは、亮輔が大学に通い始めて半年がすぎたころだった。

噂を確かめるため、大学から私鉄でふたつ先の駅に仲間とくり出し、そこで彼女を知った。

作りものの笑みを浮かべる店員の中、彼女はめったに笑わず、かといって気取る素《そ》振《ぶ》りも見せず、いつも一人できびきびと動き回っていた。ひと目で釘づけになった。リズミカルに揺れる黒髪と姿勢のよさが、彼女をとびきり目立つ存在にさせていた。

講義の合間を見て、二駅先のコーヒー・ショップに通いつめた。そのうち、彼女の勤務ローテーションを突きとめた者がいて、誰が最初にフルネームを聞き出せるかの競争が始まった。

予想した以上に彼女のガードは固く、注文の合間に話しかけても、「ごめんなさい」と言われる者が続出した。ついに友人の一人が仕事帰りを待ち受けてコンパに誘うという実力行使に出たが、またも「ごめんなさい」の玉砕をとげた。

その直後に、彼女の姿が店から消えた。

亮輔が店長に訊いたところ、「辞めたみたいだけど」という曖昧《あいまい》な返事をされた。

あの時、なぜあれほど大胆な行動ができたのか。友人と賭《か》けをしていたのは確かだった。期末試験の成績が悪く、仲間に笑われたことも多少は影響していた。

亮輔は思いきってアルバイトを変えた。彼女が勤めていたコーヒー・ショップのチェーン店に電話を入れて、面接を受けたのだった。

もしまだ彼女が同じチェーンで働いていたら、どこかで会えるかもしれない。噂ぐらいは集められる、という読みもあった。

狙いは的中。彼女が目黒《めぐろ》駅前店で勤めているとわかった。友人たちとの賭けには勝てた。が、亮輔は結果を誰にも告げず、一人で目黒に向かった。

いざ店を前にすると、ストーカーめいた行動に思われそうで、迷いが生じた。やはり友人を誘ってくるべきだった。そう考え直し、夜道を引き返そうとした時、店の自動ドアが開き、ショップの制服を着た女性が走り出てきた。

手にジャンパーとナップザックをつかむ塩谷文乃だった。

彼女は店内に向かって何か叫ぶと、襟元《えりもと》のバッジを手で引きちぎり、店の中へ投げつけた。

初めて見る彼女の取り乱した姿に、声をかけるどころではなくなった。彼女は手にしたジャンパーを臙脂《えんじ》色の制服の上に羽織《はお》り、大通りへ歩きだした。まるで怒りを踏みつけるような足取りだった。

なぜ追いかける気になったのか。偶然を装《よそお》えば、何とかなるかも……。急にチャンスが転がりこんできたように思えたのだった。

彼女は道ゆく人にぶつかりながら、それでもスピードを落とさず、何かを振り切るような勢いで歩いていった。

交差点に差しかかっても、彼女は足取りをゆるめなかった。目の前の信号は赤。猛スピードでタクシーが走りすぎていく。

危ない！　亮輔は駆けだして彼女の背中に叫んだ。

街の喧騒《けんそう》に負けない声を出したつもりだった。が、どこかに気後れがあったらしい。彼女は前のめりのまま、赤信号の横断歩道へ飛び出していった。

そこに、右横から原付バイクが突っこんできた。

幸いにも、塩谷文乃は無傷だった。警察には正直に打ち明けるほかはなかった。彼女を追ってアルバイトを変えていた事実が問題視された。ストーカー行為を疑われたのだ。

が、バイクを運転していた男性が、真実を証言してくれた。赤信号なのに女が飛び出してきた。亮輔から逃げているようには見えなかった、と。

おかげで誤解は晴れたが、ストーカーまがいの行動と思われたため、彼女は必ず父親同伴で病室にやって来た。

二人きりで話ができたのは、わずかな時間だけだった。思いきって電話番号を訊いた。自分を助けようとして頬に傷を負った男に悪いという気持ちがあったのだろう。少し迷ったような素振りのあとで、彼女は番号を教えてくれた。

それだけのことだった。

何度か電話で話しはした。彼女はいつも心苦しそうに口数少なく礼の言葉をくり返した。食事や映画に誘えるような隙を見せなかった。

友人の一人が業《ごう》を煮やし、彼女に電話を入れて本心を確かめるという暴挙に出た。結果は予想どおり。いつもの「ごめんなさい」だった。

陽焼け男が疑うようなことは、本当に何もなかった。残念ながら……。

「現実ってのは厳しいもんさ。たとえ命の恩人のようなものでも、だからって恋愛の対象になるわけでもなし。忘れるしかないだろ」

心優しき友人の言うとおりだった。これ以上つきまとえば、今度こそストーカーになる。現実は受け入れるしかないものなのだ。鏡を見るたび胸はうずくが、日々に耐えていけば、わずかずつでも傷は癒《いや》されていく。

本当に神様もいたずらがすぎる。あんな陽焼け男と一緒に来ることはないのに……。

亮輔はインフォメーション・センターに戻ると、ぬいぐるみのほつれを直してもらい、約束した午後四時半を待った。

時間ちょうどに自動ドアが開き、塩谷文乃が一人で現れた。陽焼け男の姿はなかった。

「大変お待たせいたしました。どうぞ、これを」

亮輔は笑顔でぬいぐるみを手渡した。すると、塩谷文乃が、代わりだとばかりにスマートフォンを差し出してきた。

「あのばかったらまだ誤解して、意地張ってるの。本当に愛想がつきそう」

彼女が番号をタップし、スマートフォンを手渡してきた。迷わずに受け取った。カウンターの後ろへ下がりながら耳に当てる。呼び出し音が途切れて、電話がつながった。

「もしもし、失礼いたします。先ほどぬいぐるみをお預かりしたインフォメーション・センターの北浦です。塩谷様からお客様と直接話し、誤解を解いてくれと言われましたので、お電話をさしあげています」

「へっ。誤解なもんかよ。別にいいんだぜ、元サヤに収まろうと……。こっちは、あいつに迷惑かけてばかりだったからな。熨斗《のし》つけて、返してやるよ」

「いいえ。塩谷様とはちょっとした知り合いですが、お客様が誤解されているような関係ではございません」

「じゃあ、どうして電話番号を消さずに残してあんだよ」

どうやらこの陽焼け男は、彼女のスマートフォンをのぞいて、知らない男の名前を見つけたようだ。小ずるいことをする、と思った。が、本音は隠して言った。

「お客様は、わたしの右頰に傷があったのに気づかれましたでしょうか」

簡単に事情を告げた。どうして傷ができたのか。彼女を追ってアルバイトを変えたのは事実だが、あっさりふられたのだ、と。

「嘘言うなよ。おまえ、文乃にまだちょっかい出してんだろが。おれ、気づいてんだぞ」

「いいえ……」

反論しかけると、陽焼け男がまくし立てるように言った。

「いいか、よく聞けよ。たぶんあいつはまだ、おまえのことを思ってやがるよ、悔しいけどな。おれと会ってたって、このところ上《うわ》の空だ。特にコーヒー屋の前に来ると、だからな。一緒にバイトしてたんだろが。おまえのことを考えてるに決まってんだろ。何があったか知らねえけど、あいつは意地を張ってる。おい、聞いてるかよ。土下座するとかしてみろよ。カッコつけた真似してたんじゃ、あいつは戻ってきやしねえぞ」

この男は何を言っているのだろう。

誤解の糸が、あまりにもからまりすぎていた。

「黙ってんじゃねえよ。見たろ、さっきのあいつの顔を。おまえを見て、すまなそうに目を伏せたじゃねえか。あのあと、すぐ追いかけたんだろうな」

「えーと、お待ちください。何かまだ大きな勘違いをされているようですが……」

「いいかげん、認めろよ。おまえ、文乃にはがきを送ったろうが」

頭ごなしに怒鳴られた。事実、はがきは出していた。仕事を始めました。元気でやってますから、ご心配なく。

事故からちょうど一年。お詫びの手紙と花が送られてきたので、これ以上の気遣いはもういらない、と伝えるために出したはがきだった。

「つかぬことをお尋ねしますが、どこでそのはがきを……」

「あいつが隠し持ってたに決まってるだろ。おまえのことをまだ思ってる証拠だろが」

まったく違う。でもようやく、からまる糸のほつれ具合が見えてきた。

「三分ほどお待ちください。また必ずかけ直します」

「おい、待てよ。別にもう話は――」

陽焼け男の声を聞き流して、電話を切った。

振り返ると、塩谷文乃が申し訳なさそうな顔でうつむきながら、こちらを見ていた。あと少し待って、と手で合図を送ってから、亮輔はカウンター横の電話に向かった。受話器を取り上げて、我が家の番号を押す。

「もしもし、北浦ですが……」

母の呑気《のんき》な声が聞こえた。

「おれだよ。ちょっと聞きたいことがある」

「どうしたのよ、仕事中じゃないの？」

「つい最近、おれの友だちから電話がなかったかな。おれがどこで仕事をしてるのか、っていう問い合わせだったと思うんだけど」

「え……別に、そんな電話……あったかしらね」

嘘が下手にもほどがある。声がうろたえすぎだ。

「なかったなら、別にいいんだ。ちょっと気になっただけだから」

母に負けない下手な嘘をついて、電話を切った。

塩谷文乃の前に戻ると、彼女のスマートフォンを差し出して、亮輔は言った。

「お客様。どうぞお連れ様に電話をさしあげてください。すべて解決いたしました。あとはお客様の気持ち次第です」

7

ずっと亮輔を気にして見ていた大志田は、センターから少しの間だけ離れることを許可してくれた。

「わかってるよ。お客様のためだ。行ってこい。あとは何とかする。でも、すぐ戻れよな」

亮輔は深く頭を下げ、塩谷文乃を誘って外に出た。

「本当に解決したの……？」

笑顔にあふれるパークの中を歩きながら、塩谷文乃が不安そうな顔で訊いてきた。

「彼は、ずいぶん本気で君のことが好きなんだと思う」

「え……？」

「彼に誘われたんだよね。ファンタシア・パークへ行こうって」

「そうだけど……」

「目的はひとつ、君とぼくを会わせるためだよ」

マシュマロ・スマイルを保って塩谷文乃を見つめた。

彼女が目を見開き、歩みを止める。

「意味、わかんない……」

「だよね。ぼくも最初は何を誤解してるんだろうって思った。でも、話を聞いていくうちに、わかってきた。彼氏は、ぼくが君に送ったはがきを見てしまったらしい。で、ぼくの実家に電話を入れた」

彼女に送ったはがきには、隠す必要もないので、住所と名前を書いていた。それを見た陽焼け男は、NTTの番号案内を使って北浦家のダイヤルナンバーを知ったのだ。

「あのはがきには、仕事を始めたって書いておいたろ。だから、ぼくがどこに勤めだしたのか、彼氏はうちの母親から聞き出したんだ。うちの母は、てっきり息子を勇気づけてくれるんだろうって勘違いして、友だちでもないあの彼氏に、ここのインフォメーション・センターで働いてる事実を教えたんだ」

「何考えてんだろ、あのばか……」

「君のことを真剣に考えてる彼氏だよ。だってあの人、君が以前にバイトしていたコーヒー・ショップの元カレと、よりを戻したがってるんじゃないかって感じ取ったから、ぼくと君を強引に会わせたんだ」

あ、と彼女が大きく息を呑んだ。

「最近になって、元カレから連絡が来てたんだよね」

亮輔の問いかけに、彼女は唇を嚙《か》みしめてから、申し訳なさそうにうなずいた。

その元カレと何があったのかはわからない。でも、一年前のあの夜、彼女はコーヒー・ショップの中へ店のバッジを投げつけた。おそらく、あの店に元カレが働いていて、勤務中にいざこざが起きたのだ。だから彼女は、赤信号の横断歩道に飛び出して、元カレを困らせてやりたいと思いつめた。

けれど、予想もしない邪魔者が入ったせいで、彼女は怪我も負わず、元カレの心をつなぎ止めることにも成功はしなかった。

「君が意地を張って、なかなか会おうとしていないように、彼氏には見えたみたいだね。そこに、たまたまぼくからあのはがきが届いて、誤解が確信に変わった。こいつは意地っ張りだから、誰かが背中を押してやらなきゃダメだ。彼氏は言ってたよ。自分は迷惑をかけてばかりだったって。だから、ぼくの勤め先を聞き出して、君をこのファンタシア・パークに誘い出した」

そして、ぬいぐるみを買って、わざとほつれさせてからインフォメーション・センターを訪れたのだ。いつ亮輔がカウンターに出ているかはわからないので、もしかしたら午前中にガイド・ツアーを申しこんだりしていたかもしれない。

背中を押してやれば、必ず彼女の本心が確かめられる。

その目論見は外れた。彼女は亮輔の顔を見て、慌ててセンターから逃げ出し、彼はさらに誤解を重ねたのだった。

「とんだ早とちりだよね。でも、彼氏は真剣に君のことを考えてる。最近の君は、ずっと笑ってなかったんだろうね。元カレのことを気にしてたからかもしれない。でも彼氏は、君の笑顔が見たかったんじゃないだろうか」

「あのばか……」

「ホントばかだよね。君が隠し持ってたはがきを盗み見たうえ、誤解から独り相撲を演じたわけだから。本当に愛すべきばかだ。——さあ、お客様、どうぞ一刻も早く、お連れ様に電話をしてさしあげてください」

元カレから連絡をもらって、彼女の心は揺れたのだ。今なお迷いはいくらか残っているのかもしれない。でも、目にあふれ出した涙を見れば、その気持ちはわかる。彼女はスマートフォンを握り、画面をタップした。

もうこれで役目は終わった。パッセンジャーの笑顔のために、パルはある。

亮輔は、電話をかけ始めた塩谷文乃に一礼し、そっとその場を離れた。

もうじきパレードが始まる。二人で仲よく並んで楽しんでもらえたら、こんな嬉しいことはなかった。

センターに走って戻ると、ようやくお客が少なくなっていた。パレードの時間が迫ると、いつもひと息つける。

「ありがとうございました」

「こっちはすいてきたから、洞窟のほう、手伝ってくれるかい？」

「了解です」

「あ——いい顔してるな。どうやら喜んでもらえたみたいだな」

大志田に言われて、亮輔は戸惑《とまど》った。どんな表情をしていたか、まったく自分では意識していなかった。でも、「はい」と答えてから通路の奥へ歩いた。

洞窟と呼ばれる倉庫では、まだ安井加奈子が一人で遺失物と格闘していた。

「お手伝いします」

「——見たわよ」

安井加奈子が仕事の手を止めずに言った。

「ああいうお嬢様タイプが、北浦君の好みなんだ？」

なぜなのか、冷や汗が出た。洞窟送りになっていたのに、塩谷文乃とのやり取りを見られていたらしい。

「偶然なのかな」

「何がです？」

訳がわからず訊き返すと、安井加奈子が体ごと亮輔に向き直った。

「君に訳ありの知り合いが訪ねてきたタイミングで、魔女が顔を出すなんて。できすぎてる」

そういえば……。

「防犯カメラの映像でも見てたのかな？　てことは、わたしたち、今も監視されてたりして」

亮輔は倉庫の天井を見回した。関係者しか入ることのない部屋なので、どこにも防犯カメラらしきものは見当たらなかった。

「何しろ魔女だからね。油断はできないもの」

言われてみれば、確かに塩谷文乃の彼氏がちょうど出ていった時、亮輔は魔女から声をかけられたのだった。しかも、亮輔がセンターを離れたあとは、カウンター業務を手伝ってもくれていた。何かある、と最初からわかっていたかのようなタイミングのよさに思えた。

もしかすると……。

あの陽焼け男は、パークにも電話を入れて、亮輔がいつインフォメのカウンターに出るのか、を確かめていたのではなかったろうか。

個人的な問い合わせに、パークが答えるとは思えない。でも、たまたま塩谷文乃と陽焼け男が訪ねてきた時に、魔女までが現れる。偶然にしては、できすぎではないか……。

いや、ここは夢の世界なのだ。

魔女の采配ではなく、神様のいたずらに決まっている。

「今日もまたずいぶんと落とし物が届いてますね」

「ホント、いやになっちゃう」

亮輔はおかしなことを考えた自分を笑い、チェックリストの作業を手伝い始めた。

第二章　夢へのステップ

1

朝からの雨は、ひとまず上がった。が、梅雨《つゆ》時のカビみたいに黒くよどんだ雲がびっしりと空を取り巻き、どっちつかずの天気が続く。まだ降るつもりがあるなら、とにかくはっきりしてくれ。悩ましいこと、このうえない。

ショー・ロッジの第一スタジオ――通称、大部屋――では、色とりどりのど派手なコスチュームに身を包んだダンサーが、窓の外を気にしながらも鏡の前で軽く体を揺らし始めていた。誰もが準備を怠《おこた》らずにいる健気《けなげ》さで、本当に頭が下がる。これぞファンタシアの伝統。素晴らしくて、ほとほと感心する。

契約ダンサーとなって早十ヵ月。新田《にった》遥奈《はるな》はまだ、ぬるま湯めいた心優しきファンタシアの体質に慣れることができずにいた。ここに集うダンサーは、熱意を持ちながらも、上昇志向がまるでない。現状維持で何が悪い。自分たちは夢を支える縁の下の力持ちだと自任し、満足しきっている。熱心なファンタシア教の信者ばかりだ。

「これくらいの雨なら、大丈夫ですよね」

「ああ、多くのパッセンジャーが待ってくれてるからな」

すぐ隣で信者二名が熱き志《こころざし》を語り合っていた。会社の幹部が聞けば、泣いて喜ぶ。アルバイトにまで教育が行き届いている、と。

冗談じゃない。雨は上がろうと、パレードのコースは水びたしだ。感電する心配はないというが、電飾セットの充電池は重い。足元はすべる。怪我をしたのでは元も子もない。

トゥインクル・パレードを楽しみにしているパッセンジャーには悪いが、今日は雨天用の単なる〝行進パレード〟になる。そのほうが遥奈たちダンサーも楽だ。雨だからといって、特別手当が出るわけでもない。

ぶつぶつと一人で中止を念じ、遥奈は目に突き刺さるほど鮮やかな真緑色のブーツを履《は》いた。ボディースーツの袖《そで》の下には、プラスチック製の葉っぱが何十枚もぶら下がる。頭上には花の咲き乱れた冠《かんむり》をかぶり、ひたすらにこやかに笑って、踊る。

何たるセンスのなさか。けれど、わかりやすいからこそ、人々は喜んでくれる。ファンタシアのメッセージも伝わりやすい。

正直このコスチュームを渡された時は、真剣に契約を考え直そうとした。が、背に腹は代えられない。マンションの更新日は迫っていた。友人たちからの借金も減らしたい。どうせここは腰掛けだ。オーディションを受けて、次こそビッグ・チャンスをつかめばいい。

大っぴらには言いにくい夢を隠しながら、あどけない森の妖精として舞い踊る。ほかに一日三回、アドベンチャー・タウンの劇場にも出て、今度は氷の妖精となって跳ね回る。下手《へた》くそなアイドル歌手のバックダンサーより、そこそこ金にはなった。

これぞ、ぬるま湯。さすが、夢の世界。それなりに居心地がいい。でも、野心の牙《きば》が日々削られていく。

ピンポンパン……と天井のスピーカーが合図のチャイムをかなでた。

「――皆様、お疲れ様です。本日のトゥインクルは決行となりました。スタートまで三十分です。準備をお願いいたします」

耳を疑い、仰天した。足元の状況に目をつぶって決行を決めた幹部にも、その報告を聞いて喜ぶダンサーにも、度肝《どぎも》をぬかれた。つくづく信者が集まっている。

近ごろのダンス学校には、あきれたことにテーマパーク科がある。何を好きこのんでアルバイト待遇の貧乏ダンサーを目指そうというのか、正気の沙汰《さた》とは思えなかった。

「新田さん、そろそろ新人たちと合わせるわよ。支度をお願いね」

出た。得意の自主練習だ。

もちろん、一円の稼ぎにもならない。通称ジャングルチームのリーダーを務める国《くに》吉茉莉《よしまり》が、痛いとしか思えない作り物の笑みを投げかけてきた。

彼女はファンタシアで踊り続けて八年になるお局様《つぼね》だ。このまま教育係のシニアになろうと懸命だった。そりゃ、三十路《みそじ》の山に踏みこめば、誰もが追いつめられもする。

「あの子たち、基本ステップはできてるから、大丈夫じゃないですかね」

「そうは行かないわよ。昨日の出来はあなたも見てたでしょ」

イルミネーション・シャーシーと呼ばれる山車《だし》の横で、新人たちは絶えず同じダンスをくり返していればいい。充電池がいくら重かろうと、体幹さえ少々鍛《きた》えておけば、初心者でもリズムを崩すわけがないお手軽な振りつけだった。ところが、二人の新人は、パーク内に反響する音に惑わされるという初歩的なミスをまた連発した。いつになったら慣れてくれるのか。昨日は途中から、まるで盆踊りのような有様だった。本当にレッスンをパスしてきた連中なのか。

「新田先輩、お願いしまぁーす」

「遥奈さんの踊りにキレがありすぎてぇ、どうしてもぅ引きずられてしまうんですぅ」

ピーチクと二人の新人雀《すずめ》が甘えた声ですり寄ってきた。どっちかが佐藤《さとう》で、こっちが山本《やまもと》だったか。二人は早くも顔を真緑色に塗《ぬ》りたくっている。踊りにも顔の作りにも個性がないから、いまだに名前を覚えられない。

遥奈は森の妖精なので、生まれたばかりの若木たちの間を舞い踊り、電飾の花を次々と咲かせていく役目だ。が、お客は山車の上で踊る国吉茉莉の妖精エルシーを見ているので、光っていくタイミングやリズムが多少ずれようと、まったく何の問題もない。気にするのは、年間入園回数記録の更新を目指すファンタシア・フリークか、シニア・パルを夢見るベテランダンサーぐらいのものだ。

二人の新人に手を引かれて、スタジオを出た。

ロッジ横の待機エリアには、早くも踊りを合わせるチームが何組もいた。パークの明かりがわずかに洩れてくる塀の裏で、涙ぐましい地道な努力が続く。

重い電飾を背中にセットすると、国吉茉莉が手拍子を取る。仕方ないので、新人たちに合わせて踊った。自主練習を積もうと、ぶっつけ本番で挑もうと、客はほぼ誰も気づきはしない。

新人のために汗を流す暇があるのなら、自分のステップに磨きをかけたい。でも、夢の世界ではチームワークこそが第一なのだ。

神は細部に宿る。一人一人の自覚がショーを輝かせる。そうダンサーは最初に教育を受ける。ファンタシアの掟《おきて》のひとつだ。

「新田さん。あの子たちだって頑張ってるのよ。もう少し温かい目で見てあげてね」

やっと自主練習を終えると、国吉茉莉がささやいてきた。

「うちのチームの頼りは、新田さんだから」

人を誉めて、その気にさせる。これもパークの伝統だ。

彼女は踊りも常套手段でしかない小技に頼りたがる人のよさを持つから、ステージでは輝けず、いつしかテーマパークに落ち着いたのだ。だから〝お局様〟と呼ばれてしまう。

「さあ、今日も最高のステージにしましょうね」

パークの単なる通路が、自分たちに与えられた最高のステージというわけなのだった。

拍手と歓声が素通りする中で、妖精の舞を長々と演じ終えたあとは、全身が汗だくになる。

が、悠長にシャワーを浴びているような時間はない。真緑色のファンデーションを落とすや、仲間と地下通路からアドベンチャー・タウンのエルシー劇場へ直行する。

楽屋で待つ衣装管理係のパルから、次なるコスチュームが手渡される。

ここで遥奈は、氷の妖精ブライザを演じる。全身に青いスパンコールがついたコスチュームなので、重いうえに動きづらい。要は、自ら踊り回るミラーボールといった役所《やくどころ》だ。

他人の目など気にせず半裸になって、手早く着替えをすませる。今度は水色のファンデーションを顔に塗って変身し、ステージへの階段を駆け上がる。

「先輩、待ってくださいよーっ！」

例によって二人の新人も一緒だ。彼女たちはまたも遥奈の子分を演じる。金魚の糞《ふん》を引き連れて、ステージ袖で待機する。

氷の城に住む魔女が、実は行方不明になった王子の母親で、息子を探すために悪魔と契約を結んでいた、というどこかで聞いたような二十分強のダンス・ミュージカルだ。

人気者のエルシーが氷の妖精とダンス対決を通じて協力を求め、力を合わせて魔女の目を覚ましてやる。その際、ブライザ役の遥奈には、ダンスで少し見せ場があった。

「いいかい、王子。この吹雪《ふぶき》は、人の心の冷たさを食い物にして大きく成長してるんだ。王様は、息子とお妃《きさき》様を同時に失ったので、とてもショックを受けて、この国に住む人々のことをちっとも見ていない。さあ、君がみんなの先頭に立つんだ！」

何てわかりやすい台詞《せりふ》だ。三歳児にもわかってもらえる三文芝居。せめてダンスでお客の目を引きつけたい。動き回るミラーボールと化して、ステージせましと飛んで跳ねて観客席に光を振りまく。

唯一の見せ場が、エルシーとのダンス対決だ。会場の客はほぼ百パー、エルシーに喝采《かっさい》を送る。

が、負けてはいられなかった。主役を食うつもりで溌剌《はつらつ》と踊り、ターンを決める。

客席の間から霧が吹き出し、天井から銀の紙吹雪と水色の風船が落ちてくる。たとえ三文芝居であろうと、あちこちに工夫が凝らされている。

フィナーレは、王子も魔女も一緒になって歌声を合わせて踊る。青やオレンジのライトがステージを彩《いろど》り、プロジェクション・マッピングで緑の森が劇場の壁全体へ広がっていく。

「ありがとう、ブライザ！」

「冬になったら、また会おう！」

これで遥奈の出番は終わり。大きく手を振り、金魚の糞と一緒に下手《しもて》へ消える。

一日三ステージ。その合間にパレードが入る。そこそこ重労働だ。

しかも、遥奈のように少し踊れるダンサーは、ほかのメンバーの振りつけも覚えさせられ、どこかで欠員が出れば、別のステージに呼ばれるのだ。その場合には当然、わずかながらも特別手当が出る。

一日の仕事を終えると、疲労困憊《こんぱい》。ワンルーム・マンションに帰って眠るだけ。恋愛にかまけている時間は皆無。ダンスが恋人。今はそれでいい、そう言い聞かせている。仲間とアンテナを張りめぐらせ、めぼしいオーディションがあると聞けば、スケジュールの都合をつけて受けに行く。でも、結果は出ない。

こうしてパッセンジャーの拍手を浴びているうち、今の仕事もいいじゃないか、と思い始めて、いつしかファンタシアのぬるま湯にどっぷりひたっていく。テーマパーク・ダンサーの悲しき末路が待ち受ける。そう考えるたび、流す汗の中に冷たいものを感じる。

コスチュームを脱いで係に預け、シャワー室へ歩くと、後ろから呼び止められた。

「見事なものね、新田さん。一緒に踊ってたエルシーより、断然キレがあったものね」

声に驚いて振り返ると、黒いローブを羽織《はお》る魔女が立っていた。

同じ魔女でも、今のステージに出ていた王妃役のダンサーではない。〝ファンタシアの魔女〟と呼ばれるシニア・パルの及川真千子《おいかわまちこ》だった。

五十歳をすぎてからアルバイトとして勤め始め、たった二年でシニアへと昇格した。が、若い者の進路を奪いたくないから、と今も契約社員のままであり続けている。パーク本部長補佐という要職に就く史上最強のパル。生きるレジェンド。

すぐ近くにエルシー役のダンサーもいたのに、魔女は声も落とさずに正直な感想を口にした。今日のエルシー役を務めた藤島美和《ふじしまみわ》にも聞かせる意図があったとしか思えない。

確かに最近、彼女はステージの後半になると息が続かず、リズムが遅れがちになる。だからといって、「脇役に負けているぞ」と人前で言われたくはないだろう。が、容赦《ようしゃ》はしない。さすがは魔女だ。ダンサーの好不調にも目を光らせている。

「帰る前に、ちょっとパーク本部に寄ってくれるかしら。お願いね」

魔女は遥奈に微笑んで言うなり、さっと身をひるがえして汗臭い楽屋から出ていった。

仲間の視線が遥奈に集まる。

パーク本部からのお呼び出し。配役の変更――か。

誰もが大役をつかみたがっている。嫉妬《しっと》と羨望《せんぼう》、見せかけの賞賛に底知れぬ陰口。テーマパークという井の中の蛙《かわず》にすぎなくとも、ライバルとの火花を散らす競争はある。

「すごぉーい、新田先輩。もしかしたらレイチェル姫じゃないですかね」

妖精の城の鍵をエルシーから預けられたお姫様。ファンタシアのヒロイン役だ。歌って踊れる者でなければ、絶対に務まらない。

「スター・シスターズも最高ですよね」

今もアニメが放送中の変身魔女っ子ヒーローだ。シスターズと言いながら、一人で七変化の魔法を使う。ダンスと歌をまじえたステージがドリーム・タウンの劇場でスタートし、大人気になっている。

遥奈は背が低いので、お姫様役は似合わない。スター・シスターズの可能性はあった。主役となれば、ステージごとの手当もつく。社員扱いとなるので、保険のほかに有給休暇や福利厚生の受給資格もつく。

やめてくれと言ったが、二人の新人はパル・ロッジの前までついて来た。新たな配役でなかったら、大恥だ。

時刻は午後十時四十分。パル・ロッジの三階にあるパーク本部の照明は、すでに半分ほどが落とされていた。ドアを開けると、広々としたオフィスには魔女が一人いるだけだった。朝から晩まで、本当にこの人はいつもパークにいる。

彼女の左手の薬指にマリッジリングはなかった。子どもがいるとも聞かない。残りの人生をファンタシア・パークに捧《ささ》げる覚悟みたいだ。そうだとしても、もちろん他人がとやかく言うことではない。

「この先しばらく、二時間ほど早く入れるかしらね」

魔女がデスクのパソコンに向かいながら言った。単なる助っ人であれば、ステージ部のスケジューラーから相談がくる。やはり配役変更だ。

「何とかなると思います」

遥奈が返事をすると、魔女が視線を上げて、人の懐《ふところ》をのぞき見るような目になった。皺《しわ》の少ない顔に笑みが広がっていく。

「ふーん……。思うなんて言い方からすると、あなた自身ではどうにもできない外部要因があるかもしれない。つまりは、どこかのオーディションを受けて、返事待ちがあるってことね。けれど、手応えのほうは残念ながらあまりない。そんなところかしら」

鋭い読みに、背筋が伸びる。こちらのわずかな言葉尻から、ズバリと言い当ててきた。魔女、恐るべし。

「あ……いえ、オーディションではないんです。ダンス教室の先輩がアシスタントを募集してまして――」

「いいのよ。あなたは半年ごとの更新だから。契約に支障が出ない限り、どこのオーディションを受けようと自由だものね」

魔女の笑みが心なしか優しくなった。デスクに置いてあった一枚の紙を差し出してきた。

契約書だ。

鼓動《こどう》が一気に跳ねる。

「時給は二百円アップ。ステージごとに手当もつく。あなたなら一週間で研修レッスンを終えられると思う。その間は、今までどおりの時給で我慢してね。仕事はきつくなるけど、社員待遇にもなるし、パッセンジャーの注目を浴びて、熱烈な拍手を得られる配役よ。どうかしらね？」

説明を受けながら、契約書に目を走らせた。

配役の欄を見て、息が止まった。飛び出しそうになった声を呑み、魔女を見つめ返す。

「——わたしが、エルシーの着ぐるみに入るんですか？」

パレードのエルシーなら、まだわかりもする。簡単な振り付けだからだ。けれど契約書には、ショー担当、と書かれていた。

ファンタシアのトップアイドル。エルシーの登場しないショーはひとつも存在しない。

「実は、藤島さんとの契約期限が近づいているの。ひざの状態が悪いらしくて、配役変更を決断するほかなかったのよ。あなたは身長も高くないから、ちょうどいいでしょ」

言われて納得できた。彼女が息切れする理由は、ひざにあったらしい。

全力で踊り、怪我を負ってしまえば、役を下ろされて、契約を打ち切られる。たとえ主役を務めていようと、雇われダンサーの現実は厳しい。代わりの駒はいくらでもいる。

「あの……わたしよりベテランは何人もいますが」

「そうね。でも、ショーの配役は年功序列で下りてくるものじゃないわ。踊れる人こそが優先される。あなたを強く推薦した人がいるの」

「国吉さんが今、パレードでエルシーに入ってます。その人を差し置いて、わたしがショーのステージに立つのは――」

「彼女、地元へ帰ってダンス教室を始めるらしいわね」

微笑む魔女の口元に目が吸い寄せられた。

初耳だった。シニア・パルを目指しているものと信じていた。

「急な話だけど、痛みをこらえて息切れするエルシーを、ずっとパッセンジャーに見せられはしないでしょ。明日までに返事をもらえるかしら？　一刻も早く主役を決めておきたいから」

まさか、こんなにも早く主役の座が降ってくるとは思わなかった。

2

「すごぉーい、新田先輩。エルシーをやれるなんて最高じゃないスか！」

パル・ロッジの前でしつこくも待っていた雀たちが、話を聞くなり歓声を上げた。自分のことのようにガッツ・ポーズまで作っている。

家路につくパル・スタッフが、近づいたら危険な酔っ払いでも見るような目で遥奈たちをさけていく。ありがた迷惑この上ない。

「当然お給料も上がるんですよね。そのうえ、パッセンジャーから万雷《ばんらい》の拍手をもらえるなんて……あたしだったら失神しちゃうかも」

何ノーテンキなこと言っているのだ。夏場になれば、着ぐるみの中の温度は五十度を超える。拍手などもらえずとも、脱水症状を起こして、否《いや》が応《おう》でも失神する。過去には気を失って山車《だし》から転落する事故も起きており、今はシャーシーのトップで踊るキャラには命綱《いのちづな》がつく。

「あ――てことは、妖精ブライザの役があくってことよね」

「あんたじゃ無理に決まってるでしょ。どんなリズムも安来節《やすぎぶし》だもの」

「そう、出雲《いずも》の出身だから――って、そんなわけないでしょ！」

見事な漫才に笑いを誘われる。が、無駄話につき合ってはいられなかった。

駅へと歩きだしたものの、足がすぐに止まった。ちょうどパル・ロッジから国吉茉莉が出てきたのだった。

「茉莉さん！」

遥奈は彼女のもとへ走った。

「おめでと、遥奈ちゃん。エルシー役をつかんだのよね」

「あ、はい……」

作り物には見えない笑顔を振り向けられた。その眩《まぶ》しさに、心底から戸惑った。二羽の雀は声もなくこちらを見ている。

「あら、その顔見ると、あんまり嬉しくはなかったみたいね」

「いえ、そういうわけでは――」

「わかるわよ。けっこうよそのオーディション、受けてたみたいだものね」

ファンタシアと契約するダンサーは百人近い。業界は狭く、噂は嫉妬をともなうせいで、熱病のように広がっていく。

「着ぐるみの中で踊るなんて、遠回りになる。そう思いたくなる気持ちはわかるわよ。あなたなら、どんなステージでもバックダンサーとして通用するものね。でも、ものは考えようよ。面白みのないステップをいくら踏んだところで、経験にならないでしょ」

言わずもがなのことだった。ファンタシアと契約できれば、ショーのステージに立てる。ダンスのほかにも幅が広がる。最近では、一人カラオケで歌の練習も積んでいる。ダンス一本では先細りの道が待つ。

「気を悪くしないで聞いてほしいの。体が小さいぶん、少しは人目につく大きな身のこなしが学べる、そういう考え方もできるんじゃないかしらね」

痛いところを突かれて、言葉が出ない。最近の若い子は体が大きい。悔しいかな、彼女たちは長い手足を生かしたダイナミックなダンスを見せる。こっちはキレで勝負するしかない。

着ぐるみをまとえば、小さな動きでは通用しないだろう。けれど、今さらわざとらしいオーバーアクションを学んで何になるのか。

気持ちが顔に出ていたらしい。国吉茉莉が困ったように眉を寄せ、くすりと笑った。

「ごめんなさいね。でも、あなたと正反対の人がいたのを思い出したの――」

またも曇りのない笑顔を見せられた。どうして笑っていられるのか。正反対という意味もつかめず、首をひねった。

「その子、本当は着ぐるみに入りたくてうちに来たんだけど、インフォメに配属されたのよね」

「え……ダンサーじゃないんですか？」

話の先が見えてこない。着ぐるみに入ってスターを気取りたいバイト志望の者は、掃いて捨てるほどにいた。でも、希望者が多いため、かなりの狭き門なのだ。

「でもね、今じゃその子、インフォメきっての新人王だっていうの。噂、聞いてないかしら？　ちょっとしたスターの一人らしいわよ、新人パルの中で」

ますます拍子ぬけして、首をかしげた。たかがインフォメのパルが、どうして仲間内のスターなのか。

「もっとみんなと踊っていたかったけど……。わたしはタイム・リミット」

「茉莉さんは、まだそんな歳じゃありませんよ」

なぐさめを口にすると、彼女は笑みを消して首を振った。今度は急ごしらえとわかる笑顔になった。

「いい夢見られたな。田舎《いなか》に帰って夢の続きを追いかけるつもりよ。あなたも頑張ってね」

無理して笑うなんて、イタすぎる。都落ちも同じじゃないか。そう本音をぶつけるわけにもいかず、遥奈は唇を嚙んだ。

国吉茉莉は小さく手を振り、バス停のほうへ歩きだした。ステージで踊る時と同じで美しく背筋が伸び、自分で決めた道を疑いなく歩く者の後ろ姿に見えた。

魔女に電話を入れると、二日後から配役研修のレッスンが始まった。

いつもより二時間早くロッジに入り、ＤＶＤでエルシーの登場シーンをおさらいしていく。キャラごとに映像がまとめられているので、ダンスの経験者であれば、大まかな振り付けは、ほぼ頭に入る。

映像を流しながらステップワークを確かめていると、指導役のダンサーが現れた。遥奈は直立不動になった。マジかよ、と思った。鏡の前へ歩いてきたのは、エルシー役を降ろされることになった藤島美和だったのだ。

「よろしくお願いします！」

身を正して頭を下げたが、彼女の目つきの鋭さはマングースに相対するハブに負けていなかった。この女が自分から役を奪ったのだという敵意に近いものが、ビシバシ伝わってくる。

振り付けを教えるのだから、経験者が指導役を務めるのは当然でも、あまりのご指名だった。いったいどこのどいつが指導役を言い渡したのか。教わる者の身になってもらいたい。

初日は、着ぐるみなしでの反復レッスンだった。

「全体的に身ぶりが小さすぎる。特にステップは、もっとひざを高く上げないと、客席の後ろにまで、エルシーの高揚感が伝わらないわよ」

これでもかと、ひざを突き上げて踊ったが、ダメ出しは続いた。

「ほらほら、手と足だけで踊ってる。爪《つめ》の先まで気を配らなきゃダメ。着ぐるみで隠れてるんで目立たないと思ってたら、パッセンジャーに手ぬきが即ばれるわよ」

見る間に汗だく。息が苦しい。

スポーツ・ドリンクをがぶ飲みしてから、また踊る。そのくり返し。

「もっと全身を躍動させて。着ぐるみの頭部は重いから、今の動きじゃ絶対ワンテンポ遅れるわよ。もっと素早く頭と腕を振るの。遅い、遅すぎるわ！」

もはや研修でも、特訓でもない。パーク公認のしごきだ。休みなしのイジメに近い。責任者、出てこい。

密かに毒づきながら踊っていると、スタジオに次々とダンサー仲間がやってきた。朝から自主練習をしようという熱心な信者たちだ。

誰が見ていようと、容赦なしのレッスンが続く。ダンサーたちは思い思いに体をほぐし、指導という名のしごきを横目で盗み見る。

「うわーぁ、先輩、頑張ってくださーい！」

二人の新人までが高みの見物ときた。こいつらも自主練習に励んでいたとは知らなかった。

ショー開幕の一時間前を告げるチャイムがスピーカーから流れた。長い二時間が終わった。

全スタッフが準備のために動き出す中、遥奈はフロアに転がった。酸欠で気分が悪い。見上げる天井の前に、鬼の形相《ぎょうそう》がつき出された。

「お疲れ様。お昼に自主練するなら、つき合うわよ」

ゲゲッ……。あえて人前で声をかけるのだから、底意地が悪い。断ろうものなら、やる気なしの甘ちゃんだと思われる。マングース対ハブの激闘は続く。こうなりゃ、意地だ。

「ハイ、お願いします！」

息も絶え絶えに自主練習を終えたあと、午後のステージまでの時間を使って、遥奈はパークの中を歩いた。先日、国吉茉莉から聞いた話が思い出されたからだった。

インフォメーション・センターの前には、午後のガイド・ツアーに参加するパッセンジャーが集まっていた。その前で両手を振り、大きな声でにこやかに呼びかける若い男の姿が目に入る。

「はい、皆さ〜ん、本日はご参加いただき、ありがとうございます。列に並ばずアトラクションを楽しめる特典があるわけでもない、単なる団体行動にわざわざ予約を入れていただくとは、よほどファンタシア・フリークのお客様だと感服いたします」

ありがちな〝つかみ〟だった。なのに、客たちはどっと笑っている。ここでもわかりやすさが肝心なのだ。

宇宙飛行士めいたコスチュームを着た若い男の子を見つめて、遥奈は目をまたたかせた。インフォメーションの中を見て探すまでもなかった。着ぐるみに入れなかったパルとは、間違いなく彼だ。

右の頰に、大きなミミズ腫れの傷があったのだ。

なるほど、あの傷を隠して働くには、着ぐるみの中に入るのが一番だろう。でも、彼は頰の傷をさらし、お客に優しく笑いかけていた。

「皆さんは、とっても運がいいですよ。今日のガイドは、我らインフォメ部門でとびきり美人のパル、堀川《ほりかわ》めぐみが務めさせていただきます。彼女は足が長いので、仲間と同じ制服なのに、ひざ上二十三センチの超ミニスカートになってしまうんです。あ──だらしなく笑わないでくださいよ、そこのおかた。ほらほら、お連れ様が睨んでますよ」

ありきたりな話術であろうと、パッセンジャーは心地よく笑ってくれる。パルの話しぶりが手慣れているうえ、あふれんばかりの笑顔があるからだった。安心感があるから、身を委《ゆだ》ねて笑うことができる。

「さあ、ミニスカ・ガイドの登場です。盛大な拍手をお願いします！」

見たところ、大したミニでもないのに、「おーっ」と声が上がった。ガイド役の女性パルがさっと一回転して、スカートがはらりと持ち上がり、またどっと歓声がわいた。ファンタシアに来てくれる客は、本当に人がいい。

ガイド・ツアーが出発すると、傷の男の子はパッセンジャーの列が見えなくなるまで大きく手を振り続けていた。

その彼が、急にクルリとこちらを向いた。

「まことに申し訳ありません。ガイド・ツアーは人気があって、事前予約を入れていただいたほうが確実にご案内できます。キャンセル待ちはすぐ締め切りになってしまいますので」

「ごめんなさいね、パッセンジャーじゃないの」

「ええ、ダンサー・チームのかたですよね。ビザも下げてないし、荷物も持ってない。そう暑くもない日なのに、シャツには汗がにじんでる。スパッツのひざもすり切れてる。この時間帯は、エルシー・コーラス隊のステージしかないので、ダンサーのかたなら、ちょっと空き時間がありますものね」

さすがインフォメの新人王だ。すべてのステージの時間がインプットされている。

こちらの綺麗とは言えない身形《みなり》から、部署まで言い当てるとは侮れない。

「申し訳ありませんが、ガイド・ツアーに従業員優待枠は設けられていないんです」

名探偵なみの観察力に驚かされはしたが、あえて表情を消したまま、遥奈は言った。

「こっちこそ、ごめんなさいね。わたしは着ぐるみなんか入りたくなかったのに、エルシー役を言いつけられたの」

彼にしてみれば、ケンカを売られたようなものだったろう。着ぐるみに入る希望が叶わず、インフォメに配属されても、こうして彼は与えられた仕事を健気に果たしていた。嫌味以外の何ものでもない言葉に聞こえたはずだ。

「それは大変ですね。主役だと注目されるばかりで、振り付けは間違えられないし、誰よりも毎回見事なダンスを披露しないとならないし。プレッシャーしかないですものね」

満面の笑みで同情された。

「あなたのダンスで、パッセンジャーの心をガツンとつかんでください。ぼくも時間があれば、見にいかせていただきます。あ——でも、どのステージに立つかは言わないでくださいね」

意味不明の言葉だ。時間があれば見ると言っておきながら、いつどこに出るのかは教えるなと口走る。こいつの思考回路はどうなっているのだ。

「うちには、どのステージのダンサーが素晴らしいか教えてくれって質問もくるんです。もちろんエルシーは一人ですし、いつ見ていただいても最高のショーですよ、と答えてます。けど、恐るべきショー・マニアがいて、時に鋭い意見も寄せられます。最近は息が上がり気味のエルシーがいるぞ、なんて。なので、実はみんなでちょっと心配してたところなんです」

こいつ……どこまで情報を握っているのだ。

要するに、おまえが頑張れ、下手なダンサーの情報は聞きたくない、そう言いたかったわけか。

少しカチンときたので、言った。

「着ぐるみの夢が叶わなかったのに、どうしてここで働こうって思ったのかな」

男の子の笑顔が微妙に固まった。でも、彼はすぐまた傷のある頬をゆるませた。

「気づいたんです。ここで働いてる人の多くはアルバイトですけど、本物のプロがたくさんいるなって」

わからなくもなかった。この遊園地には笑顔を提供するプロが集まっている。社員教育のたまものだが、ファンタシアへの思いがなければ、熱意は持続しない。

「言い方は悪いけど、わたしもふくめて、みんな便利に使われてるだけかもね」

アルバイトなので給料は安い。働きたい者は続々とやって来る。

「姉にも言われてます。アルバイトなんて使い捨てだって。一生懸命働いたって、先はないだろって。だから、言い返したんです。本気で頑張れない者には、先を見つけることもできっこないって。そう思いませんか？」

同意を求めた言い方には聞こえなかった。彼は彼なりに今の仕事で何かを見つけたがっているらしい。あのピーチクとうるさい二人の新人なら、どう答えるだろう。

「君の頑張り、悪くないね。話せてよかったよ。じゃあ……」

遥奈はポケットに手を入れ、自分の持ち場である劇場へとUターンした。そろそろ午後のステージに備える時間が近づいていた。

「また来てください。待ってますから」

本当に底抜けのお人好しが、このパークには集まっている。

3

配役研修の三日目には、着ぐるみに入っての実演レッスンが行われた。

実際には着ぐるみとは呼ばず、コスチュームと称しているが、総重量は四キロを超える。前任者の汗がそこはかとなく染みついているので、臭いも気になる。

強化プラスチックの胴回りを、防塵《ぼうじん》加工されたフェルト素材が覆《おお》う。事前に手足のサイズを計り、遥奈の体型に合わせて、肩、ひじ、ひざ、腰にあるアタッチメントの位置を調節ずみだ。

汗止めを兼ねたヘアバンドを巻いて頭部をかぶり、準備完了。

手足は自由に動かせる。が、首と肩にしめつけられた感覚がある。まるで地球より重力の大きな星に降り立った宇宙飛行士の気分だ。油断していると、動きまでがスローモーになる。

エルシーの口の部分に当たる小穴の窓から、外を見回した。ざっと視野は三十度ほど。体ごとひねってやらないと、隣に立つ者も見えやしない。二分もしないうちに、コスチュームの中が熱を帯び、息苦しくなった。こりゃ、予想以上の手強さだ。三重苦の中で飛び跳ね、手足の先まで気を遣って踊る。早くもステップが乱れた。最初のダンスで目眩《めまい》に襲われかける。

これでたった二百円の時給アップかよ。ブラック企業なみの給与体系と言える。経理部の社員は、一度コスチュームを身につけて盆踊りに参加すべきだ。自分らがどれほどダンサーを酷使しているか、実感できよう。

ステージ・ディレクターも加わっての指導がスタートした。

振り付けは覚えたし、台詞は声優による録音なので、演技はどうにでもなると考えていた。ところが、ディレクターから演出上の注意がマシンガンのごとく連射された。

「音楽ストップ。エルシーはここで王子様を見るんだ。まず驚き、身を引いて、それから客席に顔を振る。皆さんはどう思いますか。そう訴えかける間が必要なんだよ。今のじゃ、全然短すぎる。子どもにでもわかる、充分な間を作らないでどうする」

「その踏み出しの一歩で、危険に近づいている——そう感じてもらうんだ。震えが小さすぎたんじゃ、パッセンジャーには伝わらないぞ」

「おいおい、ダンスに入るタイミングがワンテンポ遅くなってる。まず妖精と顔を見合わせたあと、大きくうなずいて両手を一気に広げる。素晴らしい朝が来て、その新鮮な空気を胸いっぱいに吸うわけなんだからな」

一々ごもっともな指摘に、未熟さを教えられる。

さらに、王子役の白人ダンサーまでが、遥奈の演技に合わせてくれた。

ファンタシアはアメリカの芸能プロダクションと契約している。ショーには外国人のアクターやダンサーも必要だからだ。

今日の王子役は、マーク・デニソン。ファンタシアに来て二年になる。歳は三十五に近いが、王子役として髪を長く伸ばしているので、そこそこ若々しい。

遥奈のテンポが遅れても、嫌な顔ひとつ見せず、即座に合わせてくれる。素晴らしい。が、外国人ダンサーは年契約で給料も高いのだから、当然か。

前半部を通しで踊った。いったん休憩する。遥奈はスタッフに礼を告げると、コスチュームの頭部を外すなり、フロアに寝そべった。もう立ってもいられなかった。心臓が爆発する。

「すごぉーい、新田先輩。ディズニーかUSJで踊ってたんですかぁ?」

またピーピーと新人雀が駆け寄ってきて、タオルで扇《あお》いでくれた。誉め言葉のつもりらしいが、よそのパークなど知ったことか。

「新田さん、三分の休憩で、またエルシーの出番よ。水分補給をしたら、あとは息を整えるのに専念して。寝転がったら、立つのに時間がかかって、登場のタイミングが遅れるわよ」

はいはい。立ちゃいいんでしょ、立ちますよ……。

こりゃ、生半可な体力では務まりそうになかった。

倉庫の隅で横になった。三つあるスタジオは仲間が練習に明けくれているので騒がしい。更衣室も気が休まらない。

まだ手足の先がじんじんと痺《しび》れていた。酸素が体の隅々に行き届かず、乳酸がどんよりと重くそこかしこに溜まっているのだ。それでも目を閉じると、自分の踊りの修正点がちらほら脳裏に浮かぶ。休息したいのに、頭の中ではエルシーの着ぐるみが舞い踊る。

「……モッタイないネ」

たどたどしい日本語が耳に届いた。身を起こすと、倉庫の内扉に細身の影が現れた。

踊りを合わせてくれたマークだった。汗はぬぐったろうが、散歩を終えたぐらいの涼しげな顔に見える。

「あ――わざわざ合わせていただき、ありがとうございました」

「コスチューム、ジャマだね。せっかくのキミのダンス、だいなし。ブライザのほうがよかったかな」

何とか聞き取れる程度の日本語だった。こちらも英語はほとんど話せない。

「すみません。すぐに慣れてみせます」

「モンクじゃない。ヘンなオーバーアクション、キミにあわない。カラダおおきいがイジン、マネることない」

遥奈のこれまでのダンスを評価してくれていたらしい。本場の経験を持つダンサーに言われると、励ましの言葉だとわかっても、喜びは大きい。

「ありがとうございます。でも、新たな役を果たすことで、ダンスの幅も広がりますない。たぶん」

「キミのストロング・ポイント、スピードだネ。ラスベガスのダンサーにも、まけてないから」

　どこまで本気の評価か。遥奈は警戒した。

　彼ら外国人ダンサーは、日本のスタッフとは一線を画したがる。言葉も通じにくいし、本国へ一年で帰ってしまう者も多い。中には若い子に手を出す不届き者もおり、パークの人事課も目を光らせている。同じステージに立っていながら、遥奈も挨拶ぐらいしかしてこなかった。

　マークが苦笑とともに肩をすくめた。

「ウソはいわないよ」

「あ――信じてないわけじゃなくて、そんなふうに誉められたことがなかったので」

「ハバがひろがる、いいことだネ。でも、ストロング・ポイント、たいせつに。ガンバッテ」

　遥奈が戸惑っていると、マークは肩をほぐすような仕草をしながら戻っていった。

　踊りを合わせたうえ、声までかけてくる。ファンタシアの掟は外国人ダンサーにまで浸透しているらしい。いや、プロだからチームの和を優先し、新米エルシーを励ましておこうと考えたのだろう。

身を起こして扉に走った。歩き去るマークに向かって、「サンキュー」と呼びかけた。

彼は振り向かず、右手の親指を突き上げた。その背中が少し笑っているように見えた。


五日目に、朝のリハーサルでエルシーを担当させてもらった。そこそこの演技はできた。こうやって少しずつ役を覚え、本番の時を待つ。

ところが――事態は一気に急転した。

休み明けの朝、指導役の藤島美和が、いつになっても現れなかった。リハの時間がきても、主役のダンサーが不在なのだ。

その代わりでもないだろうが、舞台の袖に黒いローブをまとった魔女が姿を見せた。

スタッフとダンサーが動きを止める中、及川真千子がステージに進み出てきた。

「皆さん、ひとつご報告があります。藤島さんがついに靭帯《じんたい》を痛めて、今日から欠席です」

遥奈には朗報だった。指導役の鬼が来ないとなれば、いない間に洗濯ができる。というか、自主練習も楽になる。

「そこで、ステージ・ディレクターの牧野《まきの》さんと相談しました。本日から、少し予定を早めて、新田遥奈さんにエルシーを務めてもらいます」

青天の霹靂《へきれき》。藪《やぶ》から棒もいいところだ。

遥奈は呆然《ぼうぜん》となった。簡単に言わないでほしい。

ステージ上の出演者がいっせいに視線を振り向けてきた。大道具に腰かけていたマークが立ち上がって拍手をした。ほかの出演者は不安げに目を見交わし合っている。遥奈は救いを求めて、ステージ下に陣取る牧野とスタッフを見た。

「練習は積んできたろ。心配するな。さあ、今日は新米エルシーのために、少し念入りにリハをやっておこう。はい、音楽スタート！」

本人の意向などおかまいなしに、さっさとステージが暗転した。


開演前はドキドキが止まらなかった。のどが渇き、何度もドリンクをがぶ飲みした。二人の新人がピーチクと話しかけてきたが、返事もせずに台本チェックとイメージ・トレーニングに専念した。

五分前の予鈴《よれい》が鳴った。エルシーのコスチュームに手足を通す。衣装担当が背中のファスナーを上げる。いつもより頭部が重く感じられた。

開幕ベルが聞こえた。客席は見なかった。満員に決まっている。八百三十二席。すべての目がエルシーの登場を待つ。

吹雪の音が前奏のように響き、テーマ・ミュージックが流れだす。遥奈は胸の中でリズムを刻んだ。鼓動を音楽に合わせ、軽くステップを踏む。頭のてっぺんから爪先《つまさき》までエルシーになったのだと言い聞かせて、出番を待つ。

肩をたたく者がいた。マークだった。母を求める王子が、先にステージへ駆けだしていった。もうすぐ出番だ。

「――こんな時、ぼくに力があれば……。この氷の世界のどこかに、春へ通じる扉の鍵があるはずなんだ。エルシー、ぼくに力を貸してくれ」

フロア・ディレクターが背中を押した。

ぼくはエルシー。修行中の妖精。たまに失敗はするけど、やる気は誰にも負けない。

ステージの後ろにある階段を蹴った。駆け上がった先に、小さなトランポリンが隠されている。弾みをつけて、大きくジャンプした。

客席がどよめき、瞬時に歓声へと変わる。

着地と同時にターンを決めて、深々と一礼した。集まる妖精の仲間に待ったをかけて、歌が始まる。さあ、技の見せどころ。最初のダンスシーンだ。

大きく手で弾みをつけてターンし、バックベンドで見得《みえ》を切る。爪先、踵《かかと》でフロアをブラッシュ。上半身をシェイクさせてからの開脚ジャンプ。ステップに乱れはない。

ひざを高く蹴上げ、指先まで気を配って踊る。歌と台詞に合わせ、全身で観客に訴えかける。みんな、ぼくを見てくれ。

妖精たちの間を走って、さらに身ぶり大きく踊る。息が切れてくる。が、ステップは快調、乱れていない。リズムとともに自然と体が動いていく。どれほど練習してきたか。ターン、フラット・タップ、続いてまた開脚ジャンプ。

一瞬、ステージが目映《まばゆ》い光に包まれ、一瞬で暗転。その間に、書割《かきわり》の横へ身を隠す。同時に衣装担当が頭部を外し、ＯＫサインと一緒にペットボトルを渡してくれる。荒れる息を整え、のどに流しこむ。

短い三分が終わり、いよいよフィナーレへ向かう。コーラスが高まる中、遥奈はステージへ飛び出した。

すべての振り付けは体に刻まれている。仲間とタイミングを図って、大きく手足を伸ばす。

横で踊るマークの汗が光っていた。きらめく光の中、リズムが高鳴る。スポットライトが遥奈を照らしているので、客席は見えなかった。でも、劇場中の視線が集まっている。ブライザ、魔女、王子と、次々手をつないで踊る。全身で春の喜びを表現する。

最後の決めポーズと同時に、幕が下り始める。

拍手と歓声に包まれていた。息が上がって吐きそうだ。が、歯を食いしばってポーズを保つ。と、幕が上がってカーテンコールに移る。

やっと劇場内を見渡せた。客席が波となって揺れている。あえぎのために、コスチュームの頭部が揺れるせいだった。息が苦しいのに、心地よい。

手足の先に、快感のしびれが伝わっていく。主役を演じるとは、こういうことなのだ。端役《はやく》の時でも拍手は嬉しかったが、ステージの中心に遥奈のエルシーがいる。

ぞくりとした。これは病みつきになりそうだった。

4

「ふーん。でも、遥奈、そういうのを主役って言うのかしらね」

久しぶりに電話をかけてきたかと思えば、ずいぶんな言いぐさだった。

「だからね。母さんだって知ってるでしょ。ファンタシアのトップキャラはエルシーなのよ。その中に入ってダンスを踊ってるわけだもの」

「母さんだって、エルシーぐらいは知ってるわよ。何度もファンタシアには行ったんだからね、あんたを連れて」

言われて苦い記憶が甦る。母親といつも行く遊園地はファンタシア・パークと決まっていた。なぜなら、父親は何かにつけて遥奈をよく浦安《うらやす》のディズニーランドへ連れていったからだ。

父は離婚する際、月に一度は娘と二人ですごせる時間を求めた。知り合いのコネがあるとかで、VIPしか入れない特別な休憩室に遥奈を連れていき、自慢げな顔をして言ったものだ。日本の遊園地はどこも子どもだましだ。本場のものは違うだろ、と。

そのくせ、娘との約束を忘れることも多く、月に一度どころか、三月に一回、会えればいいほうだった。

だから、オーディションに落ち続け、テーマパークのダンサーで食いつなごうと決めた時、父との思い出が染みついた場所をさけたのは自然なことだ。パークを歩くたび、いちいち父親を思い出して腹を立てるのでは、億劫《おっくう》きわまりない。

「考えてもごらんよ。お客さんはあんたじゃなくて、エルシーに拍手を送るわけでしょ」

「でも、わたしがいなけりゃ、ショーは成立しないの」

尾ヒレをつけて言った。本当はショーごとに二人のエルシー役がいて、スケジュールの調整をつけながらステージに立つ。だから、今はパークのショー担当として、四人のエルシー役ダンサーがいる。

「でもねえ……。母さんは、緑や青に顔を塗りたくってても、遥奈だってわかるほうが嬉しいけどね」

お話にならなかった。主役の座をつかんだ娘を誉めてやらないで、どうするのだ。しょせん母は、ダンス業界の厳しさも、ファンタシアで演じられているショーの質の高さもわかっちゃいない。

「とにかく、そういうことなの。一度、見に来てよね。席を取ってあげるから」

「でも、着ぐるみを見たってねえ……」

「着ぐるみだって立派な仕事なの」

本当に調子が狂う。

電話を切ったあと、遥奈はマンションのユニットバスに身をひたした。全身にまだ残る疲れを、心地よく感じる自分がいた。

母に言われずとも、自覚はあった。パッセンジャーが見ているのは妖精エルシーで、新田遥奈の姿は誰にも見えてはいない。それでも端役の身に甘んじるよりはましだ。

翌日も意地になって早出をした。一人で自主練習に励んだ。こうなりゃ、エルシー役を完璧に踊りこなしてみせる。

二日目も喝采を浴びた。

そりゃそうだ。熱心なファンタシアのファンは、どんなショーにも拍手を惜しまない。

「新田先輩、知ってましたかぁ？」

ロッジの食堂で、同じ時期に入ったダンサー仲間とランチをつついていると、またピーチクと新人雀の一羽が走り寄ってきた。

名前は……山本のほうだったか。彼女はランチのお皿が載ったトレイを遥奈の横に置くと、先輩たちを見回しながら言った。

「ホント驚きましたよね。わたし、腰ぬかして倒れかけましたもの、マジ、卒倒ものですよね」

「いつも元気ね、山本さんは」

同期の仲間が苦笑まじりに息をつく。迷惑げなニュアンスなど、どこ吹く風と軽く頭を下げ、また山本がまくし立てる。

「あれれ、皆さん、誰一人としてご存じないみたいですね。藤島美和さんのことですよ。聞いたら絶対、吹雪の魔女に出会った村人みたいに全身フリーズしますって」

「だから、何よ」

遥奈は目に力をこめた。山本が得意そうな顔になる。

「藤島さんの靭帯、実は——仮病なんですって」

ね、驚いたでしょ。小さな目がキラキラ輝きを放つ。

意味がわからずに見返すと、彼女は平然とオムライスに向き直ってスプーンを振った。

「だって藤島さん、新田先輩と同じ半年の契約でしょ。自分の都合で勝手に辞めることと、できないはずじゃないですか」

一同の表情がフリーズした。

たとえ契約期間のうちでも、違約金を取られないケースがひとつだけある。怪我を負い、医師の診断書を提出した時だ。

「藤島さん、ほぼ毎日ステージに立っていながら、外のオーディションも受けてたそうなんです。で、ついに念願のチケットをつかみ取ったらしくて」

言葉を失い、遥奈は慌てて水を飲んだ。同期の子が前のめりになる。

「じゃあ——合格したのね」

「だから、足が痛いだなんて演技をしてたんですよ。まんまと狙いどおり、魔女から肩たたきを受けて、新田先輩の指導役を仰せつかった。嘘をついて急に辞めるんだから、後ろめたさもあって、後任の新田先輩を厳しく指導してたってわけ。驚きですよね」

「そんなことより、何のチケットをつかんだのよ、彼女は」

別のダンサーが山本に手の箸《はし》を突きつけて訊いた。

「それなんですけど――」

小鳥が餌《えさ》をついばむように、山本は首をわざとらしく前につき出して遥奈たちを見回した。

「何年か前に、ジャズダンスの世界を扱ったミュージカルがアメリカから来ましたよね。その新作がまた上演されるんです。日本版の主要メンバーに選ばれたって噂ですけど。ホントなら、誰だって仮病使ってでも辞めますよね」

途中から声が聞こえなくなった。そのオーディションなら、ダンス教室の仲間と腕試しにと遥奈も受けていた。もちろん、結果は玉砕。二次にも残れなかった。

あの藤島美和が合格していたとは……。

足先から全身が冷えていった。あなたを強く推薦した人がいるの――。魔女の言葉が思い出された。

自分は急ごしらえで用意された後釜《あとがま》だったのだ。跡をにごさず辞めるには、何より後任のエルシーが必要になる。どうにか務まりそうな者を選んで推薦し、厳しくレッスンを施《ほどこ》す。めどが立ったところで偽の診断書を出し、契約を解いてもらえたなら、晴れてダンス・ミュージカルの大役に力をそそげる。

「ちょっとずるいですよね。偽の診断書を使うなんて」

山本が遥奈に同意を求めてきた。そのずるさのおかげで、あなたはエルシーになれたのよ。彼女は何も言っていなかった。けれど、クルクルと小動物のように動く瞳が、そう告げていると感じられた。

遥奈はテーブルを掌でたたいて山本に向かった。

「ずるいだなんて、なに甘えたこと言ってるのよ。そんなの当然でしょ。自分を生かせるもっといい仕事があるなら、何が何でもつかみ取る。それくらいの覚悟がなきゃ、名前を売りこめないし、この業界で生きてくことなんか絶対できやしないもの」

「えぇーっ？　新田先輩って、そういう野心バリバリの人だったんですかぁ」

「あんただって、外のオーディションぐらい受けてるでしょ」

遥奈が迫ると、雀が目をぱちくりさせた。返事はない。当然だ。こいつも密かにオーディションを受けているのだ。

自分を磨くためにも、チャンスを手にしたい。三十歳をすぎてもその他大勢として踊るのでは、誰かのように田舎へ帰るしかなくなる。いや、帰る田舎があって、そこでダンス教室を開ける者はまだ恵まれていた。

夢破れて家族の待つ故郷へ戻り、人知れず結婚して子どもを産み、そのうち子にせがまれてファンタシア・パークに来て、後輩たちのステージを見ながら、自分にもああいう時代があったのだと、懐かしく思い返すことになる。輝きとはまったく縁のない将来が、いやでも見えてくる。

「自主練するから、そろそろ行くわ。あんたも早く食事を終えて、少しはお友達とレッスンしなさい」

小雀に八つ当たりして言い、遥奈はトレイを手に立ち上がった。

オーディションでは負けたが、必ず追い越してみせる。そう思わなくては午後のステージがつらくなりそうだった。

5

拍手、歓声、スポットライト。ステージの真ん中で力の限りに踊る。陶酔感はありながら、そこに新田遥奈というダンサーの存在感はない。架空のキャラクターでしかない妖精エルシーが、ただ一心にファンの注目を浴びる。

その日のステージを終えると、遥奈は迷った末にパーク本部のオフィスを訪ねた。

照明が半分ほど落とされた中、今日も及川真千子が一人でパソコンに向かっていた。

「あら、お疲れ様。評判いいみたいじゃない。心配はしてなかったけどね」

魔女はちらりとしか遥奈を見ず、パソコンのキーボードをたたき続けた。こんな時間まで一人でオフィスに残り、何をしているのか。興味がわいて、魔女の後ろからディスプレイをのぞいた。

画面の左にパルの名前が並び、その横にアルファベットが打ちこまれていく。右には細かい文字で書きこみもある。

「じっくり見ないでね。最高機密の査定表だから」

「え……！」

「こうして日々、更新されていくのよ。だって、パル一人一人の仕事への取り組みようが、そのままファンタシアの評判につながるわけだものね」

成績の悪い者には去ってもらうしかない。その資料作りを欠かさずにいる。周囲にスタッフがいる時では、確かにやりにくい仕事だ。

「本部長補佐なんて役職だけど、担当するエリアで働く者をランクづけする係みたいなものよ。気になるパルの仕事ぶりを見て回って、挨拶がCだとか笑顔はぎりぎりBだとか、冷静に人を格付けしていくわけ。新田遥奈さんは新たなエルシー役を見事こなしてるから、おまけでBをつけときましょう、とかね」

「おまけ、ですか？」

「たとえばの話よ。わたしはダンスの専門家じゃないから、査定はステージ・ディレクターに任せてます」

ニコリともせずに言い、魔女は真剣な目でディスプレイを見ながら、キーボードをたたいていく。カチャカチャと、人を品定めする音が薄暗いオフィスに反響する。

「でも本当は、各エリアのゴールドからもパルの勤務評定は上がってくるでしょ。だから、気になる点をメモしておいて、ミーティングの材料に使ってもらえるようにすることのほうが、大切な仕事と言えるかしらね」

単に評価をつけるのではなく、修正すべき点を見つけてミーティングの俎上《そじょう》に載せ、エリアすべてで改善させていく。幹部社員による指摘のほかにも、アルバイトの仲間内で対処させることのほうに意味があるのだ。

ショーのステージも同じだった。一人の技術が向上すれば完成度も高まっていく、というものではなかった。チームの仲間と息を合わせて踊ることで一体感は増す。出演者の感性も磨かれていく。主役一人が張り切っても、ステージは成立しない。

「こんな時間に何かしら。まさか、あなたまで足が痛くなったとか言いに来たわけじゃないでしょうね」

ジョークにしては絶妙すぎた。魔女の洞察力は鋭い。訪ねてきた理由を見ぬかれたのか……。が、言わずにはいられなかった。

「実は、藤島さんのことで、嫌な噂を聞いたもので……」

魔女の手がぴたりと止まった。回転椅子ごと、こちらに向き直った。

遥奈は視線をそらして言った。

「どこまで本当なのかはわかりません。けれど、藤島さんが提出した診断書は……偽物だとか」

「もちろん本物よ。医者のサインも確認してるし」

確信に満ちた声で魔女が言った。どこに問題があるのか、と問いたげな目を作られた。

「それが……仮病を使って診断書を書いてもらったとかいう話があるらしくて……」

「そうよ。わたしが仮病を使いなさいってアドバイスしたの」

予想外の答えに、声が出ない。

魔女が謎めいた笑みとともに言う。

「あなただって、わかってるわよね。契約期間内に、勝手な都合でファンタシアを辞めることはできない。契約を盾に取られたら、違約金としてかなりの額を払わない限り、彼女はここでもうしばらく働くしかない。せっかく手に入れたチャンスがふいになるでしょ？」

「じゃあ、藤島さんがミュージカルのオーディションに合格したことを知って――」

「彼女、深刻な顔で相談に来たわ。契約を解除してもらうことはできないかって。だから、サインをした以上は無理だと言ったの。たったひとつの例外をのぞいては、ね」

どこか納得がいかなかった。藤島美和もいっぱしのダンサーであり、契約書の条文には目を通していたはずだ。ぬけ道があることぐらいはわかりそうなものに思える……。

魔女が深くうなずいた。

「当然ながら、彼女も契約書を読み、怪我をした際にはペナルティなく辞められると知っていたわよ。でも、偽の診断書を用意できる当てはないし、嘘をついて辞めるのも嫌だからって、相談に来たの」

自分ならどうしただろう。胸に痛みが走る。

ファンタシアに相談などせず、あらゆるコネを使って偽の診断書を手に入れようと奔走したかもしれない。チャンスをみすみす手放せはしないからだ。でも、藤島美和は真っ正直に「辞めたい」と言ってきた。

「パークに知られたら、いろいろまずいことになるかもね。でも、わたしは藤島さんを応援したかった。だって、そうでしょ。ミュージカルの準主役だもの。うちでの経験を、彼女なら絶対に生かしてくれる。わたしはそう信じてる」

藤島美和は悩んだのだ。どうやったら、次の一歩に進めるか。迷いを抱えてろくに眠れず、それで息が乱れていた、とも考えられる。

「彼女は、約束を果たしてくれたわ。代役のレッスンには責任を持ちます。どんなに恨《うら》まれても、次のエルシーを育てますって。彼女、あなたの踊りを見て、ホッとしてた。五日間のレッスンを見て、もう大丈夫だって言うから、明日から来なくていいって言ったの。そしたら、彼女、泣いてた。本当はみんなにきちんと挨拶して辞めたかったって。今までのお礼を言えなくて、申し訳ないって」

我が身を恥じて、うつむいた。

藤島美和は、後釜を見つけられたから、さっさと逃げていったのではなかった。ファンタシアのために後輩を鍛え、跡をにごさずに羽ばたいていった。

「で――新田さん、あなたはなぜ、ここに来たのかしらね？」

真っ直ぐに見すえられた。

嘘をついて辞めていった者がいると、まさか告発に来たわけじゃないでしょうね。魔女の目は涼しげだったが、微動だにしない姿勢からは、遥奈を問いつめるオーラが放たれていた。

チャンスをつかんだ仲間を妬《ねた》み、足を引っ張ろうとするなどは言語道断。人々に夢を与えるエルシーに扮する者であれば、仲間の成功を後押ししないでどうするのだ。

そう正面から言うことはせず、かといって手加減もせず、魔女は遥奈にわからせようとしていた。

気になる点を見つけたら、単に注意を与えるのではなく、ミーティングの材料として差し出し、自ら悟らせるように指導する。いくら正論でも、真正面からたしなめられたのでは、反発心を抱きたくなる者や、言い訳に終始したがる者も出てくる。自分で悟っていかないと、我が身を戒めることはできず、前向きさも生まれてこない。フアンタシアの教えは首尾一貫している。

「もうひとつ言っておいたほうがいいかもしれないわね」

魔女の頰に笑みが広がった。

「あなたを次のエルシーに推薦したのは、藤島さんだけじゃなかったのよ。牧野さんやマークもあなたを推したわ」

意外に思えて視線を上げた。チームの総意に近かったらしい……。

「あなたには、多くのスタッフが期待してるの。若手の子たちも、あなたを目標にしてるみたいでしょ。藤島さんがぬけたからには、あとを引き受ける人が次の世代を導いていかないと、ショーが先細りになってしまうものね」

今度はあなたが新人を育てる番よ。

本当に魔女だ。チャンスをつかんだ仲間の嘘を告発しに来た者を励まし、すっかりその気にさせて、次の世代を育てさせようとする。

あまりにも鮮やかすぎる話の運び方に、舌を巻くほかはなかった。

もしかしたら、遥奈が噂を聞けば必ずここに来る、と予測して待っていたのではないだろうか。まさしく本物の魔女だ。レジェンドの凄技《すごわざ》を見せつけられ、ため息が出るほどだった。

6

翌日の朝、自主練習を終えて大部屋を出ると、階段を上がってきたマークと出くわした。

「あ――お早うございます。わたしを推薦してくださったと及川さんから聞きました。ありがとうございます」

礼を言って視線を上げると、からかうような笑みが待っていた。

「あまり、うれしそうじゃないネ」

「……そんなこと、ありません」

「パッセンジャーによろこんでもらえる。でも、スタンディング・オベーションはエルシーのもの。気持ちは、わかるネ」

ともに汗を流して踊る仲なのだった。もしかしたら自分のダンスのどこかに、抑えきれない気持ちが現れていたのかもしれない。

「ヤクガラになりきる、たいせつなこと。でも、キミのかんがえるエルシーで、モンダイない」

「――はい」

笑みを残して更衣室へ歩きかけたマークが、ふと足を止めて遥奈を見た。

「キミは、イングリッシュ、できるかな？」

恥ずかしながら、聞き取りにも自信はなかった。

教室に通う時分から、外国人ダンサーから指導を受けてきた。日常会話くらいは話せたほうがいい。そう先輩にも言われたが、学生時代の成績を引きずって、いまだ自分から英語で話しかける勇気を持てずにいた。

マークは眉の両端を下げて微笑んだ。

「そう、ざんねんだネ。キミのちいささ、たぶんほかのクニで、めだつ。おおきなダンサー、いくらでもいるから。イングリッシュ、できたほうが、いい」

言われて初めて気づいた。

そうか……。逆転の発想なのだ。

マークを見送りながら、遥奈は自分にうなずいた。体格に恵まれていないぶん、表現力を磨き、キレのあるダンスで勝負するしかない。そう考えてきた。けれど、大柄なダンサーが多いとなれば、小さいからこその利点も生まれる。日本人特有の童顔もあった。海外でなら、少女の配役をつかむ道もあるかもしれない。

とはいえ海外は、日本より圧倒的に競争が激しい。遥奈ほどの技術を持つダンサーは、それこそごまんといる。英語もできずに本場へ出ていくなど無謀でしかなく、テーマパークで着ぐるみに入っていたほうがまし……そういう考え方もなくはなかった。すべては自分次第なのだ。マーク自身も、悩んだすえに日本へ来たとも考えられる。

その日のステージも、万雷の拍手を浴びた。着ぐるみに慣れ、息の乱れも抑えられてきた。

問題はどこにもない。順調そのものだった。時給は増えたし、責任感も芽生《めば》えた。けれど、自由な時間は減った。

こういう忙しさの中でも、藤島美和は外のオーディションを受けていたのだ。自分を高めるために。そして彼女は大役のチケットをつかみ、テーマパークを卒業していった。その努力の凄さが身に染みた。

「えーっ！　遥奈がエルシーの中に入ってるの。すごいじゃない。出世したね」

「今度絶対、見に行くよ」

高校時代の友人から、飲み会の誘いが入った。彼女たちは単純に、遥奈のステップ・アップを喜んでくれた。

「でも、着ぐるみの中だもの……」

「謙遜《けんそん》なんかしなくていいよ。ファンタシアのトップスターじゃない。誰でも中に入って踊れるわけじゃないんでしょ。自慢していいって」

当然、実力あっての主役の座だ。パーク内で客を持てなすエルシーでも、その所作には取り決めがあり、厳しい基準をクリアしてこそ抜擢《ばってき》される。

簡単な仕事ではない。でも、着ぐるみを脱げば、誰も振り向いてはくれない。役に安住したのでは、そこで終わってしまう。

来月には誕生日がくる。もう二十五歳。まだ二十五歳。

自分を追いつめないと、ファンタシアのぬるま湯にひたりきりそうで怖かった。


「こんにちは。ここ、いいですか」

一人で軽めのランチをとっていると、男の声に呼びかけられた。

顔を上げると、インフォメの新人王がトレイを手に立っていた。大盛りの焼きそばが放つ湯気の奥から、ファンタシアご自慢のマシュマロ・スマイルが優しく遥奈を見つめていた。

「ぼく、今日は遅番なんで、これからなんです」

曇りのない笑顔を保ち、頬に傷持つ男の子が遥奈の向かいに腰を下ろした。

「ごめんなさい。ぼくはまだ見させてもらってないんですけど、ずいぶん評判いいですね。もう息の上がったエルシーは見かけず、無茶苦茶キレキレで元気いっぱいの時があるって聞きましたから」

「残念でした、情報不足ね。前任者の息が上がってたのは、演技もあったのよ。だって、偽の診断書を出して契約を解除してもらったんだもの」

あまりに晴れやかな笑顔が鼻についたので、真相を教えてやった。すると、どういうわけか、笑みが顔一面に広がっていった。

「そうなのかなあ……。だってその人、偽の診断書を出すなんてことしたわけですから、急いでパークを辞める必要があったのかもしれませんよね」

「そのとおり」

「だったら、ほかの仕事と——ちょっとかけ持ちみたいになってて、疲れがたまってたのかも。ダンスって重労働でしょうから。かけ持ちはきついですよね」

どこまで善意に満ちた考え方なのか。

が、確かに次なるステージの練習が始まっていた可能性はあった。ファンタシアに迷惑をかけまいとしながらも、日に三度のステージをこなしたうえに別の練習もするとなれば、疲れはたまる一方だったろう。だから早急に、後釜を育てる必要があった……。

偽の診断書を出したのだから、息が上がっていたのも演技なのだ。そう勝手に決めこんでいたのは、どこかで藤島美和を認めたくない気持ちがあったからではないのか。

ホント情けない。卑屈さをまだ引きずっていた。

「ねえ、宇宙飛行士みたいなコスチュームを着る仕事って、楽しい？」

自分で訊いておきながら、実に嫌味な質問だった。

傷のある新人君は、眉を寄せながらも、口元の笑みを変えなかった。

「仕事って、楽しんでるうちはプロじゃないって気がしますね」

正面から見つめられ、憎まれ口が続かなくなる。

「そりゃ、ぼくらはアルバイトなんで、なるべく楽しく仕事をしたいですよ。でも、そのうち毎日同じくり返しになって、味気なくもなるし、不満だって増えてくる。そうなった時、初めて何のために働くのか、ようやく考えられるようになるんだと思うんです」

「君は、何のために働いてるの？」

「その入り口に立ったところですかね」

悪びれたふうもなく彼は言った。何のために踊ってるんです？　そう問い返すような意地悪さとは無縁に、ただ遥奈を見て微笑んでいる。

「何か大きな夢でもあれば、頑張って働いていけそうな気はしますけどね。今の時代、夢なんて、そう軽々しく持てないですし、難しいですよね」

夢の世界で働いていながら、自分には夢がないと語る者が多くいる。

働くための動機となる夢を探すために夢の世界で働くとは、ややこしくて矛盾《むじゅん》を感じてしまう。自分たちダンサーは、多くが夢を持っているから、ステージに立っていられる。仕事のできる喜びがある。

「あ、新田先輩ぃ〜っ！」

またもや騒々しいのが駆け寄ってきた。

普通、男と二人で食事中となれば、少しは遠慮しそうなものなのに、傷の新人君に軽く頭を下げると、佐藤はさっさと遥奈の横にトレイを置いた。がっつりカツ丼が載っていた。

「ねえねえ、聞きましたか？　驚きましたよね」

「あんたの騒がしさに、毎日驚かされてばかりだってば」

「またまた先輩ったら、ご冗談を」

さらりと皮肉を受け流して、佐藤は顔を近づけてきた。

「藤島さんに続いて、王子様までチェンジですって」

今のステージ上の王子役は二人——。

「ね、驚きですよね。マーク様が今月いっぱいでアメリカに帰るなんて。だから、今日から新しい白人ダンサーが研修レッスンに来てるんです。けど、月とすっぽん。ちっともイケメンじゃないの。寄り目でちょっと頭も薄いし。残念無念ですよ」

こいつは見てくれでしか男性ダンサーを評価していないのか。

遥奈をエルシーに推してくれた一人。マークがアメリカへ帰国する。

まだ隣で小雀がピーチク何か言っていたが、遥奈は傷の新人君に手を振って席を立った。

「あ、先輩、まだサンドイッチ残ってるじゃないですか」

マークに会って確かめたいことがあった。

午後のステージが終わったあと、遥奈は更衣室の外で待った。汗を流したマークがタオルを手に出てくるのを見つけて、歩み寄った。

「お疲れ様です」

振り返ったマークが、いつもの笑顔で手を振った。

「アメリカへ帰国すると聞きました」

もう知られたのか。驚きを目に浮かべたあと、マークは廊下の先へ歩いてから、遥奈を振り返った。

「LAのトモダチと、ダンスチームをつくる。そのためのシキン、ためるためのオウジサマだった。たのしかったよ」

「あの……わたしに英語ができるか、って聞きましたよね」

遥奈が問いかけると、マークは彫りの深い顔に苦笑を浮かべた。

「キにしないでくれ。ふかいイミは、ない……」

「わたしのダンスは、アメリカで通用するでしょうか」

勢いこんで尋ねると、マークは両手を上げた。眉の端を大げさなまでに下げて言う。

「ファンタシアには、いいダンサー、たくさんいる。キミもヒトリ」

「英語は現地で覚えることもできます」

「そうだね。カクゴきめて、アメリカにくる、それもいいかも。レンラクサキ、おしえておこう。ただし――キミだけじゃなく、ステキなダンサーのみんなにも、だけど」

やる気がある者はアメリカへ来ればいい。門戸は開かれている。

現実は甘くないとわかっていた。でも、夢へつながる道がある。勇気を持って踏み出し、チャレンジを続けていかねば、たぶん夢には近づけない。

「どこかでまた、イッショにおどれると、いいネ」

「はい、ありがとうございます」

漠然《ばくぜん》と胸に描くだけだった目標が、目の前に見えてくるようだった。


夜のステージを終えてシャワーを浴びると、遥奈は一人でショー・ロッジを出た。ゲートをぬけたところで、後ろから名前を呼ばれた。振り返ると、背の高い男性が足早に近づいてくるのが見えた。

遥奈は少し緊張した。アシスタント・ディレクターも務めるベテランのダンサーだった。

「お疲れ様です」

足を止めずに頭を下げると、東海林義幸《しょうじよしゆき》は遥奈の横に並んで歩きだした。

「二回目のステージが終わったあと、マークと話してたよな」

「え、はい……」

壁に耳あり、地下通路に目あり。見られていたとは知らなかった。

「よく考えたほうがいいぞ。本場でチャレンジしたいなんて夢を抱くのはいいけど、彼と仲間が向こうでどこまでやっていけるか、わかってないしな」

いきなり踏みこまれた。東海林の横顔をまじまじと見つめ返す。

「しかも、向こうでの斡旋料も取るらしいじゃないか」

そこまでは聞いていなかった。本当に噂は早い。アメリカ行きを相談した者が、ほかにもいたのだとわかる。

「案外、日本人ダンサーをその気にさせて、手数料で稼ごうって魂胆《こんたん》かもしれないぞ」

悪意を秘めたような言い方だった。外国人ダンサーへの偏見までが感じ取れた。何のつても持たない日本人がアメリカへ行けば、苦労は絶えないだろう。ダンスの仕事がすぐ見つかるとも思いにくい。仕事の仲介をしてくれる者がいれば、両者にとってプラスになる。手数料を取るからといって、非難される謂われはないはずだった。

「もしかしたら、東海林さんもマークから声をかけられたんですか？」

「いや、おれはもう若くないからね」

違う。年齢ではない。

マークが声をかけなかったとすれば、彼のダンスに魅力を覚えなかったからだ。東海林は長くファンタシアにいるため、いくつものバージョンを踊り分ける器用さを持つ。急な欠員が出た時、重宝する存在だ。でも、目を見張らせるダンスの冴《さ》えがあるとは言えない。人には得手不得手があり、それに見合った生き方がある。

「マークの話に飛びつくのはどうかな。ファンタシアのためを思っての忠告じゃない。今はダンサーの代わりなんか、いくらでもいるだろ」

だから、君の代わりに困ることはない。

遥奈の表情が変わったのに気づいたらしく、東海林が気まずそうに口元をゆがめた。

「君は頑張ってるよ。おれも認めてる。でも、代わりがいないわけじゃない。おれたちはそういう環境の中で仕事をしてる。夢ばかりちらつかせるヤツがいると、浮き足立つ者が出てくる。それじゃまずいと思うんだ」

「わたしは、エルシーで満足するつもりはないんです」

目を見返して言った。東海林が虚をつかれたような表情になった。彼は、チームの和を考えているのだ。けれど、どこかで遥奈を見くびっている気もした。

「そうだよな……。藤島君も同じようなこと、言ってたものな。君も頑張ってくれ。皮肉じゃなく、応援させてもらうよ」

遥奈はファンタシアに来て、まだ一年弱。正直なじめているとは言えないところはあった。でも、仕事には手をぬかずにきた。ファンタシアを思いやってのことであろうと、訳知り顔で忠告されたのでは納得がいかなかった。自分で選んだ夢には、自分で責任を取る以外にないものなのだ。

夢へのアプローチは、人によって違う。

あとで悔いるようなことだけはしたくなかった。

東海林に視線で疑問をぶつけると、肩をすぼめるような仕草を返された。そのまま彼は小さく手を上げると、駅に向かって駆けていった。

7

マークが帰国するとの噂は、驚くほどの早さでダンサー仲間に広がった。

「参りましたね、新田先輩。確かに向こうでダンスの仕事ができるみたいなんですけど……。マーク様のチームに登録するには、ざっと五百ドルが必要だとか」

「渡航費やアパート代を考えると、百万円ぐらいの貯金じゃ無理かもしれないですね」

すぐ話を聞きつけてくるのだから、二羽の雀は本当に地獄耳だ。

遥奈はぼんやりとだが、考えてみた。家賃の高い東京での一人暮らしなので、貯金はまったくない。エルシー役をつかんだので、少しは手取りも増えたが、百万円を超える資金を作るには、何年かかるか。その間に歳を重ね、三十というデッドラインが迫る。

「あーあ。キャバクラでバイトでもしないと、絶対に無理」

「そっちのほうが案外むいてたりしてね」

「ひどぉーい、先輩」

たたく真似をしながらも、山本は軽やかに笑っていた。

「うちも、がっつりかじれるほど、親のスネ、太くないし……。地道にやるっきゃないってことですよね」

笑い飛ばすように言った佐藤の言葉を聞いて、遥奈は内心ドキリとした。

考えてもみなかったが、かじりつく親のスネならなくもなかった。宇都宮《うつのみや》で祖母の面倒を見ている母親は頼れない。けれど……。

まだ噂話に花を咲かせる仲間から離れ、遥奈は鏡の前に立った。

体を動かしながら考える。父なら、少しぐらいは資金を出してくれるかも……。

父は、東京の下町で、親から継いだ印刷会社を経営していた。母に言わせると、二代目社長として周囲からちやほやされてきた人だったらしい。ついには口車に乗せられて、本業以外の不動産や飲食店業に手を出し、会社を倒産させた。

遥奈がまだ幼いころのことで、借金取りから逃げるために母と離婚し、連絡すら取れない時期もあったらしい。

それでも年に何度かは電話があり、遥奈は父と会うことができた。

「父さん、頑張って働いてるんだ。早くまた一緒に暮らせるといいな」

一時期、父は遥奈と会うと、必ずそう言った。子ども心に遥奈は父を信じていた。

ところが、中学に上がるとともに、母が厳しい顔で言った。

「もう、お父さんと会ってはだめよ」

どうしてなの。遥奈が訊くと、母は能面《のうめん》のような無表情になって言葉を続けた。

「お父さんには、新しい家族ができたのよ」

大人になるにつれて、事情が少しずつわかってきた。母の愚痴《ぐち》を聞いてきた祖母が教えてくれたのだった。

父には昔から浮気癖があり、結婚後も女性との問題が続いていた。その中の一人に子どもができたため、再婚したという。しかも、今では神奈川《かながわ》のほうでそれなりに成功し、十数軒の飲食店を経営する実業家になっていたのだった。

一緒に暮らせるといいな。よく娘に言えたものだ。裏切り以外の何ものでもなく、遥奈は久しぶりにかかってきた電話で父をなじった。

「ごめんな、遥奈。いろいろ事情があるんだよ。でも、お父さんは遥奈のことが大好きだ。その気持ちに嘘はないと誓って言える」

高校に進学した時は、分厚い現金書留が送られてきた。母が中を開けると、手の切れそうな新札がびっしりと入っていた。

高校を卒業するまで、誕生日に必ずプレゼントが届いた。遥奈が一人暮らしを始めた時にも、書留小包が送られてきた。あの時は三十万円分の商品券と手紙が入っていた。お母さんには内緒だよ、と。

今は時折、思い出したように電話がかかってくる。ダンスで食っていけるのか。彼氏はできたか。遥奈の近況を確かめる短い会話があるだけで、父は新しい家族のことを決して口にはしなかった。遥奈も尋ねなかった。

いつしか遠い存在になっていた。そのことに不足も不満も別にない。仕方ないことなのだった。黙って会ったのでは、互いの家族に悪い。そう父も考えているのだと思う。

あと一週間で、二十五歳の誕生日が来る。

迷った末に、遥奈は休日の午後、自分から父に電話を入れた。

一日のスケジュールはわからなかったが、飲食店を経営しているので、夜や午前中の早い時間帯はさけたほうがいいと思えた。

午後二時にダイヤルボタンをタップした。電話はつながらなかった。メッセージも残さずに通話ボタンを切った。

すぐ折り返しの電話をくれるかと思ったが、スマートフォンは沈黙を続けた。こういう時に、元カレからメールが入ったりするのだから、めぐり合わせとは因果なものだ。

夕方には、東京へ出てきてから世話になっているダンス教室に顔を出して体を動かし、若い生徒の指導を手伝った。それでもスマートフォンは鳴りをひそめたままだった。

待っていた着信は、早めに寝るかとシャワーを浴び終えたあとに入った。

「……遅くなってゴメン。遥奈から電話をもらえて嬉しかったよ。今、大丈夫かな」

父の低音が耳に心地よく感じられた。この声で今の家族と日々語り合っているはずだが、離れて暮らす娘にしか聞かせない声もあると思いたかった。

「こっちこそごめんなさい。急に電話して」

「もうすぐ誕生日だものな。それとも、何か報告すべき嬉しいことでもあったのかな」

「嬉しいといえば嬉しくもあるけど、複雑な思いもちょっとあるのよね」

正直な気持ちを口にすると、父は小さく笑ってから言った。

「んー、難しいクイズだな。見当もつかないよ」

「ファンタシア・パークで踊ってることは話したわよね」

「ゴメン。パレードを見に行くと言っておきながら、まだ約束を果たせずにいる。仕事が忙しくてね」

「いいのよ、それは……。でね、今度、劇場でのダンス・ショーで新しい役がついたの。それが、着ぐるみなのよ」

「待ってくれ。嬉しくもあるけど複雑ってことは……。そうか、もしかしたら主役のエルシーじゃないのかな」

遥奈は少し驚いた。ファンタシアほど有名な遊園地であれば、父がエルシーの名前を知っていても不思議はない。テレビアニメも放送中だ。けれど、娘のひと言から、そこまで察してくれるとは考えてもいなかった。

「どうやら当たったみたいだな。でも、すごいじゃないか。遊園地のスターなんだから、その舞台でも主役なんだろ」

「そうね、主役ではあるけど、拍手を浴びるのはエルシーで、わたしじゃない」

ふむ、と父は相槌《あいづち》を打ち、少し間をあけてから言った。

「うちのレストランが評判なのは、シェフの腕が確かだからだ。でも、彼一人じゃ、一日にせいぜい五、六人のお客様しか持てなせない。彼を支える有能なスタッフがいてこそ、シェフも存分に腕を振るえるし、わたしも自信を持って店を売りこんでいける」

「もちろん、わかるわよ。ステージはチームで作り上げるものだから。でも、自分らしさで勝負をしてみたいわけよ」

「サラダやスープの担当じゃなくて、素材を吟味《ぎんみ》してコースを決めるメインのシェフになりたい、そう言うんだね」

「もう二十五だもの……」

遥奈は語尾を呑んだ。アメリカへ行く資金を出してくれないものか……。その言葉がのどの奥にからまり、出てこなかった。

「どうもシェフとは違うみたいだね。ダンスの世界だと、二十五歳はもうベテランなのかな」

「ううん、三十すぎても頑張ってる人はたくさんいる。でも、今じゃないとできない冒険もあるし……」

「なるほど。つまり一人前のシェフになるための武者修行か。そのためには幾《いく》ばくかの資金も必要になる。そう遥奈は考えてるわけだ」

「ごめんなさい。たまに電話してきて、こんな話……」

「いや、頼られてるとわかって、嬉しいよ」

父も、伊達《だて》に苦労してきたわけではなかった。本業以外に手を出して会社をつぶしたのだから、買って出た苦労でもあったが、父は自らの力で再起を果たした。世間にもまれ、自分を鍛え上げてきたのだ。

「わたしは、シェフやスタッフに感謝しないといけないね。離れて暮らす娘に、夢への手助けが、少しばかりはできそうだからね」

「いつか必ずお金は返します」

「いいんだよ。でも、黙って援助するわけにはいかないな。それでは単なる甘やかしだ。だから、自分の目で確認させてほしい、遥奈のダンスを」

「え……？」

「チケットを一枚、送ってくれるかな。今度こそ必ず見に行く。約束するよ」

8

その日、遥奈は朝から落ち着かず、鏡の前に立っては一人でステップをくり返した。

今日のために、父のスケジュールを聞いたうえで、魔女に頼んで席を確保してもらっていた。

前から三列目の十二番。

初めてステージに立った時より、手足の先が硬くなっていると感じるのだから不思議だった。肉親の一人であっても、ダンスの専門家ではない。普段どおりに踊ればいいとわかっていながら、知らずと汗がにじむ。このステージでミスを犯そうと、アメリカ行きが遠のくわけでもなかった。

「あれれ、先輩、今日はやけに緊張してませんか？」

「ははーん、カレ氏を呼んだんですね」

本当に鋭い雀たちだ。

「何言ってんのよ。着ぐるみかぶったところなんか、見せられるわけないでしょ」

「そんなことないですよ。絶対、喜んでくれますって」

ピーチクとやかましくさえずる後輩たちとたわいないおしゃべりができたおかげで、少しは体がほぐれてきた。時として邪魔な存在に思えても、仲間とはありがたい。

開演の直前に楽屋をぬけ出し、照明係のブースから客席をのぞかせてもらった。今日も場内は満席だ。遥奈は三列目の端から席を数えていった。座席指定券を持つ人しか座れない場所だ。

十二番目は、ぽつんと席が空いていた。まだ父は来ていない。

ほかにも空席はちらほらあった。開演間際まで喫煙所にいるつもりならいい。が、昔から約束やぶりの常習犯なので、不安がつのる。こんなことなら電話で念を押しておくのだった。

五分前の予鈴が鳴った。場内が薄暗くなる。

ステージ裏に戻り、エルシーのコスチュームを身につけた。仲間たちが続々と楽屋から出てきて、いつもの景気づけにハイタッチを交わしていく。

「皆様、お待たせいたしました。エルシー劇場の開演です！」

さあ、幕が上がった。遥奈はエルシーの頭部を持って待ち受ける。

音楽が流れ、客席で拍手がわいた。あと五分で出番だ。父のことは頭から振り払い、自分の踊りと演技に集中する。

舞台袖のディレクターが右手を上げた。コスチューム係がエルシーの頭部をかぶせて、ホックを留める。どこにも異常がないことを確認して、ＯＫサインを送った。

もの悲しい音楽が途切れ、舞台が一瞬、闇に包まれる。出番だ。

スタッフに送り出されて、ステージに飛び出した。声援と拍手が出迎えてくれる。

今日の王子は、若手の日本人ダンサーだ。互いの身ぶりを見てタイミングを取り、ダンスがスタートする。

最初のターンを決めたあと、遥奈は客席を見た。気にすまいと思いながらも、目は自然と三列目の十二番を探している。

空席はなくなっていた。けれど、その一角に男性の姿はなかった。見間違いか。

リズムに合わせて踊りながら、遥奈は目を疑った。ダンスが一段落したところで、それとなく客席にまた視線を振る。

何度見ても、そこに父の姿はなかった。正確に十二番目を数えたわけではないが、その並びには女性しか座っていないのだった。

わけがわからず、頭が混乱する。

いったんステージ裏に戻ったが、動揺のあまりに、つまずきかけた。スタッフに支えられて、息をつく。

空席を見つけて勝手に座った人がいたため、父はどこかで立ち見をするしかなかったのか。けれど、前のほうの席は柵があるので、抽選で選ばれた人しか入れないのだ。

何が起きたというのか……。

台詞のかけあいが終わり、また音楽が大きくなった。いよいよエンディングのダンスが始まる。

身ぶり大きく、元気いっぱいのエルシーを演じてステージへ再登場する。ステップを踏み、足を高く跳ね上げる。でも、その姿を見てもらいたい人は、遥奈が招待した席に座っていない。

——今度こそ必ず見に行く。

口約束にもほどがある。

急用ができたのであれば、仕方なかった。でも、娘が自分のために取った指定券を、父は誰かに譲り渡したらしい。でなければ、三列目の十二番に、別の客が座れるわけはなかった。

どういう仕打ちなのだ……。父にとっては、その程度の存在だったか。文句を言いたくても、そこに父はいない。

やけになって手足を動かした。汗が額を伝い、目に入る。涙が出てきた。娘としての悔し涙だった。でも、着ぐるみがあるから、誰に悟られることなく、いかにも楽しげにダンスを続けられる。

あふれる涙をこらえずに、流しながら、踊った。今ほど着ぐるみに感謝したくなったことはない。泣きながら踊ろうと、気づく者は誰もいなかった。汗と一緒に涙も吹き飛ばすつもりで、手足を派手に動かした。

カーテンコールに応える間、遥奈は客席を見ず、着ぐるみの中でずっとうつむいていた。

「やっぱ先輩、カレ氏が来てたんですね。だって、最高にキレキレだったもの」

ピーチクと雀が近づいてきたが、遥奈の顔を見て、二人は口をつぐんだ。涙に気づかれたようだった。

着ぐるみをコスチューム係に託すなり、遥奈は一人で更衣室へ走った。

汗と涙を熱いシャワーで流し、気を落ち着かせた。遅れて戻ってきた仲間たちの視線をさけて、うつむきながら更衣室を出た。

「お疲れ様……」

声に気づいて顔を上げると、地下の殺風景な通路に魔女がいた。

「あなたに会いたいっていう人が、上の調整室で待ってるの。来てくれるわよね」

「……どういうことでしょうか」

「急用で来られなくなったお父さんの代わりに来たそうよ。挨拶もしないで帰るなんて言うから、わたしが魔女の力を使って拉致《らち》監禁したの」

ジョークを放って微笑む魔女を見つめ返した。

父の代わり……。あの席には女性が座っていた。

魔女の後ろについて行ったのは、まさしく怖いもの見たさだったろう。

「その人は、わたしが用意したチケットを持って受付に来たのよね。ほかの席と交換はできないだろうかって……。差し出がましいとは思ったけど、その指定券をどうやって手に入れたのか、訊いたわけ。ごめんなさいね、余計なことして」

魔女が調整室のドアをノックして、開けた。

機材が並ぶ中、椅子に腰かけていた女性が反射的に立ち上がった。三十代の後半か。予想していたよりも若く、遥奈は目を見張った。長めの髪を後ろでひとつにまとめ、化粧は薄い。地味な紺のワンピースにバッグは黒。子どもの授業参観に来た母親みたいな出で立ちだった。

その人は、遥奈を見るなり、深々とお辞儀をした。十秒近くも頭を下げていたろうか。

遥奈は困り果て、魔女に救いを求めようとした。が、背後でそっとドアの閉まる音がした。魔女にしてやられたのだった。

この人と二人きりになり、何を言っていいものか……。

目も合わせられずにいると、女性が先に口を開いた。

「初めまして。こんなふうに顔を合わせられる立場にないのはわかっています。でも、ご挨拶もしないで帰るのは失礼ですよ、と及川さんに言われて——」

「どうして、あなたが来たんですか」

言葉尻が多少きつくなってしまったのは、許されてもいいだろう。

女性はまた頭を下げてから、遥奈を遠慮がちに見た。

「遥奈さんと約束があるっていうのに、望月《もちづき》はどうしても外せない仕事ができてしまい……今朝、香港《ホンコン》に旅立ちました」

「だからって――」

あなたが来ることはない。親子の間に立ち入らないでほしい。そう本音を投げつけることはできなかった。

「しばらくは帰れそうにありません。だから、これをパークの人に預けてくれ、と」

厚みのある封筒が、黒いバッグの中から取り出された。

「あなたから遥奈さんに電話をすべきでしょ。そう言ったんです。でも、約束を破ってばかりのダメ親父なので、言い訳はできない。そうわたしに……。申し訳ありません」

いつもの郵送ではなく、父は自分の手で渡そうと考えてくれたのだった。

もしかすると、仕事は言い訳で、今さら娘と会うのに気後れを感じたという可能性はありそうだった。妻からスタッフに託してもらえれば、それでことはすむ。本当は見に来たけれど、時間がないのですぐ帰るしかなく、だから封筒を預けたのだと言い訳はできる。真相はそんなところだろうと思えた。

「本当にひどい父親よね。そう自分でもわかってると思う。でもあの人は、夢をひたすら追いかけてないと、生きていけない人で……」

あの人、と称したことに、遥奈は反発心を抱いた。自分の大切な人だ、と思っているがための呼び方に聞こえた。

「遥奈さんのダンス、本当に素晴らしかった。何にもわからないくせにって言われるかもしれないけれど、見てるこちらも自然と体が動き出しそうに感じられて……。必ず望月にも伝えておきます。そして、日本に帰ってきたら、まずあなたのダンスを見に行かせます」

女性はまた頭を下げて、封筒を差し出してきた。

遥奈は視線を上げて、小さく首を振った。

「父に言ってください。お金なんか本当はどうでもよかったんだって。約束破られてばかりでも、恨んだりはしないって。だから、今の家族をもっと大切にしろって」

あの父のことだ。この人と子どもにも、守れない約束を口にしながら、仕事という自分の夢を追いかけてばかりいるに決まっていた。

父は五十歳をすぎても、まだ子どもと同じだ。今なお全力で夢を追いかけている。

「今度また家族を放り出したら、その時こそ親子の縁を切るぞって」

鋭い目つきをぶつけたにもかかわらず、その人の目が和《なご》んだ。また深々と腰が折られた。

「……はい、必ず伝えます」

父ほど家族に恵まれた男はいないのかもしれなかった。

安物のナップザックを手に更衣室を出ると、スタッフの一人に声をかけられた。帰り際にパーク本部へ寄ってほしい、と。

また魔女からの呼び出しだった。おおよそ用件の見当はつく。

封筒の一件だろう。

エルシー役に抜擢され、昇給したばかりなのに、なぜ親に無心したのか。魔女のことだから、使い道に予測をつけ、鋭く追及してくるかもしれない。

そうであれば、正直に気持ちを伝えるまでだ。自分にも、まだ形はおぼろげでも、つかみたい夢は見えていた。

覚悟を決めながら、パーク本部に立ち寄った。今夜も照明が半分近く落とされていた。

ドアを押し開けると、奥のデスクに及川真千子の姿があった。彼女は一人、一心不乱にパソコンのキーボードをたたいていた。

「お疲れ様です。ご迷惑をおかけしました……」

遥奈が近づいて頭を下げると、魔女がキーボードをたたく手を止め、顔を振り向けた。

「あら、わたしは何も迷惑なんか受けてないわよ。だって、スタッフが気持ちよく仕事できるように力をつくすのが、わたしに与えられた役目だものね」

一人一人が力をそそぐことで、パッセンジャーに笑顔を提供できる。遊園地に勤める者であれば、当然の任務なのだ。いつでも魔女はファンタシアのことを考えている。

「それより新田さん、あなた、マークからアメリカへ来ないかって言われてなかったかしらね」

来た──。予想どおりだ。魔女の声に厳しさが増す。

ファンタシアの仕事を辞める気でいるのか。そう問われたのだと思い、遥奈は息を吸った。

答えを返すより先に、魔女が続けて言った。

「──実は、彼と連絡が取れなくなってるのよね」

「は……？」

「さっさとアメリカへ帰ったみたい。うちのダンサーからお金を受け取った途端に」

驚きに息がつかえて、遥奈は激しくむせた。

何だって？　金を受け取って、トンズラした？

「誰とは言えないけど、うちと契約するダンサーの数人が、あの男に少なくない額を渡していたの。詳しい経緯を聞き取ったうえで、会社として告発することに決めました。あの男、どうせアメリカまでは追ってこないだろうって、甘く考えてるんでしょうけど、地の果てまでだって追いかけてやるわよ。絶対に許せない。人の夢を食い物にするなんてヤツは」

怒りの言葉を吐き散らし、魔女はまたキーボードをたたき始めた。

照明が暗かったので気づかなかったが、彼女の目は赤く充血して見えた。悔し涙をこらえていたようだった。

「あなたに被害がなくて、よかったわ。外国人に限らず、手練《てだ》れのダンサーの中には、小遣い稼ぎをしたがる者とか、軽々しく薬物に手を出す者がいたりするから、気をつけてたつもりだったけど……。本当に甘かったわ。お金を払ってでも夢をつかみたい。そう考える者がいても仕方ないけど、そこにつけこむとは、たちが悪すぎる」

お金を払ってでも夢をつかみたい。魔女の言い方には、冷たい響きがともなっていた。

「人に渡すお金があるなら、自分のために使わなきゃ損よね」

言われて、胸がうずいた。

やはり魔女は、あの封筒の中身が現金だとわかっていたのだ。

人を頼ってアメリカで仕事ができれば、二段飛ばしに階段を上がれる。そういう甘い考えを持つから、相手につけこまれるのだ。夢があるなら自分に投資し、自らの手でつかむしかない。目を覚ましなさい。

遥奈は自分の甘さを知った。漠然と夢を見るだけで、安易な一歩を考えていた。家族をかえりみず、一度は会社をつぶして多くの社員に迷惑をかけながらも、父は少しずつ地を踏み固めて、自分の夢へ突き進んでいる。藤島美和もエルシー役を果たしながら、オーディションのチャンスをものにした。

「頑張ってよ、新田さん。あなたには、みんなが期待してるんだから、ね」

もしあなたが藤島美和のようにチャンスをつかんだなら、わたしたちが背中を押し、快く送り出すわよ。よそ見などしている時ではないでしょ。無言の声援が、はっきりと聞こえた。

ここは夢の土台を踏み固めていく場所でもあるのだ。

明日からまた全力でエルシーになって踊り、パッセンジャーの拍手と歓声を集めてみせる。そして、その声援を力に変えて、自分の夢をつかむために一歩ずつ階段を上がっていくのだ。

キーボードをたたく魔女に一礼して、パル・ロッジを出た。

暗い遊園地を振り返る。

ところどころに照明が見えるのは、清掃係とメンテナンスの者が夜間の作業を始めているからだった。パッセンジャーの期待に応えるため、夜も眠らず遊園地は身支度を調える。

「あ、先輩、お疲れ様でーす！」

やかましい二人の雀が、ゲートをぬけて走り出てきた。

「何よ、まだ残ってたの、あなたたち？」

「はい。二人でちょっとおさらいしてたんです。今日もまた、少しリズム外したんで」

「よし。それなら、明日は二時間前に集合よ。わたしが厳しくレッスンするから」

「えーっ！　二時間はきついっスよ」

「せめて一時間に――」

唇をとがらせ文句を言い始めた二人の肩を押し、遥奈は駅に向かって力強く歩きだした。

第三章　深夜の魔法

1

ドン、と辺りの空気が揺れて、ラーメン屋の窓ガラスがビリビリと震えた。

店主は顔色ひとつ変えずに麺の湯切りを続け、客も慣れたもので淡々と豚骨《とんこつ》スープをすする。五秒もあけずにまた轟音《ごうおん》が響き、視線を落とした丼の中でネギがゆらゆらと身をくねらせる。

こってりしたスープを飲みほすと、長い吐息がもれた。箸を置いて席を立つ。気が重い。

暖簾《のれん》を押して駅裏のラーメン屋を出た。

ドンパチと派手な音と光が出迎えた。

週末に打ち上げられるファンタシア・パークの花火だ。駅前ロータリーで立ち止まって夜空を見上げる者はいない。地元の者はもう見あきている。

騒音規制条例によって、打ち上げ花火は十分間だけと決められていた。金、土、日曜日ごとに、たった十分間で数百万円が夜空に散る。全国ネットでCMを流すより安上がりだが、一年単位で考えると空恐《そらおそ》ろしい額だった。パークで働く大半がアルバイトなので、あの一発で何人の労賃が賄《まかな》えるか。資本主義の縮図がここにある。

これまた条例でパーク周辺の歩き煙草は禁止だったが、篤史《あつし》は百も承知でポケットから煙草を出した。安物のライターで火をつけ、紫煙《しえん》をくゆらす。

揺れる煙の向こうに、夢の世界が煌々《こうこう》と輝いている。

一日の電気代は数百万円。パルのユニフォームは二千着をクリーニングする。系列ホテルのリネン類もふくめれば、洗濯代だけでさらに数百万円。詳しい数字は本社の者のみが知る。アルバイトを使って人件費を削ろうと、毎日二万人が来園しても赤字になると聞いた。

駅の喫煙コーナーで煙草を捨て、モノレールに乗った。土産物《みやげもの》を両手に抱えた家族連れとすれ違う。笑顔が目に突き刺さる。父親に抱かれて眠りこける幼子までが微笑んでいた。胸が痛くて視線のやり場に困る。

パーク駅を降りると、パル・ロッジよりさらに奥まった一角にひっそりと建つ、ごく普通の見てくれのビルに入って二階へ上がる。

「よ、お疲れさん。じゃ、あと頼んだよ」

例によって、奈須野《なすの》課長が気安く一枚のカードキーを手渡してきた。

株式会社ファンタシア・メンテナンスで最も重要かつ価値あるアイテム。ただし、今はまだその効力はない。毎日変わる暗証番号をゲートで打ちこんでもらうと、魔法の鍵へ変身する。

このカードを持つ者は限られる。パーク本部と電気設備に警備の当直が一名ずつ。篤史一人を残して、社員はすべて帰宅していった。幹部以外は、六日に一度のローテーションで夜勤番が回ってくる。

まずはタブレットで連絡メールをチェックした。今日の作業については、部品もふくめてすでに発注ずみだ。

まもなくリニューアルから二十五年を祝うスペシャル・ウィークがスタートする。ショップやアトラクションにも電飾を増やすため、電気関連の工事が多い。

今夜は、店舗拡張による配線延長とコンセントの新設だった。電球交換は二十九ヵ所。サイエンス・タウンの通常メンテが三日目で、分電盤キュービクルの内部チェックをふくめて二百二十五項目。大きな工事は入っていない。

午後九時半。パークは閉園時間になる。が、客に「さっさと帰れ」とは言えない。まだ多くのパッセンジャーが土産物を物色中なので、利益に直結するからだった。中には、パルが追い立てないとの情報を入手し、次々と照明が落とされていく深夜ならではのシーンを楽しもうという剛《ごう》の者もいる。

ごく普通の素っ気ない作業着に着替えると、パーク裏の搬入ゲートへ向かった。すでに下請けのワゴン車が到着していた。

「みなさん、お疲れ様です。今日もよろしくお願いします」

マシュマロ・スマイルを心がけて、作業員と挨拶を交わす。とはいえ、下請け業者まで笑顔の訓練は受けていない。仏頂面《ぶっちょうづら》で会釈でもしてくれれば御の字だ。

人員と機材と部品を確認してから、車に汚れがないかを警備担当にチェックされ、タイヤにカバーを装着する。その際、カードキーに暗証番号を打ちこんでもらい、人数分のゼッケンを受け取る。篤史には、GPSつきの無線機が手渡される。これで、こちらの行動範囲はすべて警備員に把握される。カードキーを使った記録もコンピューターに残る。作業員がショップの商品を万引きすることはまずできっこない。

搬入ゲートの横では、ナイト・キーパーが列を作る。総勢約七十名。

営業中は、パーク・キーパーと呼ばれる清掃スタッフが巡回している。が、アトラクションや店舗の中は深夜に集中清掃を行う。担当のシニア・パル以外は、もれなくアルバイトだ。

視線はついつい清掃員の間を行き来する。

「ほーら、今日も美しい立ち姿っスね、ミス・ナイトエルフは」

耳元でささやかれて、振り返った。ヘラヘラだらしなく笑う顔が近づいた。

アルバイトの作業員。名前は……遠藤《えんどう》コウヘイだったか、ヨウヘイだったか。暇さえあればスマートフォンにダウンロードした音楽を聴きながら体を揺らすお気楽なヤツ。

「オレ、思いきって、誘おうかなって思ってんスよ。どうスかね、前沢《まえざわ》主任？」

体でリズムを取りつつ、視線を彼女のほうへ向けて、遠藤が言い放つ。あきれた楽天ぶりだ。

ミス・ナイトエルフ。そもそも英語として正しい呼び名になっているのか、疑問はあった。

深夜を通しての仕事なので、ナイト・キーパーに女性は少ない。二十代となれば数えるほどだ。彼女はたちまち深夜スタッフの中で噂の的となった。夜のマドンナ。月の妖精。遠藤に言わせると、ミス・ナイトエルフ、だそうだ。

待機スペースでキーパー仲間と笑い合う彼女に目がとまる。どう見ても二十二、三歳。実際は二十七歳だと聞いた。化粧はほとんどしていないのに、若さが際立つ。切れ長の目が涼しげで、ツンと少し鼻がとがりぎみ。楽とは言えない深夜のアルバイトをするのだから、多少の訳ありでもある。

「こう見えても、けっこー、子ども、好きなんスよ、オレ」

バツイチ、子持ち。アルバイトの身であろうと、彼女はシニア・パルに堂々と意見が言えた。手順やグループ編制は現場に任せてほしい。早く新型の高圧洗浄機を導入してくれ。仲間とその機種選定にも口をはさんだ。若さに似合わぬ意外なリーダーシップから、学生時代には女番長として鳴らしたらしいとの噂も立った。

果敢に接近を試みた男は、この一年で四名に上る。すべて玉砕。キーパー仲間の女性陣が、彼女を守ろうとSPなみに強固なバリアを張る。近づくのさえ厳しい難攻不落の牙城《がじょう》。遠藤のようなガキに何ができるものか。

「勝手に撃沈しな。けど、勤務中はやめとけ。ふられたショックで配線を間違えられたら大事《おおごと》になる」

「あっちゃー、キッツイお言葉。けど、前沢主任みたいに、いっつも遠くから見てるだけじゃ、何も始まりゃしませんって」

「もう懲《こ》りたんだよ」

「あれれ。たった一度の失敗であきらめるなんて、弱気だなあ」

こんなやつに、話すんじゃなかった。

下請けに嫌われては困るので、飲み会には参加しろと上司から命じられていた。しつこく訊かれたのに音を上げ、口にしたのが運のつきだ。

「パッセンジャーの退去、確認されました」

午後十一時七分。警備員がOKサインを出した。やっと深夜のパーク・インだ。遠藤も慌てて社のワゴンに戻る。

パーク内から見ると書割になっている搬入ゲートが開いた。

照明はすでに七割が落とされている。エルフの城は夜空にとけこみ、月明かりを受けて輪郭《りんかく》がうっすらと見えるのみ。

篤史は、下請け会社の監督係長と電動カートに乗った。作業班はそのままワゴンで現場へ向かう。すでに東のヒストリー・タウンでは、アトラクション担当が補修作業に入っていた。今の遊園地は夜も眠らない。翌朝まで多くの点検が進められ、夢の世界を支え続ける。

サイエンス・タウンに到着すると、篤史はカードキーで専用通路のドアを開けた。

七名の作業員が整列する。篤史はヘルメットを取り、あらためて彼らを見回した。

「みなさん、今日も安全第一で作業を進めましょう。何かあった場合は、いつものように連絡をお願いします」

「作業、入ります！」

ベテランの監督係長が一礼する。六人の作業員が、事前に分担した持ち場へ散らばった。

その間に、篤史は若手の作業員を引き連れて、専用カートでパーク内を端から回る。

「主任、参りましたね。今日もまた大漁ですよ」

タブレットで場所を確認した作業員が苦笑を向ける。

電動カートをスタートさせた。早速エリア内の交換作業に取りかかる。

表示された地図を見て、施設の横でカートを停めた。荷台に積まれた〝如意棒《にょいぼう》〟をつかむ。

作業員が収納ケースを開けた。中には大小取りまぜた電球が並ぶ。ハロゲン、LED、蛍光灯、フラッシュタイプの豆球……。用途によって照明の種類は百を超える。

営業中に切れた照明が見つかった場合、直ちに武装戦隊めいたコスチュームを着たサポート班が交換に向かう。ただし、手の届かない箇所は、夜間作業員に任される。

UFOライドの裏からアトラクションの中へ入った。機械仕掛けのロボットが並ぶ壁の天井近く、右から三番目。

如意棒は三メートル半まで伸びる。篤史は照明に合ったアタッチメントをつけて、長さを調節した。如意棒の先をあてがってハンドルを回し、電球を外す。新品を装着して、点灯確認。涙ぐましくも地道な作業が続く。

こんなはずじゃなかった……。

篤史は大学でロボット工学を専攻した。アトムやガンダムのようなロボットを作り上げたい。研究室に残る手もあったが、夢の近道と考えて、ロボット技術で定評のある工作機械メーカーに就職した。開発部門を希望したが、新人は現場担当からのスタートだと言われた。

設計チームと組んで、製造ラインを仕上げていった。篤史も多くのアイディアを出し、現場と設計からも信頼されていたと思う。次の異動に期待していた。

ところが、営業部で目も当てられない受注ミスが続き、そこに構造不況が直撃した。会社の業績と株価は急降下し、社員の誰もが呆気《あつけ》に取られている間に、ハゲタカ外資の標的にされた。

吸収合併で救われたのは、設計と開発チームのみ。営業と総務、篤史のいた設備部は、将来性なしと切り捨てられた。

職を失ったばかりか、わずかな貯蓄も会社の株につぎこんでいたので、妻が夢見ていたマイホームの頭金まで霧散《むさん》した。

「あなたのせいよ。いい歳して、子どもみたいに夢ばかり見てるからよ！」

寝室の棚に並ぶロボットのフィギュアを邪魔物扱いしていた妻は怒り狂い、賃貸マンションから出ていった。向こうの両親からも責められた。その時、自分は大きな誤解をしていたのだと知った。

夫の夢が実現すれば、妻も喜んでくれる。二人の将来のためと信じて朝から晩まで働いてきたつもりでも、妻やその両親からは、一人で夢を追いかけるしか能のない身勝手な男と見られていたのだった。

　条件のいい再就職先は見つからず、離婚届を突きつけられた。設計部にいた先輩に、今の会社を紹介された。ファンタシア・パークを運営する電鉄会社の系列だった。

「君にはいずれ、パークのアトラクション開発を担当してもらいたい」

　面接の際、役員の一人に言われた。ところが、配属先はパークの電気設備の保守管理部だった。ロボット工学の知識などはまったく必要ない。

「夢を追い続けるあなたにお似合いの仕事ね。ファンタシアは夢の世界だもの」

　妻であったはずの女は電話で冷ややかに言った。相手の自尊心を傷つけることができて、満足しきったような声だった。表情も想像できた。そこまで気持ちが離れていたのかと知り、離婚届に判を押して郵送した。

　一年後に、彼女はさっさと見合い結婚をした。彼女なりの夢を追いかけた結果だったろう。

　如意棒を巧みにあやつって、電球を外す。この作業が終わったら、メンテナンスのチェックが待つ。修理にも手を貸さねばならない。時刻は深夜一時を回った。ため息が出る。

　今日も長い夜になりそうだった。

2

午前二時半。サイエンス・タウンに戻って、三十分の休憩を作業員に告げた。

パーク内には、パル・スタッフの休憩所が五ヵ所設けられている。アトラクション施設の二階や地下に、フリーエリアと呼ぶスペースがあるのだ。

ここでも魔法のカードキーがものを言う。篤史は二階にあるフリーエリアのドアを開けた。

「ほらほら、来ましたよ、真っ先におばちゃまたちが」

遠藤が笑いながら階段を駆け上がってきた。

電気代を節約するため、施設と電気のメンテや清掃作業は隣り合ったエリアで行う決まりだ。休憩に使うフリーエリアも一ヵ所ですむ。

「お邪魔しますね、お疲れさま」

ナイト・キーパー陣が次々と上ってきた。

篤史が気にして見ていると、一人の女性が近づいてきた。五十代のベテランで、苦笑しながら眉を寄せて指でバッテンを作った。

「またまた戦争勃発《ぼっぱつ》。パーク本部の人、呼んだほうがいいかもね」

本部の当直は、ナイト・キーパーのためにエリアの鍵を開けると、その場を担当シニアに任せる。電気のほかにも、アトラクションや外壁などの工事も入るからだ。

本部の当直を呼ぶ事態になれば、当然ながらナイト・キーパーを預かるシニアの査定に響く。

「そんなに大事なのかい？」

下請けの監督係長が心配そうに訊いた。

「まあ、いつものことだけどね。あの子、怒ると怖いでしょ。元ヤンだって話もあるし」

「うっひゃー。また彼女っスか？」

すぐに遠藤が反応して声を上げる。

「シニアに食ってかかってる。すっごい剣幕《けんまく》でね」

「主任、様子見に行ったほうがいいスよ、絶対」

こいつも一緒に行く気なのだ。

まわりを囲むナイト・キーパーの目が、それとなく篤史に集まる。

「そうよ。主任さんも勇気出しなさいよ、ほら」

「弥生《やよい》ちゃんのファンなんでしょうが」

篤史の腕をつつくおばさんまでいる。

電気担当の中で、独身は篤史と遠藤しかいない。オレらは小久保《こくぼ》弥生さんの応援団です。そう遠藤が休憩時間に口を滑らせたせいで、冷やかしの目が篤史にばかり集まるようになっていた。

「前沢さん、あとで問題になるとまずいですよね」

監督係長までが神妙な面持ちで言った。彼らから見れば、篤史もパーク側の正社員なのだ。騒動を収める立場にあると見なすのは当然だろう。仕方なく階段を下りていった。

「オレも行きまっス!」

案の定、遠藤もついて来た。尻の軽いヤツだ。

アトラクション施設を離れ、足早にヒストリー・タウンへ向かった。

さすがに事態は沈静化していた。が、タイムマシン・ライドの入り口前で、まだ睨み合いが続行中だった。三対一。二人の仲間をしたがえて、小久保弥生が男性シニアの前にたちはだかる。

足音に気づいたシニアがこちらを見た。手が慌ただしく左右に動いた。

「あ――お疲れ様です。どうか休憩に入ってください。打ち合わせは順調に進んでますから」

「話をごまかさないでください!」

断固たる口調で、小久保弥生が言った。後ろの中年女性も大きくうなずいている。

「ですから、その件は、承知した、と……」

「非を認められるのであれば、まず彼女に謝罪してください。ここに連れてきますので」

ただならぬ雰囲気に、篤史は遠藤と顔を見合わせた。揉め事の内容は、どうも少し想像とは違っていたようだった。

「待ってくれないか。非とか、そういう問題じゃないんだよ。これからは誤解を受けないような行動を心がける――」

「結局、認めないわけですね。わかりました、会社に訴え出ます」

小久保弥生が決然と言った。近くにいる篤史たちを気にする素振りもない。

パルはマシュマロ・スマイルを心がけよ、とパークのマニュアルにはある。だが、この深夜に客はそもそもいなかった。黙々と床や壁を磨き、修理を行っていく。夜の暗さも相まって、気分は沈みがちになる。不満はくすぶり、トラブルに発展しやすい。

「まあ、みなさん、せっかくの休憩時間がつぶれてしまいますよ」

機を見て篤史が近づくと、小久保弥生の鋭い視線が振り向けられた。邪魔しないでくれ、と目で訴えられた。

「今しかないんです。この人はよその見回りにも行くし、我々とは帰る時間も違うんです。このまま逃げるに決まってます」

「勝手に決めつけないでくれよな」

男性シニアが聞き捨てならじと声をとがらせた。

一触即発の事態に、篤史は慌てて間に入った。小久保弥生の視線に鋭さが増す。

「ここにいるミドリさんも、サイカワさんもわたしも、子どもがいるから、仕事が終わったらすぐ帰らないとなりません。今しか面と向かって話せる時間はないんです」

おおかた事情は理解できた。が、割って入った手前もあるので、篤史は言った。

「わかりました。冷静に話を進めるために、ぼくがあなたがたの主張をじっくりと聞きます。で、その意向をこの人に伝えて、必ず結果を報告しましょう。この場で水掛け論をくり返すより、少しはいいと思いませんか」

後ろで遠藤がジリジリと逃げにかかっているのがわかる。が、ほかにこの場を収められそうな方策は浮かばなかった。

女性陣がこそこそと相談を始めた。すぐに意見はまとまった。小久保弥生が篤史に向き直った。

「必ず話をつけてください」

横にいる男への牽制《けんせい》もあったろう。当の男性シニアは軽く篤史に頭を下げてきた。

後ろを見ると、遠藤はもう施設の陰に消えようとしている。逃げ足が速い。男性シニアもこそこそと、小走りにその場を離れていった。女性陣はまだ彼の背中を睨みつけている。

篤史は魔法のカードキーを振って、険しい目つきの女性たちに言った。

「コーヒーでも飲みながら話を聞きましょうか」

パーク内に自動販売機は置いていない。せこい手法だが、価格を高く設定した飲み物を対面販売で買ってもらうためだ。が、フリーエリアや地下通路には、アルバイトのパル向けにお手頃価格の販売機が設置してある。

篤史は地下の照明を点《つ》けて自動販売機で缶コーヒーを買い、女性たちに手渡した。たった百円の品でも、もらって悪い気はしない。彼女たちの怒りの熱も少しは冷めてくれる。

まったくの甘い読みだった。冷えた缶コーヒーを手にしても、阿修羅《あしゅら》もかくやという彼女たちの表情は変わらなかった。

小久保弥生が缶を握りしめたまま、篤史に言った。

「矢部《やべ》さんは、ずっとわたしたちの班にいる石井《いしい》さんに優しく接してきました。しかもデートに誘っておきながら、彼女に子どもがいるとわかった途端、急に腰が引けて、今までのことなんかなかったかのような態度を取りだしたんです」

「ええっ……」

驚きに声がかすれた。会社に訴え出ると言ったので、てっきりセクハラやパワハラまがいの騒動だと信じこんでいた。

「男の風上にも置けないって、前沢さんも思いますよね」

篤史の動転ぶりを見て勘違いしたらしく、後ろの中年女性がここぞとばかりに同意を求めてきた。六つの目に見すえられて、息が止まりかける。

「あ、いや……そういうデリケートな話だったとは――」

「石井さんは何も言おうとしませんが、かなりショックを受けています。子どものことは向こうも承知してると思っていたからです。だって正社員なんですから、こっちの事情ぐらいはわかってて当然じゃないですか。わたしたちは履歴書を出しているんですから」

小久保弥生になおも迫られ、壁際へと追いこまれた。反論の糸口を懸命に探す。

彼のほうには別の思いこみがあったのかもしれない。自分に気があり、すぐに落とせそうだ。でなければ、そう勘違いするように仕向けられたか……。

いろいろと想像はできた。しかし、女のほうにも、狙いを秘めた〝やましさ〟があったのではないか――そうこの場では言いにくい。

「もし矢部さんが誠意のない態度を見せるのであれば、出るとこに出てもいいと思っています」

「本気ですよ、わたしたちは」

うしろにひかえる二人までが胸を張って啖呵《たんか》を切った。

パークには、ざっと五千人の男女が働く。その数だけ出会いがあり、恋が生まれる可能性もなくはないのだった。

3

「ジーザス！　もろ、もらい事故っしょ。ごしゅーしょー様っス」

話を聞くなり、遠藤は肩を揺すって大笑いした。缶コーヒーに三百円を投資したあげくの事故なのだから、目も当てられなかった。

「バット・ジャスト・ア・モーメント、けど、これでミス・ナイトエルフと親しくなれたりしてね。損して得取れ、ですって」

そうまた笑いを残し、遠藤はさっさと仕事に戻っていった。どこまで調子のいいヤツなのだ。

明け方に仕事を終えると、篤史はゲート横の詰め所で矢部琢郎《たくろう》が出てくるのを待った。どこかで時間をつぶしていたのか、四十分以上も経ってから、矢部がやっと戻ってきた。

彼は篤史の顔を見るなり、疲れきったような苦笑を浮かべた。

「いやいや……。女の怖さをまた教えられましたよ」

矢部は煙草をくわえ、篤史をゲートの外へ誘った。歳は三十代半ばだろう。学生時代にスポーツでもしていたのか、長身で体格もいい。篤史に煙草を勧めながら、ため息をついてみせた。

「彼女、ぼくの前じゃ、子どものこと、まったく切り出そうともしなくて……。会社の資料を先に見とけば、事情はわかったんでしょうけど、やたらと誘いかけるような目を向けられて。こっちも男だから、そりゃあ多少はなびきますよ、ねえ」

煙草を受け取ろうとした手を止め、曖昧《あいまい》に笑い返した。迂闊《うかつ》に同意を示したのでは、両者の間で板挟みとなる。

「こっちもバツイチなんで、いろいろ臆病になってるところはあって……。けど、いつまでも一人はつらいし、そろそろ――なんて思ってたのが、もしかしたら態度に出てたのかな。女って、鋭い嗅覚してますからね」

身につまされる話で、ついうなずいていた。

心強い味方を得たとばかりに、矢部が「でしょ」とさらなる目配せを送ってきた。

「子どものことで腰が引けたってわけじゃなくて……。最初に打ち明けるどころか、見事に隠そうとした猫かぶりのやり口に、それこそ度肝《どぎも》をぬかれた、ってのが正直なところですよ」

彼としては、脈がありそうだと見て、試しに少し踏みこんでみたのだ。すると、うまい具合に事は運んだ。が、二人の仲が深まると、突然トラバサミが口を閉じるがごとく、実は子どもがいると切り出された。男の条件反射で二の足を踏んだ途端、同僚の女性陣が迫ってくるのだから、仕組まれた罠《わな》だったか、とも思いたくなる。

これだから女は恐ろしい。

男であれば、誰もが身を震わせる。しかし、女からすれば、当然の駆け引きのうちなのだ。容赦なく歳は取る。深夜の仕事はきつい。男という幹《みき》にすがりついて休みたい。

「謝罪しろって言うなら、しますけど……。それで勘弁してもらえるわけないし、ねえ」

矢部が、白々と明るんできた空を仰いだ。

「会社に伝わったらどうなるか、もう恐怖ですよ。上司はすべて男でも、最近はいろいろうるさくなってるから。あーあ、下手《へた》こいたな……」

重たい男の実感。女からすれば、卑怯な本音。

たとえ夢の世界であろうと、男と女がいれば、現実的で生臭い問題も起こり、醜い本音がぶつかり合う。

学生時代から篤史は色恋沙汰が苦手だった。だからロボット工学に興味を覚えたわけではないが、鶏と卵の関係に近かったかもしれない。どちらが先かわからないが、ロボットを作る夢に逃げてきた面はあった。

どうにか人並みに結婚はできたものの、仕事と家庭というふたつの夢は同時に破れた。次にすがりつく目標は見つけられず、夢の世界を支える退屈な仕事をこなす日々が続く。生々しい現実を見せられると、夢に打ちこめた昔の輝ける瞬間が胸苦しく思い出されてならなかった。

夜勤明けの休日は、一人暮らしのマンションでグズグズと夕方まで惰眠《だみん》を貪《むさぼ》った。テレビを眺めながらコンビニ弁当を開いた時、携帯電話が鳴った。

登録にない番号からだった。予感に襲われて身を正しつつ、通話ボタンを押した。

「お休みのところ、申し訳ありません」

昨夜の対決姿勢を引きずる角立った声に、背筋が伸びた。

予期していた知らせではなく、不意をつかれて言葉を探すうち、小久保弥生が言った。

「会社にお電話をさしあげたところ、今日は休みだと言われて、この番号を教えられました」

　個人情報の流出に手を貸したのは、どこのどいつだ。女性からの電話に気を利《き》かせたつもりだろうが、余計なことをしてくれる……。

「昨夜はお騒がせいたしました。実はあのあと、あらためて石井さんから話を聞きました。彼女は子どものことを隠すつもりはなかった。でも、子どもがいることを先に打ち明けたのでは、男の人となかなか先に進めない、そう言うんです。矢部さんがどう弁解してくるか想像はつきますが、絶対に自分から誘ったわけではない、それだけは言えると――」

「ちょっと待ってくれないか」

　よせばいいのに、言っていた。女の側の一方的な主張を聞かされたための、条件反射だったろう。別れた妻の顔がちらついていたせいもある。

「――はい？」

「彼女の言い分を伝えるために、電話をくれたのかな」

「もちろん、矢部さんの本心も確認したくて、ですが……」

「話は彼から聞きましたよ。でも、彼が本音をすべて語ってくれたのかどうか……。君も石井さんの本音を少しは疑ってるようなところがありそうな言い方に聞こえたしね」

「いいえ、わたしは石井さんの本心を疑ってなんかいません」

「でも、彼女は子どもがいる事実を打ち明けず、彼の誘いに乗ったわけだよね。既成事実を作ってからのほうが、少しは話を有利に進められる。そういう気持ちもあったんじゃないかな」

「矢部さんがそう言ったんですか」

「いや、一般論だよ。そう思われても仕方のない面はあったと言えるんじゃないだろうか」

「絶対に違います。彼女は嘘をつくような人じゃありません」

何の保証もない弁護を、頑《がん》として彼女は口にした。女の弱い立場がわからないのか。そうもどかしさを訴える声に感じられた。

「矢部さんは知ってたに決まってます。だって、わたしたちは夜通し働いてるんです。旅行資金を稼ぎたい若い子じゃあるまいし、理由があると思うのが本当でしょ。そういう夜中のアルバイトを使う立場にある人が、何もないと信じるほうがおかしいと思いませんか」

理屈で攻められた。確かに彼は仕事柄、多くのアルバイトを見てきている。訳ありの事情を持たないごく普通の独身女性が、わざわざ深夜のアルバイトを選ぶとは考えにくい。仕事は地味で面白味のない掃除なのだ。誰にでもできる仕事であっても、昼夜逆転の生活になる。体にはきつい。そのためナイト・キーパーは、最も出入りの激しい部署でもあった。

「あの人は、女の弱みにつけ入ってきたんです。こいつは落とせそうだ。しかも、子どものことをひた隠しにしてる。となれば、あとでどうにでも使い捨ての言い訳ができる。自由な恋愛にまで、会社も口出しはしてこない。やったもん勝ち。今ごろそう思って舌を出してるに決まってます。口車に乗せられて、あんな男の肩を持たないでください」

猛烈な勢いで連打がくり出された。我が身に起きたことのような怒りようだった。

君の一方的な勘ぐりだ。そう言い返せずに、口をつぐんだ。剣幕に怖《お》じ気づいたのではなく、一面の理もありそうに思えたのだ。

ずるい男はそこそこ多い。したたかな女と同じほどに。

「お騒がせして申し訳ありませんでした。あとは会社に訴え出るしかないと思います」

「待ってくれ。本当に事を大きくしていいんだろうか。石井さんも冷静になれば、少しは考え方も変わってくるかもしれない」

「泣き寝入りをしろって言うんですか」

「騒ぎを大きくしたら、二人ともファンタシアにいづらくなる」

「石井さんは被害者です」

「君も冷静になってくれ。被害者だと思わない者だっているかもしれない。男を誘って、その気がないと知った途端、事をあおって復讐を謀《はか》る。そう噂したがる者が出かねないだろ」

「じゃあ、どうしろっていうんです。前沢さんの意見を聞かせてください」

矢部の代理人でもないのに、次々と非難の矢が飛んでくる。

理不尽だと感じながらも、穏当な言葉を選んで言った。

「納得できない気持ちはわかる。でも、他人がとやかく言っても始まらない気がする。というのも、それぞれ自分の弱みをともにわかっていそうに思えるからだ。これ幸いと人を頼って、我が身の弁護をしてもらいたがってるみたいに見えてしまう。当人同士が本音をぶつけ合ったうえで、石井さんが会社に相談するというなら仕方ない。でも、周りがけしかけるのは、なしだ。君たちが訴え出るのは、どう考えてもおかしい」

反論の言葉は返ってこない。少しは相手コーナーに押し戻せたらしい。

「石井さんは仲間に恵まれているね。もちろん、彼女の人柄かもしれないけど」

雰囲気をいくらか和ませようと、篤史はつけ足して言った。

短くない沈黙のあと、角立つ声が返ってきた。

「前沢さんのご意見は承りました。わたしは彼女が納得できるまで支えていくつもりです」

4

非番明けは、ファンタシア・ホテルのメンテナンスに忙殺された。

お城のような造りの七階建て。全二百十五室。備えつけの電化製品を子どもが乱暴に扱うケースもあって、テレビや照明、空調設備に故障が出やすい。週末はほぼ満室になるので、日々のメンテナンスが欠かせなかった。

小久保弥生と同僚たちが、この先どう対処していくつもりなのかは気になったが、ひとまず仕事に集中した。携帯電話は鳴らず、夕方遅くにオフィスへ戻っても伝言は残されていなかった。

翌日は、奈須野課長とパル・ロッジを訪問した。電鉄本社の役員にパークの幹部も出席しての、月に一度の定例会議だった。

エルシー生誕祭に合わせた工事の進み具合を、まず課長が説明した。

並行して通常のメンテナンスも続けられる。修理が必要なケースでは、やむなく施設を閉鎖したうえで行っていく。その細部をつめて予算を組み、幹部の承認を受けた。

次に、新たなアトラクションの議題に入る。

「開発部から提案のあった深海探検ライドを進めていくに当たり、再来年の映画の舞台を海底都市にして、新キャラクターを登場させていきます。海底神殿に熱水鉱床、深海魚の妖精、ダイオウイカのマスコットを主軸に、ライドと３Ｄ投影のアトラクションを考えています」

今回の新アトラクションに、篤史は大いに期待していた。開発チームに参加できれば、夢の現場に携《たずさ》われる。

「前沢君よ、当直仕事もあって忙しいと思うが、我々で暫定予算を組むからな。頼むぞ」

会議を終えて、課長に言われた。まずは情報を集めて、資料作りに取りかかったほうがいい。

頭の中で今後の算段をつけながら会議室を出ると、廊下に黒服の女性が立っていた。

ファンタシアの魔女だった。

「おとといの夜の件で、少しいいかしらね」

口元は微笑んでいたが、目は林檎《りんご》を差し出す魔女のそれに見えた。例の一件を、注進する者がいたらしい。

　たぶん小久保弥生ではない。正式に訴え出たのであれば、部外者でしかない篤史に聞き取り調査をしようとする意味がわからなかった。

「女性側の代表として、小久保さんから話は聞きました。でも、その日の手順で意見が合わなかっただけだと……。前沢さんも現場に立ち会われていたんですよね」

「はい……。ちょっと騒がしそうだったので、様子を見には行きました」

「揉め事の理由までは、わからない、と？」

　穏やかな口調ながらも、女検事の目で問われた。

「少しは耳に入ってきましたが、セクションが違うので、よくわからない話ばかりでした」

「つまり仕事の話ね。それならよかったわ。というのも、言い争ってた相手が矢部さんだったと聞いたので、少し心配してたの」

「矢部さんに何か――」

　問題でもあるのか、と訊きかけて言葉を呑んだ。巧妙な誘導尋問に思えたのだ。

　魔女がまた謎めいた微笑みを浮かべた。

「あら、前沢さんまで、何か矢部さんに不安を感じてたみたいな口調ね」

「いえ、そういうわけでは……」

視線を外して口ごもる。ごまかしの通じる相手とは思いにくいが、軽弾みなことは言えなかった。

魔女は手のバインダーに視線を落としてから、篤史に目を戻して言った。

「これだけは言っておいたほうがいいみたいね。……矢部さんはとても優秀な人で、会社の評価は高いのよ」

「だったら、どうして心配だなんて……」

「どれほど優秀でも、弱点のない人はいません。そうじゃないかしらね」

何を言いたいのか、よくわからない言葉だった。

ナイト・キーパーは、傘下の清掃会社が統轄する。シニア・パルであっても、矢部は篤史と同じでパークの社員ではない。系列会社の人事情報まで、魔女は掌握《しょうあく》していると見える。

もしや矢部は、パークから清掃会社に出向された者なのかもしれない。親会社もふくめて、系列各社では人事交流がある。篤史の上司にも、パークから出向してきた者がいる。

何か問題を起こした場合は、系列の社へ異動することもありそうだった。

裏事情を深読みしていると、ポケットの中で携帯電話が震えた。

パーク本部長補佐の前だったが、仕事の電話かもしれず、ポケットに手を伸ばした。すると、目の前に立つ魔女も、同じように携帯電話を取り出していた。同時に着信があるとは珍しい。

　制御室からの電話だとわかる。パーク本部地下二階の制御室には、警備とメンテナンスの社員が常駐する。緊急の連絡だとしか思えなかった。魔女も同じように通話ボタンを押している。

「――はい、前沢です」

「たった今、エルシー劇場で全電源がストップしました」

　直ちにアドベンチャー・タウンのエルシー劇場へ急いだ。後ろから魔女と警備の担当者も追いかけてくる。

　劇場の電源を制御する分電盤は、地下通路に設置してある。裏口から階段を駆け下りていくと、通路が白く煙《けぶ》って見えた。焦《こ》げ臭さと薬品臭が鼻をつく。異常発火が起きて、消火器が使われたのだ。

　煙った通路の先に、五、六人のスタッフが呆然と立っていた。

「ファンタ・メンテの前沢です。分電盤の前を空けてください！」

　声をかけて走り寄ると、人々が左右に分かれた。タイツ姿の小柄な女性が篤史に叫んだ。

「急に照明が消えたんです。スタッフとここへ降りてきたら、煙が上がってました。早く修理してください。あと二十分で開演なんです！」

責任を一手に負ったような言動から見ると、エルシー役のダンサーかもしれない。篤史は埋めこみ型キュービクルの前に立った。ハンカチを手に巻いてから、消火剤にまみれた扉を開けた。

素早く目視で確認していく。内部のコンパートメントも消火剤にまみれているので、状況はつかみにくい。軽く息を吹きかけ、ピンクの粉を飛ばしてやった。配線のあちこちに黒く焼け焦げた跡が見える。

「どうですか？　すぐ修理できますよね」

またダンサーが進み出てきた。魔女がやんわりと手で制した。

「新田《にった》さん、気持ちはわかるけど、今は原因の究明が先よ。次にまた電源が落ちたらパッセンジャーにも迷惑をかけてしまうでしょ」

遮断器や変流器につながるコードが黒く焼け落ちていた。安全のために、すべての回路を遮断してから、二重パネルを開けた。

内部の鋼板までが変形し、溶けたプラスチック片がキュービクルの底に落ちていた。手を触れずに細部を見ていき、携帯電話をつかんだ。会社に報告を上げる。

「――前沢です。今現状を確認しました。メイン回路の付近で発火が起きてます」

「サポート班が向かった。必要なパーツがあれば送る」

「応急処置はあと回しにすべきでしょうね。消防と警察に連絡してください」

篤史が言うと、電話の向こうで榎木《えのき》部長が声をなくした。

また女性ダンサーが話に割りこんできた。

「どういうことです。復旧は無理なんですか！」

篤史は電話を口元に引き寄せながら、その場に集まる一同を見回してから言った。

「発火の熱によって内部パーツに損傷が見られます。完全に溶け落ちた箇所は見当たりません。ところが、メイン回路のコンパートメントの中に、溶けたプラスチック片が落ちてます」

何を言っているのか、その場の者にはわからなかったろう。電話の先で榎木部長が声をつまらせる。

「おい、待てよ……。分電盤に使われていないパーツが持ちこまれて、発火した――そう言いたいのか？」

言葉をはさめずにいる魔女たちにもわかるように、篤史は言った。

「断定はできません。しかし、不審なプラスチック片が溶け落ちてます。何かしらの発火装置の一部なのかどうか、消防と警察による正式な現場調査が必要です」

5

魔女の決断は早かった。劇場の閉鎖をパーク本部に進言した。と同時に、表向きの閉鎖理由を、照明設備の故障としてパル・スタッフに通知させた。怪《あや》しい状況にはあったが、不穏な噂を広めるわけにはいかなかった。

直ちに立ち入り制限が出され、サポート班のほかは地下通路からの退去が命じられた。

「明日には復旧しますよね」

女性ダンサーが最後まで気にかけていたが、魔女に説得されて上の階へ退いていった。

サポート班に続いて、消防と警察からも署員が到着した。パーク内を制服で歩かれたのでは夢の世界が台無しになるため、搬入ゲートからカートで移動してもらったのだ。

サポート班が持ってきた回路図を提出し、消防と警察に状況を伝えた。あとはプロによる調査を見守るしかなかった。

篤史が問題視したプラスチック片とパーツの照合には、合成樹脂を分子レベルから調べねばならず、専門家の鑑定に委ねるしかないようだった。

あらためて分電盤が調べられたが、時計の部品と推定されるような残骸《ざんがい》は見つからなかった。とはいえ、基板ひとつで遠隔操作はできる。キュービクル内には半導体チップが多数組みこまれており、破損したチップとの判別は困難を極めるだろう。

原因調査は二時間にわたった。

漏電や設備不良による発火の可能性が想定される、という実に当然の結果がひとまずは出された。発火につながる薬物が残留していたかどうかは、正式な鑑定調査にかかっていた。

すぐ消し止めて怪我人もなかったため、警察はひととおりの聴取を終えると帰っていった。消防の調査によって放火の可能性が出てきた段階で、正式な捜査が開始されることになるのだった。

午後六時。パル・ロッジで緊急対策会議が開かれた。

パークでも独自に原因究明を図るため、スタッフから事情を聞いていった。幹部職からは、日ごろのメンテナンスに落ち度がなかったかを問う声が出された。

整備不良による出火であれば……そう誰もが期待していたと思う。もし発火装置が仕掛けられていたなら、夢の世界にあってはならない事態だった。

今日中に記者会見を開く、との方針が打ち出されて、その準備のために役員たちが会議室を出ていった。その後、限られた関係者のみでの、より実質的な対策会議に移行した。

「ファンタ・メンテさんに責任を押しつけるような形になり、申し訳ありませんでした」

及川真千子《おいかわまちこ》がパークを代表するように言って頭を下げた。

「いえ、もっと入念にメンテを行っていれば、何かに気づけたかもしれませんので」

榎木部長が神妙に言うと、魔女がすぐさま首を振った。

「ここで我々が考慮すべきは、メンテナンスの問題ではなかった時のことです」

魔女の言葉を受けて、会議室の空気が張りつめた。

「あの地下通路は、パルであれば誰でも立ち入れる場所ですので」

つまり、メンテナンスを請け負う業者でなくとも、劇場のスタッフであれば、たとえアルバイトであろうと、あの地下通路を使って分電盤に近づけるのだ。

「知識に乏しいので想像するしかないのですが……。ある程度、電気設備に詳しい者であれば、意図的に劇場の電源を落とすことは可能なのでしょうね」

篤史は部長に目で許可を得てから、魔女にうなずいた。

「発火装置の仕組みにもよりますが、確実に火を起こし、開閉器回りの絶縁部を焼いてしまえば、一時的に大電流が流れ、いわゆるショートを起こして、電源は落ちます」

「各施設の分電盤に鍵はかけられていませんよね」

石原《いしはら》という元警察官の警備顧問が質問を投げかけた。

これにもうなずくしかない。

「照明に何らかの不具合が出てショートを起こした場合、各回路の破損を防ぐためにブレーカーが落ちます。ですので、パルによる復旧がすぐ行えるよう、各分電盤に鍵はかけてありません。埋めこみハンドルを起こしてひねれば、パネルは誰にでも開けられます」

魔女が事態の深刻さを知って眉を寄せ、施設の地図に目を落とした。

その横で、石原顧問が坊主頭をなで回す。

「今日のところは、各施設の分電キュービクルには警備の者を配しました。同じ部品を使用しているため、発火の危険性も考えられるからだと言ってあります」

大型の分電盤に人を近づけないため、という本当の目的を広めるわけにはいかなかった。この先も、情報の管理が重要になってくる。

「そこでご相談なのです。二十四時間態勢で人を置くべきなのかどうか……」

何者かによる意図的な犯行、と決まったわけではない。パーク内のアトラクションは四十三。売店やレストランに休憩所などの施設は百軒に及ぶ。街灯やライトアップ用の照明にも専用の分電盤がある。

各分電盤には警報器が設置され、異常が生じた場合はパル・ロッジ地下の制御室に信号が送られる。緊急信号は搬入ゲートの警備詰め所でも確認できる。が、今は二十五周年をひかえ、パークの各所で工事が続く。電気設備に近づく人も多い時期だった。

「当直班を増やしましょう。今夜から制御室に常時二名を置き、緊急事態に対処させます。それと――」

榎木部長が篤史に目を転じた。

「念のためだ。今晩中に、手分けしてすべての分電盤をチェックしよう。もちろん、わたしも半分を受け持つ。おかしな噂を広めないためにも、二人で進める。いいね」

二人で動けば、一晩で見て回れるだろう。だが、明日になれば、また早朝から多くのパルがパーク内を動き回る。仲間の目を盗み、分電盤に近づくことはできる。要するに、今だけの気休めとも言える確認作業だった。

それでも施設を守るには万全を期すほかはない。

「お願いいたします。警備からも各エリアに人を配置させます」

石原顧問も言い、直ちに人員配置の準備が進められた。

篤史は部長と手分けして、深夜のパークを巡回した。

魔法のカードキーを用意してもらい、各施設の分電盤をくまなく見ていった。中規模以下の店舗は壁掛けタイプの簡素なもので、ライド系アトラクションは屋外型の大型キュービクルが設置されている。すべてのパネルを開けて、各パーツを図面と照合しながらチェックする。

手をぬこうと思えばできるが、もしまた発火事故が起きれば騒ぎは広がるばかりだった。慎重にならざるをえず、時間ばかりがすぎていった。

南のドリーム・タウンを終え、キッズ・タウンへ移動する。

照明が灯《とも》っているのを見て、少し緊張した。ナイト・キーパーが清掃中なのだ。黄緑色のユニフォームを着たスタッフが、コーヒーカップやメリーゴーランドに磨きをかけ、洗浄カートが施設の壁に水を吹きつけていく。

週末ではないので、たぶん彼女は来ているはずだった。

見つけた――。

キーパー仲間と小さなメリーゴーランドの手摺《てす》りを清掃していた。時刻は深夜一時四十五分。人々が寝静まる時間に働き、彼女は幼子を育てている。早朝の電車で帰宅し、子どもを保育園に送り出してから眠るのだろう。

夜通しの作業なので、通常のパルより五百円ほど時給は高い。彼女なりの夢を実現するため、ナイト・キーパーの職を選んだと思われるが、何年も続けられる仕事ではなかった。

働く彼女たちを横目に、〝迷路の館〟へ急いだ。カードキーで裏のドアを開けた時だった。ふいに後ろから声をかけられた。

「――休憩時間にお待ちしています」

振り返ると、一礼する小久保弥生の姿があった。

トイレに行くとでも言って、追いかけてきたようだった。篤史の返事を聞かずに、彼女はすぐに背を向け、持ち場へ走っていった。

おそらくは、石井という女性と話を進め、何かしらの方向性が出たのだ。

二時三十分。キッズ・タウンの売店をすべてチェックし終えると、篤史は〝鏡の国〟へ歩いた。休憩所へ続く階段脇に、小久保弥生が一人で待っていた。

「すみません。お忙しいのに……」

また彼女は律儀に一礼してから、壁際に篤史を誘った。

「実は……石井さんが嫌な噂を聞きつけてきたんです」

噂、と聞いて疑問を覚えた。どこまで本当の話なのか。根拠のない世迷《よま》い言《ごと》に振り回されてどうする気なのか。正直な思いは言えず、篤史は言葉を待った。

「……矢部さんの前の奥さん、ファンタシアで働いてた人だそうで。けれど、アルバイトの子と問題を起こして離婚し、今の会社に移されたって……」

予想された範疇《はんちゅう》の話だった。本部に勤める魔女も同じ情報を持っていたため、揉め事の理由を気にして篤史に確認してきたのだと想像がつく。

「石井さん、その話を聞いて、またショックを受けて……今日は休んでます。彼女は本当に本気だったんです。でなければ、子持ちの女がそこまでの関係になるはずはありません。よほどばかな女じゃない限りは」

わたしたちはばかな女であるものか。力強い否定に、彼女の気負いが感じられた。

「自分は本気だった。そう矢部さんに話してくれと、頼まれたのかな」

彼女たちを責めるつもりはなかったが、篤史は言った。男を敵視したのでは始まらない気がした。

「頼まれてなんかいません」

小久保弥生が硬い声で言った。

化粧は最低限で、髪型に凝るでもなく、眉もろくに整えていない。何か女らしさを封じたがっているかのようにも見えてならない。今は子どもを育てるのが大切な時だから……。それに近い切実さが伝わってくる。

「――でも、彼女がわたしに頼み事をしたって、いいじゃないですか。本気になったらいけないみたいな言い方しないでください。誰もが前沢さんみたいに、堂々としてられるわけじゃないんです。バツイチで子どもがいるから、怖々と男の人に向き合うしかない。そういう女の気持ちを少しは想像してみてください」

彼女はひと息に告げると、また律儀に一礼してから階段を上がっていった。

その強がるような、それでいて頼りなさそうにも見える後ろ姿に、かける言葉が思い浮かばなかった。

本当にロボット工学などは役に立たない。そう考えながら踵《きびす》を返しかけた時、ひょいと二つの影が建物の奥から飛び出してきた。ナイト・キーパーのユニフォームを着た二人のベテランだった。

「じれったいったら、ありゃしない」

どちらも五十代だろう。二人でブツブツ言いながら篤史の前に歩いてくる。

「何してるのさ、もう……」

「あたしらが言うまでもないけど、弥生ちゃん、ホントいい子だからね。誰よりも働き者で、人の悪口も絶対言わないしね」

「そうそう。シニアが見てなくたって、手をぬかないもの。あたしらと違って、あの子は」

何を言われているのか、最初はわからなかった。

二人は交互に篤史の腕を押しながら言った。

「子どもがいたって、いいじゃないの。あんないい子、ほっといたら、誰かに取られちまうよ」

「ホントだよ、しっかりなさいって」

二人は目配せしながら告げると、ふっくらした外見に似合わぬ予想外の早足で、篤史の前から姿を消した。

6

明け方までかかって確認したが、怪しげな部品は見つからなかった。そうそう異常があっても困る。部長と制御室へ寄って、二人の当直とも合流した。午前六時になるのを待って、魔女の携帯に報告の電話を入れた。

「──ありがとうございました。今日から劇場とアトラクションの警備員を増やします。しばらくは安心できるといいのですが」

もし何者かによる犯行だったとすれば、警備が強化されたことに、おそらくは気づくだろう。

よほど強い動機を持つ場合には、続け様に事件が起こる可能性はあった。単に興味本位の悪質な悪戯《いたずら》であれば、警備の強化が解かれた時を見て次の行動に出てくる、とも考えられた。いつまで警備を強化すべきか。その判断が難しい。

会社に戻ると、十一時まで当直室のベッドで仮眠を取った。

次の夜勤もあるため、社内で管理職もふくめたローテーションを作り直した。篤史たち主任クラスは当分、昼夜フル回転になると決まった。

夕方五時。少し早めにデスクを片づけていると、携帯電話が鳴った。予感を覚えて着信を見ると、予想外に矢部琢郎からだった。

「……これから少し時間をいただけませんか。ぜひまた相談に乗ってもらいたいんです」

正直、気が重かった。が、小久保弥生のひたむきさを見せられたあとだったので、自分だけ手を引くことはできないと思えた。毒を食らわば何とやらだ。

駅前にある外資系ホテルのラウンジで待ち合わせた。系列のホテルでは、どこに誰の目があるかわからず、落ち着いて話ができなかった。当然の選択だろう。

駅前の本屋で少し時間をつぶしてから、ホテルへ向かった。ラウンジへ足を進めると、すでに矢部が待っていた。篤史を見るなり立ち上がり、大きく手を振ってきた。相談があると言いながら、場違いと思えるほどの笑顔だった。周りにどれほど迷惑をかけているのか、自覚がないらしい。

あきれながら歩み寄った。矢部がまだ手を振っていた。その視線は篤史ではなく、エントランスへと向けられている。

　ほかにも誰か来るのか……。疑問を感じながら振り返り、背筋が伸びた。

　三十代と見えるふくよかな女性と並んで、小久保弥生が歩いてくるのだった。

　驚いて矢部に目を戻すと、照れくさそうな苦笑いになった。

「本当にすみませんでした。二人には迷惑をかけてしまい……。こうして今日はお詫びをさせていただこう、となりまして」

　小久保弥生も篤史がいるのを見て、足が止まった。石井に腕を引かれて、仕方なさそうに歩きだした。

「はじめまして。前沢さんにも本当にご迷惑をおかけしまして……」

　石井という女性は一礼するなり、当たり前のような顔で矢部の隣に腰を下ろした。となれば、小久保弥生は篤史の横に座るしかなくなる。

「ごめんね、弥生ちゃん。すべてはわたしの誤解だったのよ。本当に前沢さんの言うとおりで、この人を直接問いつめたら、事情がやっとわかったわけ。ね、座って。詳しく説明するから」

　二人に頭を下げられては、彼女も席につくほかはなかった。篤史によそよそしく頭を下げてから、あえて距離を置くように、椅子の端に腰を下ろした。

「ケイコさんが誤解したのは無理もないんです」

示し合わせたような、二人そろってのお辞儀を見せられ、呆気に取られた。

矢部がまた苦笑を浮かべ、隣に座った石井を見てから言った。

「確かにぼくは、ファンタシアでパルをしてた元妻と知り合い、結婚しました。離婚にいたったのも、パルとの浮気が原因でした」

噂どおりの事実を告げられ、吐息が出た。どこに誤解があったというのか。

「わたしも驚いたのよ。そう噂を聞けば、誰だって、浮気したのはこの人だって思うでしょ」

「じゃあ……奥さんのほうが？」

小久保弥生が前かがみになって驚きの声を上げた。

矢部が口を真一文字に引き結んでうなずいた。

「ぼくもいけなかったんです。仕事のことをすべてわかってくれている。だから、彼女をおろそかにしてたところがあったのかもしれません。でも、まさか五つも歳下の男に奪われるとはね。恥ずかしくて、とても本当のことは口にできなくて……」

「でね、元の奥さんたちは、もうファンタシアを辞めてるんだけど、二人を知る人の前では働きづらいでしょ。若い女性が少ない部署がいいって自分から言って、ナイト・キーパーのシニアになったっていうの」

「そのはずだったのに、人間ってのは懲りないもんですよ。また、あっさり引っかかってしまいました」

自分を卑下《ひげ》するように言いながらも、矢部は嬉しそうな表情を見せている。

「この先、ケイコさんとの仲がどうなっていくのかは、まあ、成り行きに任せるしかないところもあるけど――」

「まだそんなこと言ってるわけね」

横から茶々を入れつつ、石井ケイコもあふれんばかりの笑顔だった。

全身から力がぬけた。何の茶番なのだ。つまりは痴話喧嘩に振り回されたわけか。

「……心配して、損した」

不平を洩《も》らすような言い方だったが、小久保弥生も軽やかに笑っていた。仲間の幸せを心から喜んでいる顔に見えた。

「だからね、二人にはどれほど感謝していいかわからない、と思ってるの。そこで、この人がぜひ二人にご馳走《ちそう》したいって」

「この上にある中華のお店を予約させてもらったんだ。あ――もしかしたら弥生さん、マミちゃんと夕飯、食べてきたあとかな？」

「ええ……はい」

「大丈夫よ。わたしにつき合ってって言っといたもの。さあ……」

石井ケイコが言って、早くも腰を上げた。矢部もすぐに立ち上がる。だが、篤史も小久保弥生も席を立たなかった。

「ほら……前沢君も」

「──おかしいと思ってた」

やけに硬い声で、小久保弥生が言った。矢部と石井ケイコが目をまたたかせた。

「相談があるって言いながら、一緒に食事をしたいだなんて」

「だって、そうとでも言わないと、弥生ちゃん、絶対に来なかったでしょ。マミちゃんがいるから……」

石井ケイコまでが張りつめた声になった。

小久保弥生はひざの上に置いた自分の手の辺りを見てから、ゆっくりと腰を上げた。矢部たちに一礼して言った。

「今日は失礼します」

「待ってよ、弥生ちゃん。いいじゃないの、一日ぐらい、ちょっと楽しんだって。今日もこれから面倒な仕事だもの」

「お気持ちだけ」

そう言って立ち去ろうとした小久保弥生の腕を、石井ケイコが横からつかんで止めた。

「頑《かたく》なになるの、よそうよ。ごめんね、お節介バアさんみたいなことして。でも、弥生ちゃんを見てると、こっちまで苦しくなる。いいじゃないの、少しぐらい楽しくすごしたって。マミちゃんだって怒ったりしないと思うよ」

「そうだよ。この人も弥生さんのファンだっていうんだから。少しぐらい話す機会があったっていいと思うんだ」

「こうでもしないと、弥生ちゃん、自分に厳しすぎるもの。ダメになるときゃ、ダメになるのよ。自分だけのせいにすることないって」

篤史一人が蚊帳《かや》の外だった。が、事情は読めた。まさしくお節介バアさんのやることだった。

小久保弥生が、まるで敵対する相手に向かう目で、座ったままの篤史を見下ろしてきた。降りかかる火の粉を感じて、身を硬くした。彼女は言った。

「わたしはこの三年、ちっとも離婚に応じてくれない亭主から、ずっと逃げてきました。今の仕事なら、夜中でも警備員がパークを守ってくれてるので、あの男が押しかけてくることはありません。実家は母と兄夫婦がいるので、マミを守ってやることもできてます。今はまだとても男の人と暮らすなんて夢を見る余裕はないんです。ごめんなさい。今日は失礼します」

現実という剛速球を投げつけられた。

親しい同僚であるはずの石井ケイコにも初耳だったらしく、虚をつかれたような顔を見せたあと、痛ましげに視線を伏せた。矢部は唇を嚙んでいた。

自分はどんな表情をしていたろうか。小久保弥生は三人の視線から逃れるように身をひるがえすと、足早にラウンジから出ていった。

一分近く、三人とも身動きせずにいた。石井ケイコが何か怒りを自分の尻で押しつぶそうとするみたいな勢いで、腰を落とした。そのまま篤史に目をすえてくる。

「よくある話ですよね、前沢さん。亭主との縁が切れるまでの辛抱《しんぼう》なんですから」

「よせよ、おい。だから言ったんだよ、余計な世話はやめたほうがいいって」

「でも、弥生ちゃんはホントにいい子だもの。前沢さんのこと、嫌ってないどころか、気にしてるのは、みんな、わかってたもの」

「だからって……。気を悪くしないでくれよな、前沢君」

こういう時、どんな言葉を返したらいいのか、経験値が不足していた。ロボットを相手にしていたほうが、どれだけ楽か。

「まだまだ遊びたい年ごろなのに、あの子は毎晩一生懸命、夢の世界を支えるために、汚れをふき取ってるんです。ぬぐい去りたい昔の思い出を、自分の仕事で消したがってるみたいにね」

「もうよせって」

「これだけは言わせて」

押しとどめようとする矢部を見すえてから、石井ケイコはテーブルに両手を突いた。

「ひどい亭主を選んだのは、そりゃあ弥生ちゃん自身の責任でしょう。男を見る目がなかったんだと思います。でも、たった一度の失敗で、ずっと苦しむことないですよね。どうかあの子のファンでいてあげてください。お願いします」

言葉が見つからなかった。何を言っても、自分の気持ちとかけ離れていそうだった。

二人の沈黙にも耐えられず、篤史は静かに席を立った。

7

遊園地の仕事は週末が書き入れ時で、安息日どころか忙しい日になる。

特に金曜と土曜は、終電の時間までパークにとどまろうとする強者《つわもの》パッセンジャーがいるため、メンテナンスに取りかかる時刻が遅れる。羽目《はめ》を外して施設の一部を壊すという突発事態も起きるため、深夜の仕事量は増えがちなのだ。

「何ぼーっとしてるんスよ、主任」

呼びかけられて我に返ると、アルバイトの遠藤が白い歯を全開にして笑っていた。

「土日はいっつも、ミス・ナイトエルフ、休みっしょ。いくら探したって、いませんからね」

「うるさい。勝手に手を止めるな。働け」

深夜のパークをぼんやり眺めていたが、彼女を探していたわけではなかった。が、ホテルのラウンジで聞いた言葉が、今も耳の奥に残り続けていた。

まだ独身でもなく、面倒な夫がつきまとっている。そんな女に近づけば、あなたにまで迷惑がかかります。自分に好意を寄せる男の前で、彼女は真実を語ってみせた。すなわち、それでもあなたはわたしに心を寄せてくれるつもりがあるのか。そう問われたと考えていい。だから、石井ケイコも篤史の背を押すような言葉を投げかけたのだ。

タブレットの回路図に目を戻しながら考える。

まだ本気も何もなかった。彼女とは堅苦しく挨拶を交わす程度のつき合いでしかない。気を惹かれているのと、交際したいと願う気持ちの間には、それなりの振れ幅がある。いきなり目の前に爆弾を投下され、その深い穴を飛び越えて突撃できるか、と問いつめられているようなものに感じられた。

「もうすぐサンクスギビング・デイっスよね。主任は何すんです？」

レストランにプロジェクターを設置するため、電源と光ケーブルの配線を引きながら、またも遠藤が話を振ってきた。睨み返したが、手はしっかり動いていた。

「さあな。冬は警備係で、去年は和食レストランのウエイターだったよ。次は何をやらされるのやら」

ファンタシアでは、年に二回、サンクスギビング・デイが設けられている。パル・スタッフをふたつに分けて休日を与え、パークで楽しんでもらう。今年はエルシー生誕祭がひかえているため、少し早めに設定されていた。

子会社とはいえ、篤史も正社員の一人なので、パルの代わりを務めねばならない。ベテラン社員になると、アトラクション管理のような責任ある仕事も託される。中途入社の篤史は、まだシルバー資格なので、下働きがほとんどだった。

「冬はナイトエルフ、来なかったとか……。てことは、来週、昼間の彼女に会えるってわけっスよね」

「知るか」

去年はずっと和食レストランにいたし、小久保弥生のことはまだよく知らずにいた。彼女は子どもを連れて来ていたのだろうか。

「オレ、彼女のこと探してみようかな。ま、主任はパルの仕事、頑張ってくださいね」

「勝手にしろ」

どこまで本気なのか。いつもヘラヘラ笑っているが、腕は確かな男だった。なのに、夜中のアルバイトをずっと続けている。

「手先も器用だし、電気の知識もある。ほかへ行けば正社員としてやっていけるだろ」

余計なお世話と思ったが、篤史は言った。

ケーブルを伸ばしにかかっていた手が止まり、遠藤の表情が微妙に固まった。返事が遅れる。

「――オレ、ファンタシアのファンなんスよ。もうしばらくここで働きますって」

どこか無理しているような言い方だった。遠藤は腰を伸ばして、また「へへへ」と笑った。

「それに、ここ辞めたら、ナイトエルフに会えなくなるっしょ」

「本気で言ってるのか」

「あれれ？　主任は本気じゃなかったんスか？」

本気のかけらも感じられない軽々しい口ぶりだった。この男と話していると調子が狂う。

「実はオレ、こう見えても――バツイチなんス。主任と一緒。へへへっ」

ドライバーを手の中で一回転させて、自慢げに胸を張った。

まじまじと遠藤を見つめ返した。

「オレ、夢あるんスよ。でも、その夢、けっこー厳しいんス。ま、頑張ってますけどね」

初めて前向きな言葉を聞いた気がする。

こうやってお気楽な口調でしか、自分の本音を語れない。正面きって夢を語るのは、みっともない。そう思えるだけ、彼は自分の将来を見すえていた。夢ばかり語りながら、何の努力もしない若者は多い。

「どんな夢だ、教えてくれよ」

「ムリムリ。夢なんて、口にしたとたん、泡みたいに溶けて消えちまいそうじゃないっスか」

製造ラインの設営に汗を流しながら、夢を妻に語っていたつもりでも、自分はずっと愚痴《ぐち》をこぼし続けていたようなものだった。今は人に語れる夢もない。そのくせ、夢の世界を支える仕事に就いている。

小久保弥生にとっては、切実な夢が、おそらくはある。

「夢も希望もない人生なんて、嫌っスよね」

遠藤がにやけ顔のまま言った。気負いと照れと自嘲《じちよう》が入りまじったような表情に見えた。

無理に笑ってうなずきながら、小久保弥生の思いつめた顔がまた目の前にちらついた。


昼すぎに起き出すと、大学時代の友人からメールが届いていた。

――おまえの元奥さんが無事に子を産んだぞ。そのうち、どこかの能天気なヤツがおまえにも連絡するはずだから、おれが恨まれ役を買って出てやる。恨むならおれを恨め。つらくても、祝ってやれよな。

久しぶりに心温まる知らせだった。

眠気覚ましにシャワーを浴びてから、一人で元妻のために缶ビールで祝杯を上げた。

別れた妻は、やっと夢を手に入れたのだ。本当によかった。心から思えた。そして、恨まれ役を買って出てくれた友人の心遣いも、ありがたかった。

――精子の状態が非常によくないので、妊娠は難しいと思います。

医師から宣告を受けて、目の前が真っ暗になった。妻は子どもをほしがっていた。悩んだすえ、不妊治療に取り組んだ。けれど、妻の体に負担をかけるばかりで、結果は得られなかった。それでも妻は、離婚を切り出さない優しさを見せてくれた。

篤史は、結婚を知らせる彼女からのはがきを手に、渋谷へ出た。

デパートでお祝いの品を買った。少し迷ったが、友人の名前は使わなかった。差出人を見て、贈り物を捨てるほどに心の狭い女ではないと思えたし、相手も不快に感じはしないだろう。

一人で街を歩いた。この先もずっと一人かもしれない。そう考えると、一歩が重い。もう慣れたはずなのに、親子連れの笑顔が眼に痛かった。

さて、夕食をどうしたものか。起きてから何も食べていないのに、食べたいものが見つからなかった。何を食べようと、一人では味気ない。渋谷の地下を歩いてみたが、足はいつしか駅へ向かっていた。

地下のホームへ降りたところで携帯電話が震えた。ファンタシアの魔女からだった。

「お休みのところ申し訳ありません。部長さんには了解をいただいています。ぜひ前沢さんから、うちの警備担当者が話をうかがいたいと言っております。これからお時間をいただけますでしょうか」

夜勤明けの日に「会いたい」と電話がくる。

例の発火事件の詳しい調査結果が出たに違いなかった。

8

モノレールを降りてパル・ロッジの五階へ上がった。指定された会議室のドアをノックして開けると、二人の男が待っていた。

一人は、いつも合同会議に顔を出す元警察官の警備顧問で、今日はパーク・キーパーのジャンパーを着ていた。もう一人はスーツを着た四十代のサラリーマン然とした男だった。

「非番の日に呼び立ててしまい、申し訳ありません」

警備顧問の石原が立ち上がって、篤史に椅子を勧めた。もう一人の男は一礼しただけで、名乗らなかった。同じ警備部門の管理職だろう。

机の上には何やら書類が広げられ、写真やグラフのようなものも見えた。目を書面に落としながら、石原顧問が言った。

「詳しい調査結果が出ました。そこで、現場に立ち会われた前沢さんの意見をうかがいたいと思ったわけです」

「発火装置のようなものが見つかったのですね」

二人の目を交互に見ながら訊いた。

石原顧問が厳《いか》つい顔に深い皺を刻みつけた。

「いや……まあ、簡単に言うと、採取した燃えかすの中から、エステル系化合物が微量ながら検出されましてね。植物油や蠟《ろう》にふくまれる成分で、分電盤のパーツに使用されていたのかどうか、メーカーに問い合わせている最中で。それと、リチウムの破片も見つかってます」

リチウムはアルカリ金属元素のひとつで、小型電池の負極に利用される。その電池を熱源として、植物油や蠟を発火させる何らかの装置が仕掛けられていた可能性がある、そう彼らは考えているのだった。

分電盤の内部に装置を仕掛け、微量のニクロム線に電流を流していく。そういう手法を採れば、発火まで少しは時間を稼げる。その間に犯人は現場を離れることができる。

プラスチック容器を使った手製の電池であれば、エステル系化合物と一緒に容器も燃えて、跡形もなくなる。が、負極としたリチウムの一部が残り、検出されたのではなかったか。

「その顔を見ると、我々が何を疑っているのか、もう理解されたようですね」

もう一人の男が言った。窓の大きな会議室なのに、取調室の椅子にでも座らされているような心持ちになる。

「まさか、ぼくが疑われてるわけですか？」

篤史であれば、電気設備の知識はある。手製の電池を作るなど、わけはなかった。どこに発火装置を仕掛ければ絶大な効果を上げられるか、見当もつく。

石原が苦笑を浮かべた。

「君はあの日、会社の上司とパークの会議に出席していて、多くの人に見られている。いわゆるアリバイというやつが存在しますよ」

すでにあの日の行動は調査ずみなのだとわかる。言わないほうがいいかと思ったが、こちらの知識は確認ずみなのだから、黙っていたほうが疑惑をさらにあおりかねない。

「しかし——電池に手を加えることで、ぼくのアリバイはなくなると思います」

「ほう……。そういう方法があるのかね」

「たとえば、電解質の一部に有機溶剤をまぜ、その成分によって溶融する樹脂で覆うなどしておけば、仕掛けをセットしたあと、数時間から十数時間は稼げると思います」

容器とする樹脂が溶けたところで、電解質の中で通電がスタートする。思いどおりに発火時間を操るのは難しいだろうが、反応速度を遅くすることで、かなりの時間稼ぎができる。

「なるほど……。では、念のために、前日から何をしていたのか、詳しく教えていただけますでしょうか」

まぎれもないアリバイ確認だった。

隠す必要はないので、正直に告げた。特に主張しておきたいのは、魔法のカードキーについてだった。

「当直の時に渡されるカードキーは、複製がまず不可能です。カードの中に設定された暗証番号が毎日変更されるからです。たとえカードの複製ができても、翌日になってしまえば、自由にパーク内を動けるわけではありません」

石原がまた苦笑とともに言った。

「いやいや、そのとおり。君でなくても、パルの一員であれば、あの地下通路はいつでも誰もが利用できる。だから、君を疑ってるわけではないんだよ」

とはいえ、容疑者リストの上位にあげられている、とも考えられる。この先は、警察からも聴取を受けることになるのかもしれない。

「大変参考になりました。何か気づいたことがあれば、いつでも遠慮なくわたしに電話をしてください」

石原の差し出す名刺を受け取った。携帯電話の番号が裏に手書きされていた。

一礼して会議室を出た。

廊下には誰もいなかった。人の気配もしない。発火装置らしきものの痕跡《こんせき》が見つかったというのに、この静けさは何だろうか。呼び出された者を気遣い、この五階に人を近づけないようにしたのであれば、やはり容疑者を見極める目的があったのかと思いたくなる。

エレベーターが到着するのをホールで待っていると、後ろでドアの開く気配があった。

振り返ると、廊下の先に二人の女性の背中が見えた。

息ができなくなった。二人の背中は、篤史が出てきた会議室の中へ消えていった。

別の部屋で待機していたとしか思えなかった。

今の女性二人の後ろ姿に見覚えがあった。一人は、黒いローブにいつものバインダーを手にしていた。及川真子だ。もう一人は——。

なぜ彼女が呼ばれたのか……。理由が思いつかない。

どう見ても、小久保弥生の後ろ姿だった。

パル・ロッジを出て時間をつぶした。煙草を三本、灰にした。三十分ほどして、表口のドアが開き、うなだれた女性が出てきた。

小久保弥生は、ドアのすぐ外で煙草を吹かす男を見て身を揺らした。なぜあなたがここに――。驚きに目がまたたいたあと、すぐに視線が足元へ落ちた。

篤史は言葉もなく立っていた。なぜあなたが？　自分みたいに電気設備の専門家でもないのに……。目で疑問を発し続けていたと思う。

小久保弥生がうつむいたまま、篤史の前を通りすぎた。その後ろを追うと、彼女が足を止めた。振り返ることはなく、苦しげな言葉が押し出された。

「……元旦那につきまとわれてるなんて、嘘なんです。わたしは……こうして会社に呼び出されても仕方のないことをしました」

朧気《おぼろげ》ながらに事情が読めてくる。

彼女は足元に向けて言った。

「今の会社の社長さんと、人事の平松《ひらまつ》専務には、感謝の言葉もありません。わたしの罪を承知で、今の仕事を与えてくれたんです」

本人の口から語られたというのに、事実を認められず、篤史はただ首を振り続けた。彼女の背中が震えだしていた。

「軽い気持ちで、亭主に手を貸したんです。詐欺《さぎ》みたいなものかもって思いはしました。でも、亭主と別れるには、手を貸して恩を売っておいたほうがいいと……。間違いないからと、何人もの知り合いに金融商品を勧めて……。わたしも亭主と一緒に詐欺罪で――」

「もういい、言わないでくれ」

捨てた煙草を靴底でひねりつぶした。

もしや石原顧問の隣にいた男は、警察官だったのではないだろうか。パークはあらゆる可能性を考え、地元署に相談を入れた。そして、電気設備の知識を持つ子会社の社員や、前科を持つ者を呼び出したのだ。

前科を持つ女であれば、金や男のために、何かしらの手引きをしかねない。ナイト・キーパーであれば、地下通路の分電盤にも夜のうちに近づける。直接呼び出すことで、反応を見ようとしたのだ。

彼女は髪を揺らして言った。

「ダメです、聞いてください。懲役一年六ヵ月の有罪判決を受けました。弁護士の先生のおかげで、わたしには二年の執行猶予がつきました。今も保護観察の身で、月に一度、保護司さんと地方裁判所に出頭しています。だから……。ファンだなんて言ってもらえるような女じゃないんです。ごめんなさい……」

最後は涙声になっていた。小久保弥生はからみつくロープを振り解こうとするみたいに身を揺すってから、走りだした。

たぶん彼女は今日も、自分を罰するかのように黙々と、夜の遊園地を磨き上げていくのだろう。

翌日、ファンタシア・パークはエルシー劇場での発火事故について、あらためて記者会見を開いた。

消防の調査結果を得たが、原因を突きとめるにはいたらなかった。配線系統のトラブル。照明を大量に使ってショートした際のスパークによる出火。また、分電盤のある地下通路には鍵がかけられていなかったため、何者かが火をつけた可能性も残されている、と正直に打ち明けた。今後は防犯カメラと警報装置を増やしていく、と対応策も発表した。

放火の可能性は高いのか、という質問も記者から投げかけられた。あくまで可能性の問題であり、お客様の安全を第一に考えている、と強調してパーク側は逃げ切ったらしい。

調査結果の詳しい内容を隠そうにも、パークで働く者はのべ五千人もいる。そのすべてに箝口令を敷けるものではなかった。ネット上では、すでに様々な憶測が飛び交っていた。下手な口止めをしたとわかれば、客足に響きかねない事態も起こりうる。パッセンジャーに隠し立てはしない。そういうパークの方針は正しいと思えるのだった。

9

四日後に、元妻から礼状が届いた。

『本当にありがとう。とても嬉しかった。似合うでしょ。どうかあなたもお幸せに』

篤史が贈ったベビー服を着た赤ちゃんの写真が同封されていた。自分ではつかむことのできない夢が、母に抱かれている写真だった。寝顔がとろけるように愛らしい。

その写真を冷蔵庫に貼りつけて、また缶ビールで祝杯を上げた。

翌日は、いつものオフィスではなく、パル・ロッジに出社した。篤史に手渡されたのは、パーク・キーパーのユニフォームだった。系列各社のスタッフと簡単なミーティングを終え、午後からパークに出た。

サンクスギビング・デイの日も、一般のパッセンジャーが来園する。その中に、アルバイトのパルが千人以上もいて、今日一日パークを楽しむ。

箒とちりとりのセットを手に、受け持ちのサイエンス・タウンを回った。

パークはいつものように親子連れの笑顔であふれていた。きっと元妻も、やがては子どもを連れて遊園地へ行くだろう。それまでに、自分が設計に参加して、アトラクションを完成させたい。そう心の底から思えた。

手にできなかった夢のために、夢の世界を支えていく……。それも立派な夢のひとつと言えそうだった。

「こんちわ、主任！」

気安く呼びかけられて振り返ると、イヤホンで音楽を聴きながら体を揺する金髪の若者が近寄ってきた。

「見て。思いきって、染めたんスよ」

ストリート・ファッションとでもいうのか、遠藤公平《こうへい》はゆったりめのジーンズをだらしなく腰骨のあたりまで下げてはき、首や手に銀の鎖が巻きついていた。

「何だ、一人か？」

「ミス・ナイトエルフ、見つけましたよ。そしたら、四歳くらいの女の子と一緒で。可愛いったら、ありゃしない」

小久保弥生の後ろ姿と、なぜか元妻の抱く赤ん坊の顔が目の前で重なり合った。

「声をかけて、撃沈したのか」

「いやいや……ほら、ナイト・キーパーのちょい太ったおばちゃんも一緒でね。ハエみたいに、しっしっ、って」

石井恵子だ。この見てくれでは、子持ちの女に本気で近づく覚悟があるとは思われなかったろう。

「しゃーないから、バイト仲間とナンパ中っス。ほんじゃ。お仕事、頑張ってくださいね」

軽やかに手を振り、また体を揺すり、どこかへ歩いていった。

篤史はサイエンス・タウンの人ごみを見回した。このままパーク・キーパーとして巡回していけば、どこかで顔を合わせるかもしれない。その時、自分はどんな表情を作れるか。

三時からは、社の仲間とカートでゴミを回収した。目はどうしても親子連れを追いかける。けれど、小久保弥生と娘の姿は見つからなかった。

四時半に、少し早めの夕食をパル食堂ですませた。慣れない仕事の話が仲間内ではずむ。

「どこがマシュマロ・スマイルだよ。感謝の気持ちがないから、笑顔がぎこちないんだぞ」

「切れてる照明がないか、探してばかりだったでしょ、主任」

「やだな、根っからの電気屋じゃねえか。もっとパッセンジャーの笑顔を楽しめよ」

あちこちのテーブルでも似た笑顔が見える。客を相手にしない事務方の社員には、貴重な実地研修の場にもなっている。夢を支える仕事だとの再確認ができる。

夕方からは、またパーク・キーパーとしてキッズ・タウンの清掃とガイドに努めた。深夜にパークを回っているので、施設の配置はすべてインプットされている。マシュマロ・スマイルを心がけて、パッセンジャーに相対する。

「はい、マジック・アワードですね、お待ちください」

事前に手渡されたショーのスケジュール表を取り出し、にこやかに説明する。

「ごめんなさい。アミーゴ・バンズのメタルバッジは夏の限定商品でした。今は特製のビーズ・ストラップが十一月までの期間限定で出ています」

「ちょっと、いいかしら、お兄さん」

後ろから肩をたたかれて、笑顔を変えずに振り向いた。すぐ鼻先に、お節介バアさんの笑顔がつき出された。

「弥生ちゃん、今マーメイドのカップに娘と乗ってるのよ」

「そうですか、楽しんでもらえて何よりです」

「寝ぼけたこと言わないで」

ドンと左肩を、丸まった拳《こぶし》でこづかれた。

「あんないい子、本気でほっとくの？」

この人は、おそらく知らない。執行猶予がついたとはいえ、彼女に前科があることを。だから彼女が、懸命に自分を律していることも。

「金髪の若い子、電気のバイトで遠藤っていうんです。石井さんに追い払われたって、なげいてました」

「当然でしょ。あいつは本気じゃないもの」

「お気楽に見えるヤツですけど、仕事の腕は抜群ですよ、彼」

「あいつはダメ。お気楽そうな態度を気取ってるけど、いつも遠くを見てるから。何か大切にしたいものがあるのよ、きっと」

見事な眼力におそれいる。

伊達に女を三十数年もやってきたわけではない、と言いたげに胸の前で腕を組んだ。

「ああいうヤツは、油断できないの。その点、あなたは逆。態度は誠実だけど、何も見てないでしょ。身近にある大切なものも見えてないみたい。違う？」

これだから、女というヤツは油断ができない。お節介ババアの底知れない力量を見せつけられて、ぐうの音も出なかった。

「何があったか知らないけど、頑張らないと、ね。人生、これからだもの。押して押して押しまくれって。あの子、確実にあなたを意識してる」

ドンドンと、また拳で肩をつつかれた。さらに篤史の後ろに回ると、両手で背中を押してきた。彼女が娘と乗っているマーメイド・カップのほうへと。

篤史がためらっていると、目の前に三人の男の子が駆けてきた。すべて五、六歳。

色違いのTシャツを着ていたが、三人ともまったく同じ顔をしていた。

「母ちゃん！」

その三人が、石井恵子のもとへ駆け寄り、競うようにぶつかっていった。

「なあ、またあのおっさん、冷やかしに行こうぜ！」

「母ちゃんだって、会いたいんだろ」

「わかってんだぜ、おれたちだって」

子どもにまとわりつかれて、石井恵子が満面の笑みを向けてくる。

「息子。三つ子なの」

度肝をぬかれて声を失った。矢部が及び腰になるのは当然だった。いきなり三人の子持ちになるのだ。誰でも二の足を踏む。

でも……。

それも悪くないかもしれない。毎日が慌ただしく、にぎやかにすぎていく。泣いて叫んで笑って、疲れきる日々が待つ。

三人の子どもに引きずられていく石井恵子を見送ると、足が自然と動いた。まだ彼女たちはマーメイド・カップにいるだろうか。

親子連れの列を見回した。彼女の姿は見当たらなかった。その場で一回転して、母と娘を探していく。

いた──。

ドラゴン・トレインの出口付近だった。うねるように進む小さな列車の前にロココ風の柵が続き、カメラやビデオを構える父親たちが群がっている。その中ほどに、小久保弥生の後ろ姿があった。

ジーンズにゆるめのニットシャツ。今日は髪をまとめず、自然に流していた。普段とは違う雰囲気なのに、すぐに彼女だと見分けがついた。こういう時に、自分の本心が現れるものなのかもしれない。

篤史はポケットを探り、煙草を取り出した。それを近くのゴミ箱に捨てると、後ろから彼女に近づいて、そっと声をかけた。

「こんにちは」

ドラゴンを模した列車が音を立てて通りすぎていったため、よく聞こえなかったらしい。風で揺れる髪を押さえながら、彼女が半信半疑の顔でこちらを向いた。篤史を見て目を丸くする。

「娘さん、どこですか？」

「あ──えっと……まだ列に並んでいて」

母親が外にいるとなれば、もうゲートの中だろう。篤史は爪先立ちになり、炎のアーチの下に並ぶ子どもたちを見ていった。

「もしかしたら、水色のワンピースを着た子かな」

「あ、はい……そうです。わかります？」

「そっくりだもの、誰でもわかるよ。ホントに可愛い」

自分までが褒められたかのように、小久保弥生が恥ずかしげに視線を落とした。

次のドラゴン・トレインがスタートした。子どもたちの歓声が上がり、ギアの回転音が辺りに響く。声が聞こえないと困るので、篤史は彼女に寄りそった。

「ぼくの話も聞いてもらえるかな」

彼女が身を固くするのがわかる。返事を聞かずに、そのまま続けた。

「三年前に離婚した。その理由は、ぼくの体にある。子どもができない体質らしい」

彼女がハッとして顔を上げた。視線を感じながら、話を続ける。横で小さな列車がちょっとした下りにかかり、歓声がわき起こる。

「自分は子どもを持てない。そう悩んだこともあった。でも、相手に子どもがいれば、悩みは解決だよ」

少し無理して言っていた。彼女の視線が娘のほうへと向けられた。

「よかったら、今度マミちゃんと一緒にディズニーランドへ行かないか。敵情視察もかねて。ファンタシアじゃ人目があるしね」

なぜか彼女の姿が目の前から消えた。柵にもたれかかって、その場に座りこんでいた。

こういう時、何を言うべきなのか。気分が悪くなったわけではないと思うが、言葉が見つからなかった。

震える背中を見ていると、ドンと腰に何かがぶつかってきた。

「何すんの！　ママをいじめないで！」

列に並んでいたはずのマミちゃんだった。彼女までが涙をこぼし、母の敵だとばかりに篤史の太ももを、小さな拳でたたきつけてきた。

何事かと周りの親たちが視線を向ける。

「違うのよ、マミ……」

彼女が娘に向き直り、後ろから抱きしめた。

「でも、この人、ママをいじめた。マミ、見てたもの」

「違うの。目にゴミが入っただけ」

篤史は二人の前にかがんで、微笑みかけた。

「ゴメンね、マミちゃん。実はおじさん、お母さんの友だちなんだ。初めまして」

「え……お友だち？」

「そうよ。ママのお友だち。ようこそって、声をかけてくれたの」

「あ、そっか……。ママもここで働いてるものね」

「そのとおり。ママのお友だちなんだ。マミちゃんとも、お友だちになれるかな」

「うーん。どうしようかな」

小さな女の子が精一杯に考えていた。何か思いついたらしく、篤史を見つめてくる。

「ねえ、ママをいじめないって約束できる？」

「当たり前だよ。大切な友だちだからね」

マミちゃんはまだ小さな拳を握りしめていた。篤史はその手を優しく両手で包んだ。温かくて、小さな爪が綺麗に並んでいる手だった。

篤史は心から言った。

「ファンタシアに来てくれて、ありがとう」

第四章　夢を探る者

1

新宿駅《しんじゅく》の雑踏が騒がしい。家路を急ぐ人々の中、待ち合わせて飲みにでも行くのか、若者たちが我が物顔でコンコースの一部を占領し、大声を上げて笑っていた。つい一年前まで、自分もああいう学生の一人だったのに、周りの迷惑を気にもしない野放図さに嫌気がさす。改札横では、中年の紳士然とした男性が、若い駅員をつかまえて声高《こわだか》に怒鳴りつける姿もあった。

これがごく普通の日常なのだ。北浦亮輔《きたうらりょうすけ》は胸に言い聞かせた。この半年、自宅とファンタシア・パークを行き来する日々で、ささくれ立つ心とは無縁でいられた。

先輩パルはファンタシアを愛するがゆえ、全力で仕事に励み、誰にでも笑顔を見せる。些細《ささい》なぶつかり合いはあっても、パッセンジャーのために何ができるかという建設的な意見の応酬がほとんどだった。人の足を引っぱるような態度を見せる者は、シニアに目をつけられて、やんわりと肩をたたかれたすえに辞めていく。

いい意味でのぬるま湯。心がほっこりと温まる職場。でも、パークを出れば、我欲に正直な人たちが、日々あくせくと生きている。そのギャップに頭がクラクラしそうになる。

午後八時十五分前。待ち合わせた駅ビルの喫茶店に入ると、大志田太一《おおしだたいち》は早くも先に来ていた。亮輔を見つけるなり、手を振ってくる。

「ごめんな、北浦君。生誕祭で忙しい時期なのに、呼び出したりして」

リニューアルから二十五年を迎え、ファンタシアはエルシー生誕祭と銘打ったイベント期間中だ。記念グッズや特別パレードを目当てにしたパッセンジャーが連日つめかけていた。

「お元気そうで何よりです」

大志田は九月の昇進試験にまた落ちて、フリーフォールの頂上から身を投げるような形相になり、ついにアルバイトからの卒業を宣言した。今は地元の千葉《ちば》で印刷会社に勤めていると聞く。インフォメの有志で送別会を開くと言ったが、彼は頑《かたく》なにこばみ、一人静かにファンタシアから去っていった。

新しい仕事にもう慣れましたか。そう尋ねようとした言葉が、のどの奥につかえた。大志田は微笑みながらも、今にも泣き出しそうな表情になっている。

「いやぁ、ホントまいったよ。社会復帰を果たしたのに、ファンタシアが気になってならない。どうだい、最近のインフォメは？　順調かな。問題は起きてないよな」

本気で大志田が心配になる。新しい職場になじめず、昔を懐《なつ》かしむあまり亮輔を呼び出したのであれば、重症だ。

「大志田さんがぬけて、ちょっと大変ですけど、みんなで何とかカバーし合ってます」

せめてものなぐさめに言った。事実は違った。彼がぬけても順調そのものだった。ゴールドへ昇格した安井加奈子《やすいかなこ》が見事な采配を振るい、誰もがその手並みに感心させられていた。彼女はインフォメが主導するパル専用SNSサイトを立ち上げた。その日のパーク各所での情報を集約し、パッセンジャーへの案内に使うためだ。

アトラクションやレストランの稼働率を表示するサイトは、パークによって作られていた。そこにも、よく寄せられる問い合わせを各エリアごとに並べて索引をつけるように提案し、実現させた。人気商品の在庫情報も載せ、パッセンジャーが自由に書きこめるファンタシア質問箱も作った。

この新たなサイトによって、インフォメーション・センターを訪れるパッセンジャーの数が減った。彼女の発案によって、インフォメ部門のダウンサイジングが実現したのだ。大志田一人がいなくなっても困りはしない。が、正直に告げるわけにはいかなかった。

「もうファンタシアの人間じゃないのに……。余計な心配かもしれないけど、話をどうしても聞いてもらいたくなってね」

「何かあったんでしょうか?」

「いや……ぼくにもよくわからないんだが、こういうものを教えてもらった」

大志田がスーツの懐から、折りたたまれた紙片を取り出した。

パソコンか何かでプリントアウトしたチラシのようだ。中の文字に目を走らせる。

――緊急アンケートにご協力ください。今の仕事に不満はありませんか。あなたの勤務先は、事故やミスを従業員のせいにしてはいませんか。あなたのやる気を応援します。NPO法人・正規雇用推進ネットワーク――

その下に、アンケートの項目が並ぶ。

「見てくれよ、三番から下の質問を」

言われて視線を落とす。

――質問③　昔からの慣習で、時間外の掃除や残業があれば、詳しく教えてください。

――質問④　契約社員にのみ定められたペナルティがあれば教えてください。

「気になるだろ。しかも、五番を読めば、もっと疑問はふくらんでくる」

――質問⑤　有給休暇を保証すると言いながら、病欠の際にも自分の代わりに出勤してくれる休日中の契約社員を、自ら探すように求められてはいませんか。

何だ、これは……？　ぞわぞわと背中がむず痒くなる。

亮輔は質問の①と②に目を戻した。交通費と健康保険はあるか。有休は認められているか。ごく当然の質問だった。

が、③以降を読むと、ファンタシアを狙い打ちにした質問に思えてくる。

自主的に行う朝の清掃は、ファンタシアの伝統だった。ミスでアトラクションを停めたり、代わりの者を見つけられずに休めば、ペナルティが科せられる。そのカウントが一定数に達すると、新たな契約を結べなくなる。明文化はされていないが、パークのルールになっていた。

「何なんです、これ……」

「実は、遊園地秘密情報、っていうサイトがあってね」

パル仲間で時に話題となるサイトだった。遊園地ごとにスレッドが立てられ、秘密情報と称する勝手な噂をファンが楽しんでいた。あるパークの地下には迷路のような通路があり、有名人は地上を歩かずにアトラクションを楽しめる——とかいったガセ情報の発信源だ。

「一週間ほど前、そこに数日だけアップされたアンケートらしい。友人から教えられた」

労働基準法や労働者派遣法の詳しい中身を、亮輔は知らない。ファンタシアに限らず、ほとんどの遊園地がアルバイトによって日常業務が成り立っている。朝の清掃や、病欠の際に代わりの者を見つける努力も、パルの自主的な行動と見なされていたが、もしかしたら法律にふれるケースも出てくるのだろうか……。


「気になったんで、この書きこみにあったアドレスにメールを送ってみた」

「このアンケートに回答したんですか？」

「もちろん、でたらめな答えもまぜておいたよ。すると、もっと具体的な話を聞きたいから電話番号を教えてくれ、と返信がきた」

「……教えたんですね」

「当然だろ。ネットで調べた限り、正規雇用推進ネットワークなんてNPO法人のサイトは見つからなかったからね」

もちろん、サイトがないからといって、存在しない団体だとは言えない。が、大志田はその存在そのものを疑ってかかったのだ。

「そしたら、すぐ男の声で電話がかかってきた。ぼくが少し前までファンタシアに勤めていたって言ったら、ぜひ会いたいと話に乗ってきたんだ」

「まさか大志田さん……」

「いや、会ってはいない。ただ、しつこく質問されたよ。最近ファンタシアで何か事件が起きてはいなかったかどうか」

事件……。

ひとつの噂が思い浮かぶ。エルシー劇場で照明が故障し、配線の一部が焼け焦げた。詳しい経緯は記者発表もされている。が、真相は別にある、とパル仲間が驚くべき噂を聞きつけてきた。

実は、何者かが分電盤に発火装置を仕掛けたらしい、と。

「思い当たる節《ふし》があるんだな」

亮輔の顔つきを見て、大志田が声を落とした。

今はもう部外者となった人に、根も葉もない噂を伝えていいものか。

「見当はつくけどね。まあ、詳しくは訊かないでおくよ。でも、その人物は何かしらの情報を嗅ぎつけて、真相を突きとめようと考えた。で、ありもしないNPO法人を騙《かた》って、ファンタシアの関係者から情報を集めたがっていた。そう思えてきてね」

ファンタシアを狙い打ちにして、サイトでアンケートを募る。そこに回答を寄せるパルなら、ファンタシアに批判的な者のはずで、暴露話を打ち明けてもくれるだろう。

確かに筋は通っていそうだ。

大志田は、アンケートの裏を深読みして自ら連絡を取り、後輩パルに知らせておこう考えたのだ。自分を正社員として採用はしてくれなかったファンタシアに、いまだ愛着を抱いているがゆえに。

その思いに、心から頭が下がる。彼は正真正銘のファンタシア・フリークなのだ。

「それだけじゃなくて、ね」

「え？　まだ何か……」

「なぜか、ファンタシアの魔女についても質問された」

魔女と呼ばれる者は、一人しかいない。及川真千子《おいかわまちこ》――。五十歳をすぎてアルバイトを始め、たった二年でシニアにまで昇進したレジェンド。

「何を訊かれたんです」

「彼女を知っているか。なぜ短期間で昇進できたのか。会社の上層部によほど気に入られてるのか。何かまるで及川さんが、実力ではなく、コネの力で昇進したんだろうって疑うような言い方だった」

何を狙っての質問なのだ。

ファンタシアのパルであれば、魔女の実力と働きぶりは、誰もが知る。本社の幹部が彼女を認めているのは、仕事の力が図抜けているからだった。上層部とのコネを持つ、なんて話は聞いたこともない。

「魔女って誰のことです。そう訊いたら、あっさり電話を切られたよ」

大志田は無念そうに視線を落とした。その目を急に上げ、亮輔を見つめ直して言う。

「相手の目的が謎なんだ。ファンタシアの何かを突きとめたがっていると想像はつく。でも、なぜ及川さんのことまで知りたがるのか。確かに彼女ほど短期間にシニアへ上がったパルはいない。あまりに昇進が早かったから、彼女は自ら契約社員のままでいいと言ったほどだろ。でも、及川さんを認めないパルは一人もいない。わざわざサイトでアンケートを募ってまで、彼女の噂を集めようなんて不可解すぎる。そこで――」

大志田が息をつき、視線に力をこめた。

「ぼくが何度も電話を入れたところで、相手はもう一切答えてくれないと思うんだ。だから、電話をしてくれないか。頼める者は、北浦君しかいない」

熱い目で見つめられた。口にふくんだコーヒーの味がわからなくなる。

けれど、確かに不可解だった。ありもしないNPO法人を騙ってファンタシアの関係者と接触し、何かしらの事件があったはずだと質問する。そのうえ、伝説のパルについての調査……。

「週刊誌の記者でしょうかね」

「似たり寄ったりの者だろうな。よそのパークで、アルバイトの待遇が悪すぎる、ブラック企業だ。そういう悪意に満ちた記事が掲載されたろ。次のターゲットを、リニューアルから二十五年を迎えたファンタシアに定めたのかもしれない」

「すぐ上の人に報告します」

亮輔が携帯電話をつかむと、大志田が手を伸ばして待ったをかけてきた。自分のスマートフォンを亮輔のほうに掲げてみせる。

「その前に——電話で探りを入れるんだ。まだ気づいてる人は少ない。会社が動けば、サイトの書きこみは跡形もなく消えて、電話番号も使われなくなるだろうね。姿を消される前に接触して、相手の狙いを確かめるんだよ」

差し出されたスマホの画面に、数字が並んでいた。電話番号だ。

今なおこの相手は、ファンタシアで働く者に接触を試みているかもしれない。そのうち本社でも気づく者が出る。今しかない、という大志田の意はわかる。ファンタシアをうまくできるか不安はあった。が、亮輔は腹を決めてうなずいた。

標的にする者がいる。その狙いが気がかりだった。

携帯のものとわかる番号を押した。息をつめて待つ。店に流れていた音楽が遠くなる。

長いコールのあとで、電話がつながった。

「あ、もしもし、NPO法人正規雇用推進ネットワークの電話でよろしいでしょうか」

「……はい。そうですが、どなた様でしょう」

抑揚《よくよう》に乏しい男の声が答えた。歳は四十より上か。声質に若者特有の艶《つや》や張りは感じられない。

亮輔はあっけらかんとした口調を気取って言った。

「えーと、ぼく、ファンタシアでアルバイトしてるんです。先に辞めた先輩から、この番号のこと聞いたんで」

「お名前をうかがわせてもらってよろしいでしょうか」

「それは、ちょっと……」

「決して表ざたにはいたしません。匿名の電話では、正式に労働基準監督署など関係当局に相談する際、受付を拒否されてしまいますので」

実在する役所の名前を出して、こちらを信用させる作戦だ。慣れている。やはり雑誌の雇われ記者か。

「本当に表ざたにはしないでくださいよ。——北浦といいます」

あえて本名を告げた。大志田も大きくうなずいている。電話の男は名前を聞いても、どういう漢字なのか尋ねもせず、話を先に進めた。

「ファンタシア・パークでの勤務に疑問を感じられておられる。そういうことでしょうか」

「ええ、それもあります。けど、最近パークでいろいろあって。なのに、上の人たち、こそこそ何か隠そうと必死みたいなんですよ」

相手が食いついてきそうな餌《えさ》をぶら下げてやる。

「具体的に教えていただけますか」

「警察とか、消防がちょくちょく来てるんです」

「それは防災訓練の打ち合わせとか、ではなく？」

「当たり前でしょ。防災訓練に警察の人は関係ないですからね。本社から呼び出しを受けた人も多いみたいですし」

そんな噂はどこにもなかった。火のないところに煙を立てて、相手の出方を待つ。

「ちょっと前に劇場で発火事故が起きましたよね。その件に関することでしょうか」

「よくわからないんです。ぼくは下っぱですから。けど、噂はよく聞くんで。及川さんっていうパーク本部のシニア・パルがいろいろ動いてるみたいなんです」

どかん、と撒《ま》き餌《え》をぶちまけてやった。

狙いどおりの反応がある。

「及川真千子さんをよくご存じなのですか」

「ええ。ぼく、インフォメですから、新人研修も及川さんが担当してくれて。凄い人ですからね。電鉄本社の人ともツーカーですし」

大志田が太い眉を寄せていた。調子に乗って、餌を投げ与えすぎたか……。

電話の相手が黙りこんだ。が、十秒ほどで声が聞こえた。

「詳しく話をうかがわせていただけますでしょうか」

「いいですよ。けど、電話じゃ、ちょっと長くなりそうだし……」

謝礼もほしい。そのニュアンスをこめて言葉をにごし、相手を焦《じ》らす。

「今、どちらにおいででしょう」

「新宿ですけど……」

「一時間ほどで、そちらにうかがえると思います。直接お目にかかって話を聞かせてください」

大志田に向かって小さくガッツポーズを作ってみせた。

2

大志田の動きは早かった。SNSを使ってパル仲間に声をかけ、暇な者を新宿に呼び出した。ファンタシアを目の敵《かたき》にする記者がいるので、とっちめてやろう、と。たちどころに我も我もと、五人の男女が名乗りを上げてきた。すぐ新宿に向かいます。記者の目的は何ですかね。もしかして噂になってる例のNPO法人の件ですか。

亮輔は胸が熱くなった。ファンタシアを愛する者がここにいる。この熱意があるから、アルバイトばかりなのにファンタシアは日々滞りなく夢の世界を支えていけるのだ。

「大志田さん、今も昔の仲間と連絡を取り合ってるんですね」

「笑ってくれ。ぼくは子どものころから、エルシーの活躍するアニメを見て育った。流れる血の中には、ファンタシアの思い出が脈々と息づいてる」

「笑うなんてとんでもない。自分はまだ半人前だって思えてきました」

スマホで仲間と連絡を取りつつ、大志田が短く首を振った。

「君は違うよ。傷をさらしても、心からの笑顔が作れてる。半人前はぼくのほうだ。ちょっと嫌なことがあっただけで、現実を受け入れられず、夢の世界に逃げようとした。自覚はあったんだ。だから、そろそろ卒業しようと決意するほかなかった……」

パル仲間の安井加奈子が言っていた。大志田は元銀行マンで大失敗をやらかしたため、ファンタシアに逃げてきたのだ、と。

「立派に卒業して実社会に戻ったわけですから、半人前じゃないですよ」

「自分でわかってるんだ。元銀行員だから、今の会社でも経理を任されてる。でも、数字をずっと見てると、息が苦しくなってね。またミスして会社に迷惑をかけるんじゃないか。今は優しい上司や同僚も、いつ敵意をむき出しにして、ぼくを非難してくるかわからない、ってね」

言葉がずしりと腹の底に落ちた。

大学を勝手に中退した自分は、まだ社会の荒波に漕《こ》ぎ出してはいない。日本経済の最前線で働くきつさを想像もできずにいる。

ファンタシアでの大志田は、絶えず周囲を気遣い、進んで嫌な仕事を引き受けていた。生真面目すぎるため、面白味のない男だと言う者もいた。きっと銀行でも同じように気を遣いながら仕事をしてきたのだろう。

でも、一度のミスで周囲の目の色が変わってしまった。

「ぼくと違って君なら大丈夫だよ。どこでもやっていける。心の傷はすべて癒《い》えたわけじゃないだろうけど、笑顔を作れる力がある。ぼくもどうにか頑張ってるよ」

心優しき大志田は、パル時代のように、後輩へ励ましの言葉をかけてくれた。買いかぶりもあった。が、似たようなことは、家族や友人からも言われていた。

ファンタシアの仕事って、そんなに楽しいのかよ？　怪我する前より明るくなったんとちゃうか？　パークでいい顔してたぞ。そういう声の中には、傷持つ者への激励がこめられているとわかる。

「魔女に言われたよ。大志田君ならファンタシアの経験を絶対に外で生かしていける。ホント、そうしたいと心から思ってる」

シニアに昇進できず、見切りをつけるしかなかった。そう冷たく論評する者もいたが、少し違うと亮輔は思った。大志田はファンタシアで多くを学んだから、卒業を選べたのだ。そう今こそ確信ができた。

「よし。手はずは調った。ぼくは横の席に移る。君ならできる。あとは頼むぞ」

大志田が言って立ち上がった。

おおよそ三十分後に、最初のパル仲間が到着した。亮輔も顔馴染《なじ》みの先輩で、ヒストリー・タウンのインフォメでリーダーを務めるゴールドだった。

その後、続々と現役パルが喫茶店に現れ、亮輔を囲むように、周りを固めていった。女性も一人いて、仲間と二人連れを装い、亮輔の後ろの席についた。

いつNPO法人を名乗る男が現れるか。緊張しつつ待っていると、携帯電話が鳴った。パル仲間が息をつめる。

「――あ、NPO法人正規雇用推進ネットワークの高橋《たかはし》です」

「もう新宿に着きましたか？」

「はい。それで、ぜひともじっくり話をうかがわせてもらいたいので、近くにあるカラオケ屋の個室を取りました。そこでお会いしたいのですが」

る。

「カラオケ屋ですか……」

亮輔は、あえて大きめの声にして言った。大志田が、してやられたという顔にな

「西口にある大きなホテルの近くですから、すぐにわかります。店の名前は――」

NPO法人の高橋と名乗る男は勝手に話を進め、亮輔に同意を求めてきた。

「受付でわたしの名前を言ってもらえれば、わかるようにしておきます。では、のちほど」

さっさと電話を切られてしまった。

「絶対に週刊誌の記者だ、間違いない。NPO法人がカラオケ屋なんか使うものかよ」

「とにかく目的は何か、絶対に聞きださないとな」

「わたしも同席するわよ。恋人で、一緒に勤めてるって言えばいいんだから」

「よし、その手でいこう」

亮輔そっちのけで意見がまとまった。広瀬《ひろせ》さとみという、どう見ても亮輔より五歳は上と思われる女性が、恋人役に決まった。

「よろしくね。おどおどしてたら、ばれるわよ」

　そう言うなり、広瀬さとみは亮輔の手を握ってきた。今この場から手をつないだまま、カラオケ屋に乗りこもうという気だ。やる気に満ちている。

　仲間に見送られて、駅ビルを出た。

　教えられたカラオケ屋はすぐ見つかった。受付で高橋の名を告げた。

「申し訳ありません。高橋様で予約は入っておりませんが」

「え……？　でも、この店だと教えられたんです。近くに支店とかありますか」

「いいえ、ございません」

「どういうことよ」

　広瀬さとみが眉を寄せて睨んでくる。

　亮輔は慌てて携帯電話を取り出した。ＮＰＯ法人の高橋に電話を入れる。

　通じなかった。いくらコールを続けても、高橋は出ない。電波の届かないところにいる、おかけ直しください、というメッセージが流れて電話は切れた。

　これは何を意味するのか……。

「何で電話に出ないのよ。もう新宿に到着したって言ってたんでしょ」

　ひとつの可能性が浮かぶ。

　先ほど電話をしてきた時、高橋はもう喫茶店の近くにいたのではなかったか。亮輔を外へ呼び出すことで、仲間が近くにいると気づき、接触を断念した。そうとしか考えられない。

　こちらが考える以上に、敵は警戒していたのだ。いずれサイトの書きこみに気づいたファンタシアの関係者が接触を図ってくるだろう、と。おそらく、偽のＮＰＯ法人も今日で店仕舞いだろう。

　無念でならなかったが、これにてゲームセットだ。今も喫茶店で待つ大志田に報告を入れるため、亮輔は携帯電話の番号を押した。

3

　午前七時。目覚ましが鳴るより早く起き出し、疲労回復のビタミン剤と温野菜で朝食をとっていると、テーブルに置いたスマートフォンが鳴った。

　登録していない番号からだった。こんな朝に誰が……。新田《にった》遥奈《はるな》は牛乳を飲みほし、ひとまず通話ボタンをタップした。

「朝早くからごめんなさい、藤島《ふじしま》です」

　つい二ヵ月前まで、エルシーとして踊っていた藤島美和《みわ》からの電話だった。

「元気者のチカちゃんに、この番号を教えてもらったの。ごめんなさいね」

　山本千香。ピーチクといつも騒がしい後輩の一人だ。誰であろうと親しげに話せる神経の図太さを有するが、まさか藤島美和とまで電話番号を交換していたとは驚かされる。筋金入りの馴れ馴れしさだ。

「そろそろミュージカルが始まりますよね。必ず見に行きます」

遥奈は本心から言った。彼女は実力で、誰もが羨《うらや》むダンス・ミュージカルの準主役をつかみ取った。同じオーディションを落ちた身なので、心穏やかではいられなかったが、現実を見すえてこそ次のステップに踏み出せる。

「今はリハについていくだけで精一杯。まだオドオドと踊ってる。でも、初日までには絶対仕上げてみせるから。見に来てくれたら嬉しいわ。でね――」

打ち解けた口調が変わり、急に声が沈んだ。

「――実は、ある女性誌の記者から取材を受けたの」

すごいじゃないですか。能天気に言いかけて、言葉を呑んだ。嬉しい知らせであるなら声を落としたりはしない。自慢げに電話をかけてもこないだろう。

「その人、今度のミュージカルについて意気込みを聞きたい、そう言って取材を申し入れてきたのよ。確かにミュージカルの話は訊かれたわよ。でも、最後のほうは、ファンタシアについての質問ばかりだった」

「どういうことです？」

「わたしにもよくわからないのよ。配役の発表があった時、わたしのプロフィールも紹介されたでしょ。ファンタシアで三年も踊ってた経歴を知ったから、取材にきたとしか思えなくて」

嫌な予感が胸に広がる。

「その人、ファンタシアの何を訊いたんですか」

「最近エルシー劇場で起きた小火《ぼや》のことで、詳しい事情を聞いてないだろうかって――」

予測が的中した。深く息を吸って、動悸を抑える。

「レッスンとリハで忙しくしてたから、何も知らなかった。そう正直に言ったんだけど、照明の故障はそんなによくあるのかとか、事情を知っていそうな人を紹介してもらえないかとか、しつこく訊かれたのよね」

人の口に戸は立てられない。パルの間でも噂は広まっていた。

話を聞きつけた記者が、当のエルシー劇場で踊っていた彼女に接触してきたのだ。

「ミュージカルに関するインタビューのほうは、ついでのようにも思えてきたの。でも、ファンタシアを卒業したわたしにまで近づいて話を聞こうだなんて、あまりに熱心すぎるでしょ。何があったのか、ちょっと心配になったんで、まずあなたに相談したくて」

「ありがとうございます」

感謝の言葉を口にしてから、少し変かな、と思った。自分は雇われダンサーにすぎず、ファンタシアの社員ではなかった。けれど、今も藤島美和がファンタシアを気にかけてくれているとわかり、嬉しく思えたのは確かだった。

「珍しい事故だったんで、実はパルの間でも色々噂になってます。そこに尾ヒレがついて伝わったのかもしれません」

「でも、ね……。その記者、もっとおかしな質問もしてきたのよ」

今も不思議でならないと言いたげに、声が頼りなくなる。

「及川さんのことを知っているか。彼女はなぜ短期間でシニアに昇格できたのか。幹部の知り合いだという話を聞いてはいないか……」

遥奈も首をひねった。なぜ記者が魔女について尋ねるのか。

幹部の知り合いだったとは、噂にも聞いたことがなかった。パークで働く誰もが、魔女の仕事ぶりを知っている。パークに住みついているに違いない。そう言われるほど朝から晩まで彼女は働き続けている。

「劇場が閉鎖されたことを聞きたがるのは、少しわかる気もしたの。夢の世界の評判を落とすことで、溜飲《りゅういん》を下げたがるへそ曲がりがいないわけじゃないでしょ」

どこかの週刊誌に記事が出ていた。名のあるパークがやり玉に上げられ、アルバイトの苛酷《かこく》な労働状況は、ほとんどブラック企業も同じだ、と。

遊園地はどこも、地道な経営努力で収益を確保している。ファンタシアも自転車操業に近いという。アニメ映画や商品化権で、どうにか黒字を計上しているが、パーク単体での利益はほとんどないのだ。外国資本と提携して、ずっと一人勝ちを続ける遊園地とは違う。

「でも、どうして一人のパルを気にするのか。まあ、少しわかる気はするけど……」

「何がです？」

「及川さんって不思議な人だもの。でも、ああいう人がいるからファンタシアって悪くない場所に感じられるんだものね。でも、外部の人が彼女のことを調べようなんて、ちょっとおかしな話でしょ」

「参考のために教えてください。何という媒体のインタビューだったんでしょうか」

「名刺をもらっておいたわ。『月刊プレミアム』の磯崎勝彦《いそざきかつひこ》という記者よ」

最新トレンドを紹介し、商品やチケットもネットで販売する女性誌だった。ファンタシアも新アトラクションをお披露目するたび、取り上げてもらっていたと思う。流行り物を扱う雑誌なので、取材先のマイナス要因になりそうな記事は、まず掲載しないはずだった。となれば、同じ会社のゴシップ雑誌が裏で手を引いているのか……。

「あまりにもおかしな質問だったから、どうも気になるのよね」

ファンタシアに狙いをつけた者がひそかに動きだしているようだった。

遥奈はナップザックを手に急いで部屋を出た。午前の部は十一時スタートなので、九時半にショー・ロッジへ入ればいい。でも、開園の前にパーク本部を訪ねたかった。

私鉄を降りてモノレールに乗ると、早くも家族連れで満員だった。二十五周年の生誕祭とあって、多くのパッセンジャーが集まってくれている。

モノレールがパーク駅に到着した。小走りに改札へ急ぐパッセンジャーに続いて足を速める。

「お早うございます」

階段を下りたところで声をかけられた。振り返ると、インフォメの新人王が頰の傷をなごませながら近づいてきた。

「どうしたのよ、こんな時間に。早番だったら、もう遅刻でしょ」

「いえ、今日は休みなんです」

横に並びながら、北浦亮輔が見事なマシュマロ・スマイルで答えてくる。

「何よ、休日にも働きに来たわけ。遊びに来たなら、堂々と正面から入るものね」

「ちょっと人と会う予定がありまして」

通路の途中で足が止まる。

「まさか、君、呼び出されたんじゃないでしょうね」

ダンサーの間でも、嫌な噂は広がっていた。エルシー劇場で働くパルが次々と、元警察官の警備責任者に呼び出されたらしい、と。

「いえいえ。こちらから会いたくなって、来たんです」

北浦は変わらぬ笑顔を保って言った。が、目がわずかに泳ぎかけている。遥奈はグイと彼の前につめ寄った。

「誰と会うの。その理由を教えてくれる」

恋人でもない女から誰とデートする気だと責められたみたいに、心外そうな表情へと変わる。

「あ――いや、職場のことで、ちょっと相談したい人がいまして」

「誰？ まさか魔女じゃないでしょうね」

「え、どうして……」

「わたしも及川さんに相談があるのよ」

北浦があんぐりと口を開けた。

パル・ロッジの受付で訊くと、幸いにも及川真千子はオフィスにいるとわかった。

開園前の準備に追われているだろうが、大至急相談したいことがあると告げたところ、十分ほどなら時間を割けると内線で返事をもらえた。

北浦と二人で三階のパーク本部へ上がった。

前に何度か来た時は夜だったので、オフィスには魔女がいるだけだった。今はスーツ姿の男性が行き交い、パソコンに向かう若い女性社員の姿もあった。中には魔女と同じローブをまとった者もいて、これからパーク内の巡回に出るのだとわかる。

今日の魔女は、いつものローブ姿ではなかった。地味なグレーのジャケットにタイトスカートという女性社員の制服に身を包んでいた。

「お早う。二人そろってこんな時間に来るなんて何かしら。いい報告だといいけど」

誰かが聞いたら誤解しそうな言い方だった。遥奈は慌てて顔の前で手を振った。北浦が生真面目を絵に描いたような顔で声を落とした。

「残念ながら、よくない知らせです。及川さんに相談したほうがいいと思って来ました」

二人の顔色を見て、魔女が唇を引き結ぶ。周囲を気にするように見てから、席を立った。

「会議室で聞くわね」

わざわざエレベーターで五階へ上がり、カードキーを使って第二会議室のドアを開けた。十二畳ぐらいの小部屋で、横長のテーブルを囲むように椅子が置かれている。

魔女は、書割塀《かきわりべい》の裏側しか見えない窓の前に腰を下ろし、遥奈たちを見た。

「新田さんは、二ヵ月前にダンサーを辞めた藤島美和さんから電話をもらいました。ぼくも、ひと月前にインフォメを辞めた元ゴールドの大志田太一さんから呼び出されたんです。どちらも、ファンタシアで起きた事件について探る者がいる、という話でした」

「それぞれ詳しく聞かせてくれる」

年齢順を考えたのか、北浦が目で譲ってきた。若いのに憎らしいほどしっかりしている。

遥奈は順を追って説明した。魔女が冷静にうなずき、月刊誌と記者の名前をメモに取った。最後に、及川真千子の名前を上げて質問してきた事実を告げた。

さすがは魔女で、慌てるような素振りは見せなかった。が、ペンを握る手が止まり、遥奈から視線を外した。窓の外に広がるファンタシアの塀をじっと見ている。

次に北浦が落ち着いた口調で話を始めた。遥奈も驚かされた。ＮＰＯ法人の名を騙るとは、少し手がこみすぎていた。

「──最も気になるのは、その男も及川さんについて尋ねてきたんです。なぜ短期間に昇進できたのか。上層部とのコネを持つのか。プライバシーにかかわりそうなことまで、関心を抱いているようでした」

　電池の切れた人形のように、魔女が動きを止めた。いつもマシュマロ・スマイルを絶やさず、的確なアドバイスをくれる人なのに、笑みを保つどころか、一切の表情が消えていた。

「藤島さんにインタビューした記者も、NPO法人を騙って大志田さんに接触してきた男も、狙いは同じなんでしょう。ファンタシアの内部事情を探る目的があるんだと思いますが、及川さんに関する質問までしてきた理由がわからなくて……。だから、及川さんにまず報告しようと」

「ありがと。確かにおかしな話ね」

　魔女が無理したような笑みを浮かべた。明らかに衝撃を受けているとわかる。遥奈は訊いた。

「心当たりがあるんですね」

「いや……もしかしたら、短期間に昇進したわたしを妬《ねた》む人がいて、勝手な噂を週刊誌に伝えたのかもしれないわね」

「でも、及川さんほどファンタシアの知識を持つ人はいません。パークで働く者であれば、妬むなんて論外ですよ」

　北浦がすぐさま異論を唱えた。彼は魔女に心酔している。

「そうでもないわよ。ファンタシア・フリークの中には、わたしよりパークを熟知してる人だっているわ。わたしはただ運がよかったから、昇進できただけだもの」

そう口にすることで、自分を納得させたがっているみたいな言い方に聞こえた。

「ほかにも怪しい記者や団体から接触を受けた者がいないか、早急に調査してみましょう。そのことがまた外部に知られたら、こちらの警戒ぶりを面白おかしく記事にされてしまうのかもしれないけど……。とにかく上と相談してみます。報告してくれて、ありがとう」

魔女は遥奈たちに目を向けず、遠くを眺めやるような目で告げたあと、席を立とうとテーブルに手をついた。

「あっ！」

北浦がフロアを蹴って手を差し伸べた。遥奈は声も出せずにいた。

テーブルを押して立とうとした魔女が、ひざから崩れ落ちたのだった。貧血でも起こしたのかもしれない。

「及川さん、大丈夫ですか」

北浦が横から魔女を支えて声をかけた。が、彼女はそのまま北浦の腕の中へ倒れこんだ。

「新田さん。人を呼んでください、早く！」

4

一分もかからずに、パーク本部から社員が駆けつけた。魔女は呼びかけにうなずき、亮輔たちの手を借りて立とうとしたが、また目眩《めまい》を起こしたのか、力なくひざを折った。

救急車を呼べという者もいたが、「大丈夫」と彼女が言ったため、ホテルに常駐するアルバイトの研修医が呼び出された。緊急用の毛布が運ばれてフロアに敷かれ、新田遥奈が魔女の脇にかがんで支え、額や手首に掌を当てた。

「熱はないようです。脈はちょっと早いかもしれません」

そこにやっと研修医が駆けつけた。新田遥奈ともう一人の女性社員がその場に残り、見守るしかできない男たちは部屋から追い出された。

その間に、パーク本部長の平尾《ひらお》が出社してきて、亮輔は別室にて相談の中身を告げさせられた。すると本部長は顔色を変え、すぐさまどこかに電話をかけ始めた。

亮輔は一礼して、第三会議室を出た。

廊下にはまだ七名ほどの社員が残っていたが、やがて上司らしき男が仕事へ戻れと命じた。一人だけ手持ちぶさたに立っていると、亮輔までが睨まれた。

「君も仕事があるだろ」

「実は休日なんです」

「休みの日になぜ出社してきたんだ、君は」

そこで詳しい事情を問いつめられて、話を訊いた上司がまた慌てて携帯電話を取り出し、どこかに連絡を取り始めるという一幕が演じられた。本部長に続いての取り乱しぶりを見れば、亮輔にも想像はできた。やはりエルシー劇場の閉鎖は単なる事故ではなかったのだ。

第三会議室にこもって電話をしていた平尾本部長が廊下に出て来た。亮輔に近寄るなり、腕をつかみながら言った。

「君は会議室の中にいるんだ。いいね」

有無を言わさず、だだっ広い第三会議室に押しこまれて、ドアが閉じられた。

これでは軟禁も同然だった。けれど、廊下にいる上司にも話は伝えてしまったので、亮輔一人を閉じこめても、噂はいずれ拡散するだろう。

しばらく一人で待っていると、ドアが開き、今度は新田遥奈が平尾本部長に連れてこられた。

「ちょっと、押さないでくださいよ、もう……」

パーク本部長に対してであろうと、ぶつぶつ文句を言えるのだから、たくましい。

続いてドアが開き、パーク・キーパーのジャンパーを着た厳《いか》つい顔の男が現れた。警備顧問の石原《いしはら》だと名乗り、そこでまた詳しい取り調べが始まった。

矢継ぎ早にくり出される質問を、新田遥奈が果敢にさえぎって言った。

「ちょっと待ってください。要するに、あの地下のブレーカーに誰かが火をつけたって噂は本当だったわけですね」

「証拠が見つかっていれば、消防がそう発表するし、警察も動く」

石原が切り捨てるような言い方をした。

その口調に、新田遥奈が食ってかかる。

「証拠が見つかってないだけで、パークは劇場のパルを疑ってるんですよね。だって、呼び出された者が何人もいるんですからね」

「消防とは別に、我々も独自に原因を究明していく務めがある。次にまた同じ事態が起きれば、ショーを楽しみに来てくれたパッセンジャーを失望させてしまう」

石原の言葉は、彼女の質問に答えてはいなかった。つまり、パークは内部犯行説に傾きかけているわけなのか。

横で見ていた平尾が、進み出て言った。

「いいかな、新田君。パルや君たちダンサーを疑っているわけじゃないんだ。一番恐ろしいのは、原因究明をおろそかにして、勝手な憶測が乱れ飛ぶことだと言える。面白おかしく記事にしようとするメディアが出てきたのでは、我々スタッフの中に疑心暗鬼が広がり、ゆくゆくはパッセンジャーにも不安を与える事態になりかねない。疑うことを前提にした原因調査はしていないつもりだよ。誤解を招いているのであれば、責任者であるわたしが、パルの皆さんにじっくりと説明してもいい」

本部長にそこまで言われては、鼻っ柱の強い新田遥奈も黙るしかなかった。

尋問が再開されて、亮輔は大志田が集めたパル仲間の名前を問われた。ためらっていると、平尾本部長が頰をゆるめた。

「君たちの行動を責めるつもりはないんだ。なぜならファンタシアを思っての行動だと、パークの者なら誰もが理解できるからね。あとのことは、わたしを信じて任せてくれないか」

五人の名前を告げた。石原が手帳を取り出し、NPO法人を騙った高橋という男の電話番号とともに書きとめた。

「今朝確認したところでは、まだサイトにNPO法人を騙った者の書きこみが少し残っていました。警察に協力を求めれば、電話番号の名義人や書きこんだ者のIPアドレスぐらいはつきとめることができると思います」

亮輔が意見を述べると、石原があっさりと首を振った。

「そのためには正式な被害届を出す必要がある。しかし、おかしな取材をされようと、パークに実害があったとはまだ言えない」

たぶんに表向きのことを石原は言っていた。元警察官であれば、何かしらの手立てはあるはずだった。

「NPO法人を名乗るだなんて、立派な身分詐称じゃないですかね」

新田遥奈が、鬼の首を取ろうとする勢いで言った。

石原の口元に笑みが広がる。

「気持ちはわたしも同じだよ。元警察官でも、昔の仲間に気安く協力を求められるものではなくてね。だから今は、我々の手で独自の調査を続けるしかない」

まだ新田遥奈は納得いかないようで、いらいらと足を揺すっていた。本当にわかりやすい人だ。

ノックの音が響き、ドアが開いた。

目を向けると、スーツ姿の紳士が立っていた。五十代の後半か。黒々とした髪にはボリュームがありながら、髭《ひげ》の剃り跡は薄い。細身に似合ったスーツを着こなし、控えめな足の運びで会議室に入ってきた。

平尾と石原が紳士を見て、背筋を伸ばした。パークか電鉄の幹部らしい。

ドアを閉めた男が亮輔たちの前に進み、踵《かかと》を合わせた。穏やかな目で二人を交互に見ながら言った。

「小野寺《おのでら》です。まずは君たちにお礼を言わせてほしい、ありがとう」

新田遥奈が首を大きくひねっている。契約ダンサーである彼女は、その名前に聞き覚えがなかったようだ。亮輔は研修の時、何度か名前を聞いていた。どこかで顔写真も見たはずだった。

小野寺元樹《もとき》。親会社である電鉄の重役で、今はファンタシア・パークのＣＥＯ——最高経営責任者——だった。先日のサンクスギビング・デイには、モノレールの駅員を務めていたと聞く。亮輔も利用したが、まったく気がつかずにいた。

「パークを探る者がいると及川君に相談してくれたし、彼女が倒れた時も、人を呼んで素早く対処してくれたと聞いた。本当にありがとう。及川君は最近、目眩に悩まされていたそうで、医師から薬を処方してもらっていたが、どうも彼女の体質に合わなかったようだ。少し休めばよくなる、と言っていた」

なぜかそこで、小野寺が亮輔を見つめた。

「とはいえ——薬の影響もあるため、今日中の復帰は難しいかもしれない。君たちも知っているように、及川君はこのファンタシアで最も忙しい者の一人だ。特に生誕祭の記念イベントが多く、山のような仕事が彼女を待っている。そこで、本当に申し訳ないが、北浦君、今日の君の休日を我々に提供してもらうことはできないだろうか。及川君も、君にぜひ手伝ってもらいたいと言っている。どうだろうかな」

ＣＥＯと伝説のパルから手を貸してくれと請われて、無下に断れるパルがいるだろうか。亮輔は迷わず言った。

「はい、喜んでお手伝いさせていただきます」

「そうかね、ありがとう。――新田さんは午前の部のステージがあるので、どうか仕事に戻っていただきたい。本当にあなたがいてくれて助かりました、ありがとう」

小野寺は新田遥奈に握手を求めて、頭を下げた。

主役を務めるダンサーでもあり、ＣＥＯが手篤《てあつ》い物腰で接するのは当然だったろう。けれど、彼女一人を早く仕事に戻したいという意識から、低姿勢に出たようにも、亮輔には感じられた。

新田遥奈もぎこちなく小野寺の手を握り返して頭を下げた。

彼女はドアを出ていく直前、亮輔を見つめてきた。その唇が素早く動いた。「あとで」と――。ＣＥＯの秘めた意図を彼女も嗅ぎ取ったと見える。

「では、北浦君。わたしと一緒に来てくれたまえ」

小野寺は、平尾本部長と石原顧問に目で応じてから、亮輔の背をそっと押した。どうも亮輔一人に用があるらしい。

廊下に、もう社員はいなかった。小野寺は第二会議室のドア横にある読み取り機にカードをかざした。ＣＥＯが会議室のキーを持っているとは知らなかった。

ノブの上で青いランプが光り、ドアが押し開けられる。室内には、魔女一人がいるだけだった。研修医も帰ったらしい。床に敷いた毛布も片づけられていた。

魔女は窓際の椅子に腰を下ろし、いつもの微笑みで亮輔を出迎えた。顔色はまだ少し血の気が薄い。彼女は小野寺がドアを閉めるのを待ってから、言った。

「みっともないところを見せて、ごめんなさいね」

「いいえ。ぼくにできることがあれば、何でも言ってください」

「ありがとう。CEOに迫られたんじゃ、断れないものね」

「おいおい、よしてくれよ。命令はしていないぞ。なあ、北浦君」

亮輔の緊張を解くためもあったろうが、小野寺の口調は旧知の友に呼びかけるような気安さがあった。

「よしてください、小野寺さん。北浦君がおかしな誤解をします」

「そうだったね。でも、ぼくも北浦君同様、ファンタシアの魔女の熱烈なるファンだからね」

小野寺が軽やかに笑ってみせてから、二人の間に歩を進めた。

「だからといって、ぼくが彼女を無理に昇進させたわけじゃない。彼女ほどファンタシアを愛する者はいないと断言できる。そう多くの社員から聞かされて、ファンになったわけだものな」

どこかしら言い訳めいて聞こえた。

大志田がNPO法人を名乗る男から受けたという質問が頭をよぎる。魔女は会社の上層部に気に入られているのか――。

及川真千子と小野寺元樹。ともに六十歳前後で同世代と言える。古くからの知り合いだった可能性は、もしかしたら本当にあるのかもしれない。

「実は今日、『エクセラン』という女性誌の取材で一人の記者がパークに来るの」

昨日の今日だった。雑誌の記者が取材に来ると聞けば、嫌でも緊張感が増す。

「実は、先週もカメラマンと取材に来たライターさんで、できれば二十五周年イベントの期間内にパルの密着取材をさせてもらいたい、そう広報部に再度の依頼が入ったの」

小野寺が小さくうなずき、言った。

「ファンタシアの人材教育にスポットを当て、仕事を愛してこそ一人前になれる。そういう特集企画だと依頼書にはあった。広報で四人のパルを選び、その仕事ぶりを追ってもらったうえで、それぞれインタビューが行われる。その補足の取材で、二十五周年イベントも大々的に取り上げてくれるということだった」

ＣＥＯが、持ちこまれた取材の内容をここまで把握しているものだろうか。ファンタシアを辞めたダンサーにも、雑誌の記者がインタビューを申し入れ、事故の件を尋ねてきている。そこに再度の取材があるとなれば、警戒するのは当然だった。

「君に隠しておいても無駄だから、正直に言うわね」

魔女の言葉に力がこもる。

「前回はアトラクションとパーク・キーパーのパルが選ばれたわ。今日は、新人のダンサーとメンテナンス・スタッフの仕事を見てもらう予定になってる。その記者は、昨日の夕方になって、実は広報にもうひとつのリクエストをしてきたそうなの……」

謎かけでもするように、魔女が言葉を切り、小さく首を傾けた。想像はつくでしょ。そう問いかけるような目とともに、彼女は言った。

「もし、目覚ましい昇進を遂げた凄腕のパルがいれば、ぜひ話を聞きたい。そういう人はいるだろうか、と」

偶然がここまで重なるものか。

よほどのお人好しでも、裏を疑うはずだ。

たった二年でシニアに昇格した魔女であれば、まさしく記者のリクエストに打ってつけの人物だった。が、NPO法人を騙って伝説のパルについて訊きたがる者がいて、ファンタシアで起きた事故に興味を抱く記者も登場している。そんな折に、正式な許可を得てパークに来る記者までが、魔女を名指しするような取材を申し入れてきた――。

「今朝になって、広報の者が及川君に相談を入れたんだ。短い時間でもいいから、インタビューを受けてもらえないだろうか、と」

そこに亮輔と新田遥奈が現れ、ファンタシアを探る者についての情報を寄せたのだった。

世の中には、時に驚くべき偶然も起こりうる。が、今回の件を偶然と見なす者がいるわけはなかった。だから魔女は、貧血を起こして倒れそうになったのだ。自分を探る者がいる、と知ったために――。

つまり、彼女には思い当たる何かが、ある。

「広報の者には、あなたたちが報告してくれた情報を伝えてはいないの。小野寺さんがストップをかけたからよ」

小野寺がテーブルの端に腰をあずけて、腕を組み合わせた。

「どう考えても、今日の取材は怪しすぎる。しかし、実在する雑誌の取材であるのは疑いない。念のために、編集部にも問い合わせを入れている。今回の取材は、今日もパークに来る記者の個人的な企画ではなかったのか。だとすれば、その記者の狙いは何か。君たちの前に姿をちらつかせた者たちと関係はないのかどうか……」

充分に真っ黒だと思われる。今日の取材が決まっていたから、その記者は情報を是が非でも集めておこうと考えたのだろう。

しかも、取材対象はダンサーとメンテナンスのスタッフだという。ダンサーは、劇場が閉鎖された理由についても情報を持っているかもしれない。メンテナンスの担当であれば、故障の原因調査の結果を知る立場に近いだろう。そして、魔女へのインタビューがだめ押しだ。

「北浦君。君はすでに多くの情報に接している。それに、近年では君ほど優秀なパルはいない。そうだよね」

小野寺が目で魔女に尋ねた。大きなうなずきが返される。

「それと——君は不愉快に思うかもしれないが、君の頰には今も少しばかり目立つ傷がある」

話の流れが読めなかった。頰の傷がどうだというのか。

「広報スタッフの代わりとして、君に記者のアテンドを頼みたい。もし本当にファンタシアの人材教育を主眼とした取材であれば、君の頰の傷にまず注目するはずだ。傷を持ちながらもインフォメーションでシルバー・パルになっている。その点に注目しないとなれば、ほかに狙いがあるから——そう判断するひとつの根拠にもなる」

インフォメーション・センターで働く者だと言えば、傷をさらしてパッセンジャーと相対している事実に気づく。なぜパークがインフォメ部門に配属したのか、その理由を記者であれば当然尋ねたくなるはずだった。

が、その点を訊いてこないからといって、ほかに目的があると決めつけることはできない。今日の取材に期待して入れ上げるあまり、気づかずにいるというケースもあるだろう。

魔女が笑みを消した。

「実を言うと……広報は、わたしよりもまず北浦君を思い浮かべたみたいね。でも、雑誌に顔写真を載せたいと言われるかもしれない。そうなると、北浦君がインタビューを承諾しないかも。そう危惧したので、わたしに相談が来たの」

今ではごく自然に笑顔を作れるようになってはいる。だが、心の傷がすべて癒えたかどうか、自信はまったくなかった。評判の女性誌に顔写真をさらすとなれば、かなりの踏ん切りと勇気がいりそうだった。

「ごめんなさいね。あなたの傷をファンタシアのために利用しようと、わたしたちは考えてる。もちろん、急用ができたとか理由をつけて、取材そのものを断る手もあると思う。でも、その際には、取材を断ってきたことまで、記事にされるおそれがあるかもしれない」

「それと、君は昨夜、ＮＰＯ法人を騙った男と連絡を取り合っている。記者の声を聞くことで、同一人物かどうか、確認できるかもしれない。君を見た時の、相手の反応も気になる」

昨夜、亮輔と仲間が罠を張っていたと気づいたから、相手は接触を中止したと思われる。その際、相手が亮輔の顔を見ていた可能性は高い。本名を告げてもいた。電話をかけてきた男が、広報の代わりにアテンドするとなれば、相手はかなり驚くはずだ。

「アテンドを通して、記者の反応を見極めたい。NPO法人を名乗った者と同一人物なのか。目的は何か。なぜ及川君にインタビューをしたがっているのか」

小野寺があごの先をさすり、亮輔の目を見すえてきた。

「うちは、アルバイトのスタッフに支えられている実態が、確かにある。しかし、労働基準法にもとる雇用はしていない。エルシー劇場の分電盤が発火したのは事実で、何者かによる放火の可能性もあると見なす者もいる――」

最高責任者自らが、噂を事実と認めたようなものだった。施設での発火、パークを探る者。見逃すわけにはいかない状況がある。

「――だが、考えてみてほしい。五千人近いアルバイト社員の素性をあまねく調べたうえで雇い入れることは難しい。何らかの目的を持って潜入しようと思えば、誰にでもできる。雇用形態に不満を持つパルの犯行だと決まったわけではない。ましてや、及川君に人から後ろ指をさされるような理由など、どこにもない」

口調は冷静でも、秘めた怒りの熱が感じられた。

記者がもし放火の事実を嗅ぎつけたのであれば、アルバイト社員に頼る雇用実態と結びつけて考えたくなっても不思議はない。でも、そこになぜ及川真千子という伝説のパルが関係するのか。単に面白おかしく記事にするだけが目的とは考えにくい。

ただ……。

亮輔の目にも、CEOと伝説のパルが旧知の仲にあると見えてならなかった。そこに何かしらの秘めた事情があり、記者はその事実を探り出そうとしているのではないか。

だから、魔女は亮輔たちの話を聞き、貧血を起こすほどのショックを受けた。だから、小野寺までが出てきて、一介のパルにすぎない亮輔に急な仕事を依頼してきたのではないか。

「記者の狙いがどこにあるのか見極めたい。この仕事を頼める者は、君しかいない。どうか引き受けてもらえないだろうか」

5

予想外の成り行きに困惑《こんわく》はした。が、あらゆる手段を使ってファンタシアを探ろうとする者がいるのは疑いなく、その行動には執念を超えた暗い動機が隠されていそうだった。夢の世界であるファンタシア・パークに食らいつき、何を引きずり出そうというのか。

熱烈な志望動機を持っていたわけではなく、自暴自棄に近い感情から働きだしたようなものだったが、この半年でパークへの愛着は増していた。ファンタシアを支えるために知恵を出し合い、素晴らしい夢の世界を作り上げていこうとする多くのパルの熱意に、胸を揺さぶられたのだと言えるだろう。

夢は情熱がなければ支えていけない。漠然とした憧れだけでは、熱意をつなぎ止めておくことも難しい。

大人の世界に踏み出す勇気が持てず、モラトリアムの逃げ場のようにファンタシアで働こうという者もいた。が、素直な感謝の気持ちと周囲への敬意を持てない者は、決してファンタシアでは通用しなかった。と同時に、ここで務まるようになれば、外の世界へ出ていっても必ずやっていける。多くの実例が、このファンタシアにはあった。

パッセンジャーに夢を与えるとともに、パルも自分の夢を確かなものにしていく。人を笑顔にすることで、喜びを手応えに変え、働く力を得ていく。そこにこそ、まさしくパークの人材教育の根幹があるのだ。

その夢の世界をつつき回そうとする何者かがいる。

悪評をかき集めて、面白おかしく記事に仕立てれば、お金になる。夢の世界の現実はこんなにも苛酷で愚かしい。どこかのテーマ・パークがやり玉に上げられたこともあった。他人の夢を潰してみせることで、自分の溜飲を下げたがる。揚げ足取りの誹謗中傷と、根も葉もない鬱憤《うっぷん》晴らしが蔓延《まんえん》する。だから、ファンタシアで働く者の志が素晴らしく思える。人々は夢の世界に憧れ、心のこもった持てなしを存分に楽しみたい。単純なやつだと言われようと、夢の世界に泥を塗る行為は、断じて許せなかった。

ＣＥＯというパークのトップから請われたことは関係していない。着ぐるみに入って働きたいと甘く考えていた自分を、あえてインフォメ部門にスカウトしてくれた魔女の願いだから、引き受けるべきなのだった。彼女は誰よりファンタシアを愛している。その思いに応えなくては、恩知らずもはなはだしい。

亮輔は及川真千子に向かって言った。

「ぼくでよければ、やらせてください」

直ちに広報部の女性社員が呼ばれて、打ち合わせが始まった。

すでに話は通っていたらしく、亮輔の前に資料の束とタブレットが置かれた。

「こちらが編集部からの依頼書と、先週に行われた取材の詳細。これまでのやり取りもタブレットに保存してあるので、ひととおり頭に入れてください」

取材ライターの名前は、落合猛《おちあいたけし》。プレス用の通行証もすでに用意されていた。

午前中にメンテナンスを受け持つ関連会社のスタッフに同行し、インタビューを行う。午後は新人ダンサーに密着し、リハーサルから本番までを取材する。もしメンテナンス班が出動する場合は、臨機応変に対応して動く。

「最初に取材を受けるメンテナンスのスタッフは、及川さんの意向もあって、人選を変更しました」

「前沢《まえざわ》君は、エルシー劇場の分電盤が火を噴いた直後、及川君と一緒に駆けつけたスタッフの一人なんだ。本当なら一緒に打ち合わせをしたかったが、無理を言って来てもらうことにしたので、まだパークに到着していなくてね」

二人に続いて、魔女も説明を入れる。

「彼は警察の捜査にも協力してくれているし。電気の知識はもちろんだけど、頼りになる人よ」

小野寺が資料の束を手にしながら言った。

「さあ、もう時間がない。コスチュームに着替えて出発だ」

いつもの制服に身を包み、広報部の女性社員と搬入ゲートで待機した。

その間、パークから手渡された専用の携帯電話で、前沢篤史《あつし》と簡単な打ち合わせをした。

「噂には聞いてるよ。インフォメの新人王君だよね。魔女に続く伝説のパル誕生かもって、うちの会社にまで評判が聞こえてきてる。よろしく頼む」

社交辞令だとわかるが、悪い気持ちはしない。関連会社のスタッフにも、周囲を気遣うファンタシアのルールは徹底されていた。

「相手はプロの記者だ。取材には慣れてる。そう簡単に尻尾は出さないだろうが、焦って藪をつつくことはやめておこう、念のためだ」

「はい。強引につついて、棒じゃなく、蛇が出てきたら大変ですからね」

「向こうは平気で噛みついてくるぞ。相手を焦《じ》らしつつも、怒らせないよう、しっかりアテンドしてくれ。成否は君にかかっているからな」

笑いながら前沢は言った。

焦らすことで、相手のミスを誘発できれば申し分ないが、怒らせたのでは反撃されかねない。難しい匙《さじ》加減になるから慎重に、と二人で確認し合った。

「来たわよ」

広報部の女性社員に言われて、亮輔はゲートの先に目をやった。

タクシーが停まり、国防色のヤッケを羽織《はお》った小太りの中年男が降りてきた。年齢は五十歳前後か。首に一眼レフのデジカメをぶら下げ、黒いショルダー・バッグを斜めがけにしている。

「ようこそ、お越しくださいました、お疲れ様です」

女性社員がゲートの先へ進んで出迎えた。亮輔も作り笑顔を浮かべた。

「お時間をいただき、ありがとうございます。今日一日よろしくお願いします」

気さくそうな笑みを見せながら、落合猛が軽く頭を下げてきた。小さな目が一本線のように細くなっている。見かけは人のよさそうなオジサンだ。が、油断はできない。

「今日一日、アテンドをさせていただきますインフォメーション・センターの北浦と申します」

亮輔が名刺を差し出すと、落合の視線がまず頬の傷に向けられた。驚きをわずかに表しながらも、女性社員に目を移す。

傷を見ての驚きなのか。昨日のパルだと知ってなのか。もし動揺してのことであれば、ほかの挙動に不審な点が出てくるだろう。

「本日は、エルシー生誕祭ということもあって、生憎《あいにく》と広報部の者が仕事を多く抱えております。この北浦は、たった半年でシルバーに昇進した、うちの新人王です。そちら様の取材には、打ってつけの人物だと思います」

亮輔は内心、舌打ちした。ことさら派手に紹介されたのでは、記者がどれほど亮輔に興味を抱くものか、見極めが難しくなる。

「えーと、彼が凄腕のパルというわけですかね」

落合の小さな目が盛んにまたたかれた。魔女へのインタビューを狙っていたのだとすれば、拍子ぬけしただろう。

そこで、相手の反応を見るため、亮輔は言った。

「うちにはまだ、ぼくなど及びもつかない凄腕がそろっていますから、ご安心ください」

落合が再び目を細める。

「どういう凄腕のパルがいるのか、詳しく教えていただけますかね」

「制御室の者が待っておりますので、パークの中を歩きながらお話しいたします。まずは——プレス用の通行証です。お受け取りください」

ここは焦らす作戦を採ったが、落合は顔色を変えはしなかった。通行証を首から提げてゲートの読み取り機にあてがった。これで入園時刻が記録される。

今回は、ＧＰＳで追跡できるチップを埋めこんだ通行証になっている。たとえ、はぐれても行動は追跡できる。

「では、パーク本部へ向かいましょう」

亮輔が手を差し伸べて先導すると、また落合の視線が頰の傷に向けられた。

「気を悪くしないで聞いてほしいんだけど……。その傷というハンデがありながら、どうしてファンタシアで働こうと思ったのかな」

広報部の者から離れると、落合の口調が急に馴れ馴れしさを増した。息子のような歳の若者に敬語を使ったところで得はない。

亮輔は正直に志望動機を打ち明けた。ただし及川真千子の名前は出さず、シニア・パルに勧められてインフォメ部門に配属されて、今の仕事が好きになった、と。魔女について何らかの情報を集めていたとすれば、餌に食いついてくる可能性はあった。

「へえ……。思いきったことをする上司がいるね。君をいきなり接客の最前線に出そうってわけだから」

「はい。ぼくも最初は戸惑いました。ですが、マシュマロ・スマイルを心がけていれば、誰も傷のことを注目したりはしません」

「うーん。ますます気になってきたな、その上司のことが。話を聞くことはできるかな」

「たぶん大丈夫だと思いますが……。あとで連絡を取ってみます」

「そのシニア・パルはどういう人なのかな。男性？」

あえて男性かと訊いてきたところが、わざとらしく感じられた。最初から及川真千子だと見当をつけての質問に思えてくる。

「いいえ、女性のシニア・パルです」

「ほう。よほどのベテランなんだろうね」

「だと思います。かなり年配のかたですから」

「ちょっと小耳にはさんだんだけど、伝説のパルがいるそうだね」

狙いが的中した――。

もう間違いはない。餌にガブリと食いついてきた。

「ぼくはまだ新人ですから、誰もが伝説の凄腕パルに思えます」

さらりと相手の誘い水をかわして、様子を見る。

落合は、人出の多いパークの中を見回しながら言った。

「短期間で驚くほどの昇進をとげた人がいれば話を聞きたい、そうリクエストを出しておいたんだけど」

「はい、うかがってます。候補者を何人かセレクトしてありますので、どういった者がいいか、詳しくお聞かせいただけますでしょうか」

そうだなあ、と呟きながら、落合はパークをまたひと眺めした。誰が見ても、下手《へた》な演技としか思えない動きだ。

「たとえば……ぼくのような中年になってから、このファンタシアでアルバイトを始めるようになり、見る間に出世した人とか、いないだろうか」

まさしく、どんぴしゃりのリクエストだった。確かな手応えを感じつつも、亮輔は穏やかなマシュマロ・スマイルを心がけた。

「なるほど……。新たな夢を胸に転職してきた人がいいわけですね」

「あとは……エリートサラリーマンの道を捨ててきたとか、子離れをしてから働き始めた女性とか……。うちの雑誌だと、女性のセカンド・キャリアのほうが読者に関心を持ってもらえるかな。やっぱ女性を紹介してもらえると、ありがたいな」

巧みな誘導のつもりなのだろう。女性のセカンド・キャリアを出すとは、向こうも少しは考えている。こういったリクエストを出すため、女性誌に企画を売りこんだとも考えられる。

しかし……そこまでしてなぜ魔女にインタビューをしたいのか。

謎を解き明かす手がかりは、まだ見えてこなかった。

6

パークの電源を管理し、警備の拠点ともなる制御室は、パル・ロッジの地下二階にある。

ドアをぬけて右の壁には、電力計のパネルが並ぶ。左は防犯カメラの映像を映すスクリーンで埋められ、各種無線の中継基地の役割も持つ。

電気も警備も二十四時間体制で、トラブル発生となれば、各所に連絡が送られて直ちにサポート班が駆けつける。篤史は保守管理部なので、今日はイレギュラーの当番だった。

「まいったよ。どういうわけか、メンテのスタッフを取材したいなんて雑誌があってね。しかも、女性誌だから驚くだろ。本当なら上松《うえまつ》さんの当番日だってのに、あの人、女性誌に写真が出るなんて恥ずかしいって言うんだものな」

まんざらでもなさそうな演技を心がけて、同僚に笑ってみせる。警備の二人も、どこか羨ましそうな顔を作ってくれる。

「でもさ、残念なことに、取材に来るのは、むくつけきおっさんの記者だっていうんだから、期待して損したよ」

「いいんですか、前沢主任。ナイトエルフに怒られますよ」

社内の噂はハリケーン並みに吹き荒れる。サンクスギビング・デイの夜には早くも、前沢がミス・ナイトエルフを泣かしていた、との話が広まっていたのだから怖ろしい。

誰が見ていたのか、またたく間に二人の仲は周知の事実として定着した。矢部《やべ》たちと四人で食事をしたことまで、今では上司もが知っていた。それほど社内に彼女のファンが多かった証拠だと思いたい。

篤史は席を立ち、警備部門のカメラ映像に目をやった。生誕祭のイベント期間なので、今日も多くのパッセンジャーが来場している。

エルシー劇場の分電盤が発火してから十二日。あれから何事も起きてはいない。

夢の世界で働く者の中に、発火装置を使って火をつけた者がいるかもしれない。事実であれば、ファンタシアの名に傷がつき、来場客にも影響が出る。放火犯が働く遊園地に、子どもを連れていきたいと思う親はいなかった。

しかし、もし本当に発火装置が仕掛けられたのだとすれば、犯人の狙いが謎だった。

自分が勤める劇場に火を放てば、仕事が休みになる。そういった安直な動機から、手製の電池を熱源にした発火装置を作り上げて仕掛ける、という厄介な手法を使うだろうか。

ファンタシアの評判を落とすため、何者かがパルに応募して潜入を図った可能性は考えられる。が、そうであれば、発火装置の証拠を現場に残したほうが、騒ぎを大きくできるのだ。

防犯カメラや警報装置が増やされたことで、犯人は次の一手を見送っているのか……。わからないことが多すぎた。

そのさなか、とある雑誌の記者が取材に来る。ダンサーとメンテナンスのスタッフを名指しして、だ。

ある種の意図を疑いたくなる。が、この一連の取材は、発火事故の二週間も前に申しこまれている。もし偶然ではなかったとすれば……。

「お邪魔いたします。インフォメの北浦です。お忙しい中、失礼します」

制御室のドアが開き、二人の男がやってきた。つい先ほど電話で打ち合わせた新人王と記者だった。さあ、本番だ。

ジョークのつもりで言ったのだが、どこから見ても本当に立派な、むくつけき中年男の登場だった。小太りで背は低い。額に早くも汗をかき、物珍しそうに制御室を見回している。

篤史は用意した名刺を取り出した。

「お疲れ様です。ファンタシア・メンテナンス保守管理部の前沢です」

さて、記者は何から質問してくるか。

マシュマロ・スマイルで待ちかまえると、落合という記者は挨拶もそこそこに制御室の内部をカメラに収めていいかと尋ねてきた。

ディスプレイの並ぶ壁だけを許可すると、スクリーンに向かう警備員越しに次々とシャッターを押し始めた。その姿は仕事に熱中する記者そのものだが、警戒心を解くわけにはいかない。

「実に興味深い部屋ですね。もしアトラクションに故障でも発生すれば、ここですべてわかるんですよね」

メモを手にしながら、篤史に歩み寄ってきた。

「電気系統の異常は常時ここで監視しています」

相手の出方を見ながら答えたが、一日の電気代とか、防犯カメラの数はいくつだとか、よくある質問が矢継ぎ早に投げ返された。

「申し訳ありません。ファンタシアは夢の世界なので、現実に引き戻されてしまうような数値については、発表をひかえさせていただいております。ただ、照明の配置に工夫を凝らし、自家発電システムも増設し、より省エネに努めております」

「防犯カメラは、主に事故を防ぐ目的で設置しており、お客様の目につくことがないよう心がけています」

横から北浦新人王が説明すると、記者が急に笑みを浮かべた。

「そうは言っても、多くのキャラクター商品を扱ってるんですから、万引き事件も多少は起こりますよね」

「いえいえ。ファンタシアのお客様は夢の世界を楽しむために来てくださっているので、そういった事例は滅多にありません」

「でしょうね。万引きが多くて困ってるなんて、言うわけにはいかないですものね」

「本当に素晴らしいお客様ばかりなんです」

北浦が、しれっとした顔で言う。

若いくせに鍛えられていた。それも、彼の頬にある傷のたまものか。周囲の視線を受け止めて笑顔を作ることで、彼自身もたくましくなっていったのだろう。こういう男をアテンドにつけるのだから、パーク側も考えていた。彼なら際どい質問をぶつけられても、笑顔で対処できそうだ。

記者の質問を聞きながら、篤史は制御パネルに目を走らせた。異常はどこにも発生していない。

このまま一日が無事に終わってくれるか。この落合という男の動きひとつにかかってくる気がした。

7

午前のステージを終えると、遥奈は汗をぬぐってショー・ロッジの大部屋に向かった。今日は早番なので、午後一のステージを終えれば、三時には体があく。

楽屋で気になる話を耳にしていた。このタイミングで新人ダンサーに密着取材が入っているらしいのだ。

パークが選んだ新人は、夏のオーディションで入ってきた二十歳の男の子だった。女性ダンサーでは、更衣室の中での取材ができない。

遥奈はエルシー役なので、向こうから挨拶に来てくれたが、これまで話をする機会はほとんどなかった。広報部のアテンドがつくと思うが、おかしなことは言うなと注意しておいたほうがいいだろう。

タオルを肩にかけて大部屋に入ると、女子高生の団体でも来ているのかと疑いたくなる黄色い声が出迎えた。部屋の一角にダンサーが集まり、何やら騒がしく歓声を上げていた。

迷惑そうにしている者がいながら、気づかないとは噴飯物《ふんぱんもの》だ。かといって、エルシー役に抜擢されて間もない遥奈が注意したのでは、主役気取りが鼻につくと言われかねない。

どうしたものかと見ていると、騒がしい集団の中から、一人のダンサーが飛び出してきた。

いつもピーチクとうるさい山本《やまもと》千香《ちか》だった。

「先輩、先輩、これ見てください！」

どういうことか、山本が手にエルシーのぬいぐるみを持っていた。生まれたばかりの赤ちゃんくらいの大きさがある。フェルト製のエルシーが赤や黄色のちょっとした花束を手にしている。

「何よ、わたしにプレゼントしてくれるわけ？」

「違いますよ。わたしへの贈り物なんです」

まったく意味が通じない。

「知らないんですか、先輩。これ、ぬいぐるみ花束便ですよ」

誰かに教えてもらった記憶がある。お祝い電報の一種に、ぬいぐるみとセットになったものがあり、それを真似て、花束を手にしたぬいぐるみを全国に配達するサービスを、とある花屋のチェーンが展開中だった。どこぞのネズミや青い猫型ロボットと並び、ファンタシアのエルシーも人気なのだと聞いた。

よく見ると、エルシーの背に赤いザックがある。メッセージ・カードが入っているらしい。

「九月二十日の二回目のステージでブライザを演じてた人に、って今朝パークに届いたんです」

こりゃ、たまげた。

時に熱烈なファンタシア・フリークが、お気に入りのダンサーにプレゼントを贈ることはあった。が、山本はブライザ役になって日が浅い。彼女自身、納得した踊りができていないと言ってもいた。その彼女のダンスの何が気に入ったのか。気まぐれなファンがいたものだ。

「で、誰が送ってくれたのよ」

「山梨《やまなし》県の木村《きむら》さんって人」

「あなたの盆踊りステップがよほど気に入ったのね」

「ひど〜い、先輩。あ——メッセージを読んでなかった。あんまり嬉しすぎて自慢するのに忙しくてぇ」

こいつ、完全に舞い上がっている。山本はせかせかとエルシーの背負った赤いザックを開けた。中に折りたたまれたカードが入っている。

こぼれんばかりの笑みでカードを開いた山本の動きが——止まった。まばたきだけがくり返された。

「どうしたのよ」

後ろに集まってきた仲間が山本の肩をたたいて催促した。なのに、山本は動かない。ブライザの魔法にかかってフリーズした村人みたいに固まっている。

やっと唇が動いた。

「何ですか、これ……？」

遥奈は、彼女の手からカードを奪った。表情をなくすほどのファンレターがあるはずない。

嫌がらせだ。そう直感してカードを表に返した。パソコンで印字したらしき文字が並ぶ。


また劇場が火を噴くと困るよね。次はどこかな。皆さん気をつけてね。


何だ、これは……。

パークは、劇場での発火事故を公表し、記者会見を開いた。だから、こういう悪質な手紙を送りつけることはできる。が、「次はどこかな」という文言からは、脅迫めいた響きが匂い立つ。

遥奈はカードを手に叫んだ。

「パーク本部に連絡して。早く！」

怪しいと疑えばきりがない記者のインタビューを受けている中、携帯電話が震えた。

8

着信表示を見ると、警備顧問の石原からだった。嫌な予感を抱きながら中座して、篤史は制御室のドアへ歩いた。パークの電源に異常はない。ほかに何が考えられるか……。廊下へ出ながら通話ボタンを押した。

「まだそっちに記者がいるね」

「はい。何かありましたか――」

「大至急、相談したいことができた。今、及川さんがファンタ・メンテに連絡を取っている」

「新たな鑑定結果が出ましたか」

ついに発火装置の確たる証拠が見つかったのだ。ほかには考えられない。

「いや……。どうにも判断しかねるメッセージが花束と一緒に届いた」

そう前置きしてから、石原が息も荒く文面を読み上げた。

――また劇場が火を噴くと困るよね。次はどこかな。皆さん気をつけてね。

心臓がキリリとうずいた。次なる犯行予告としか思えなかった。このタイミングで——。

「エルシー劇場で踊るダンサー宛てに、ぬいぐるみ花束便というやつが送られてきた」

「待ってください。落合という記者は、こっちのインタビューが終わったら、新人ダンサーの密着取材に移るんですよね」

「ああ、参ったよ。ダンサーたちに動揺が広がってる。例の件で記者発表をしたんで、たちの悪い嫌がらせだとは考えられる。だが、劇場の中をあらためるべきだという意見が出てる」

「劇場を総点検するのに何分が必要になるか……」

その間、記者を足止めしておけるだろうか。

石原の声に苦渋の響きがこもる。

「上の判断待ちだよ。直ちに通報するか、辺りを見回ってからにすべきか……」

危うい二者択一だった。あとになって発火装置が見つかり、警察への通報を見送っていたとわかれば、客やアルバイトの人命を軽視する判断だったと指摘を受けかねない。

が、脅迫状めいたメッセージ一通で警察を呼べば、今後また模倣犯が出るかもしれない。そのたびに劇場を閉めていたのでは、パッセンジャーが不安を抱く。

「とにかく分電盤には誰も近づかないようにさせてください。今すぐ劇場に向かいます」

「大丈夫かね」

「インフォメの北浦君にあとは任せますよ」

「頼む」

通話を終えると、篤史は階段へ走りながら、北浦の携帯に電話を入れた。

「こんな時に緊急事態だ。記者がそこにいるから、君は相槌《あいづち》を打つだけでいい。おれはエルシー劇場へ向かう。消防から呼び出されたとか、適当な嘘をついておいてくれ。こんな時に、また劇場が火を噴くと言いたげなメッセージつきの花束が届いた。タイミングがよすぎる。記者の動きに目を光らせてくれ。ダンサーの取材に関しては、また電話を入れさせる。頼んだぞ」

9

「はあ、そうなんですか……」

本当は叫びを上げたいほどだった。が、後ろで落合記者がペンを手に待っていた。

なかなか電話から戻ってこない前沢を気にして、同僚社員もこちらを見ている。

「それは困りましたね。……はい。こちらで対応させていただきます」

一方的に切れた電話に向かって、亮輔は少し演技をしてから通話を終えた。

「大変申し訳ありません。消防に提出する訓練計画の件で、前沢主任が呼び出されてしまいました」

「ありゃ……。じゃあ、取材のほうは、もう……？」

「ここにいる職員が引き続き、ご質問に答えさせていただきます」

「えー、ぼくがですかぁ」

成り行きを見ていた社員が大げさに身をのけぞらせた。亮輔は横から助け船を出した。

「深夜の〝如意棒《にょいぼう》〟について話してください。落合さんも興味を抱かれると思いますから」

「ほう。深夜の如意棒。何ですかね、それは――」

落合の反応に注目したが、興味を抱いて素直に問い返したとしか見えなかった。しかし、前沢が疑っていたように、このタイミングで脅迫状が届くのでは、偶然の神様も悪戯《いたずら》がすぎる。

発火事故のあった遊園地に、脅迫状めいたメッセージを送りつけるのでは、どう見ても立派な犯罪行為だ。落合記者がファンタシアを探るつもりでいたにせよ、罪になりかねない手段を使おうとするものか……。

もちろん、特ダネは金になる。ファンタシアを貶《おとし》めることで利益を期待できるのであれば、犯罪すれすれの行為に及ぶことはあるかもしれない。

当の落合は、ファンタ・メンテの社員の話に質問をはさみ、メモを取り続けている。もし花束のメッセージが彼ら一味の仕業《しわざ》であるなら、混乱するエルシー劇場に行ってダンサーから早く話を聞きたい、と言いだしそうなものだった。

いや、ここでダンサーへの興味を急に見せては、メッセージとの関連を疑われる。遅かれ早かれ、エルシー劇場へは足を運ぶのだ。

迷っていると、再び携帯電話が震えた。今度は魔女からだった。

「上の判断で、劇場の閉鎖が決まったわ。前沢さんたちが分電盤のチェックに向かってる」

亮輔は、記者に軽く頭を下げてからドアの前へ歩いた。

「次の取材はどうしましょうか」

「また機材の故障が起きたと言って、ごまかすしかないわね。新人じゃないけど、メイン広場のイベントショーに出演するダンサーが今準備中だから、その取材ならできると伝えてみて」

「食い下がってきた場合は──」

「どこまで食い下がってくるかが問題ね。とにかく相手の出方を見ましょう。お願い」

慌ただしく電話は切れた。

「あれ？　エルシー劇場の電源がストップしてる」

落合記者の取材に答えていた社員が、制御パネルの前で立ち上がった。

まずい。彼にはまだ情報を伝えていない。分電盤のチェックが始まり、回路の一部が切断されたのだ。

「エルシー劇場って……この前、発火事故があったところですよね」

ここぞとばかりに、落合記者が制御パネルに歩み寄る。

亮輔は後ろから二人に言った。

「たった今、パーク本部から連絡がきました。どうも機材が故障したようなんです」

「ええっ？　どういうことだろ。こっちに連絡もなく回路を遮断するなんて」

「そちらの上司のかたが駆けつけたみたいです。こちらには取材が入ってますし、前沢さんも消防に呼び出されてしまいましたから」

制御パネルのメーター類を確認し始めた社員を見て、落合が振り返ってくる。

「何が故障したんでしょうかね」

「こちらには、機材とだけしか……」

トラブルが発生したのに、横に座る二人の警備員は黙ったままだ。彼らはヘッドセットをつけている。すでに情報が伝えられ、ここは静観せよと言われているようだった。

「機材関係のトラブルが発生した場合は、サポート班が現場へ向かうんでしたよね」

落合がメモを確認しながら、亮輔に近づいてきた。

「今起きてるトラブルの取材ができると、ありがたいんですが」

「申し訳ありません。専門の職員が復旧を急いでいるため、現場には立ち入り制限が出されています」

「そこを何とかお願いできませんかね。滅多にない機会なんで……。編集長が知ったら、何で食らいつかなかったんだって怒られますから」

当然の要求でもある。

若い自分の判断で即座に拒むことは難しかった。亮輔は電話でパーク本部に問い合わせる演技をしてから、申し訳なさそうな顔を作った。

「残念だなあ……。いや、人の不幸を喜ぼうってわけじゃないんですよ。夢の世界を守るために汗を流す現場の緊張感を、少しでも読者に伝えられたら、ますますファンタシアのファンが増えると思うのに」

ぼやきはしたが、それ以上は食い下がってこなかった。演技だとすれば見事なものだ。

相手の反応を見るためにも、亮輔は言った。

「もうひとつ、落合さんのご理解をいただきたいことができてしまいました」

「え？　まだ何か……」

「機材の故障と関連することです。復旧が遅れた場合、このあとの密着取材をしようにも、新人ダンサーが踊るショーの幕が上がらないケースも起こりえます。そこで、新人とは言えませんが、メイン広場のイベントに出演する若手ダンサーの取材に切り替えていただきたいのです」

マシュマロ・スマイルを心がけて告げた。

が、冷たい視線が返された。落合記者がメモを畳み、困ったとばかりに唸りを上げる。

「そりゃトラブルが発生して大変だってのはわかりますけど……。ここへ来て急に取材相手の変更ってのは困るんですよね。企画そのものの構成にもかかわってきますから」

「ベテランから新人まで、パルを紹介する誌面を作っていただけるのは、願ってもないわたしどもへの応援だと理解させていただいております。しかし、予期できないトラブルであり、どうかご理解ください。どうしても新人ダンサーに密着したいと言われるのであれば、後日また取材日を設定させていただきます」

「締め切りまでのスケジュールもあるんですよ。すぐ誌面作りにかからないと、発売に間に合わなくなるし……。どうしたものかな」

そうこぼしながら、落合記者はスマートフォンを手に、どこかへ電話をかけ始めた。

10

ファンタシア・メンテナンスのオフィスはパークに隣接する。通報から五分もかからず、榎木《えのき》部長自らサポート班を率いてエルシー劇場に到着した。

「どうだ、前沢」

「分電盤に異常はありません。ただ、内部犯行の可能性も考慮して、すべての電気設備を二人ひと組でチェックしろと言われました」

「どういうことだ。パークは我々まで疑ってるのか」

うなずくしかなかった。篤史がこの現場へ駆けつけると、先に来ていた石原警備顧問が耳打ちしてきた。二人ひと組で、すべての電気設備を確認してほしい、と。

警備の者は増やしていたが、深夜になれば、篤史たちがメンテナンスの仕事を手がけている。その際、分電盤のパネルの奥に発火装置を仕掛けることは簡単にできる。

「そんなことを言ったら、警備のアルバイトだって疑ってかかるべきだろ」

反論したくなる気持ちは、篤史も同じだった。

手製の電池などは、ネットにいくつも設計図が公開されている。電気部門のスタッフでなくとも、発火装置ぐらいは作れると考えていい。

「今、警備の者が劇場内をくまなく見て回ってます。我々も急ぎましょう」

メインの分電盤のほかに、照明や音響のブースにも、小型の分電盤が遮断器代わりに設置してある。特に音響ブースのコントロール・デスク下は、多くのコードが入り組み、配線用ダクトにも通じていた。

犯人が再び発火装置を仕掛けたとすれば、前回より見つかりにくい場所を選ぶ可能性はあった。劇場の設備をすべてチェックするには、たっぷり一時間はかかるだろう。

二人ひと組で劇場内に散らばった。篤史は最も手のかかる音響ブースを担当した。デスクの下にかがみ、コンソール・ボックスの扉を開けて中をライトで照らす。

ひと目で怪しいと疑われるパーツは見当たらなかった。タブレットで回路図を呼び出し、細部を確認していく。

ここでは二人ひと組も意味はなかった。コンソール・ボックスの扉が小さく、頭を突っこめるのは一人だけだ。チェックすると見せかけて、隠し持った発火装置をセットしようと思えばできる。

よからぬ想像を振り払う。メンテナンスの社員に犯人がいるわけはない。電気設備に続けて発火装置を仕掛けたのでは、真っ先にメンテナンスの者が疑われる。自分が犯人だったなら、今度は別の場所を考える。そもそも同じ劇場を選ぶこともしない。

緊急通報を受けて、子会社の作業員も駆けつけた。

「いやいや、参りましたね、主任。おれ、爆弾の餌食《えじき》なんかになりたくないスからね」

アルバイトの遠藤《えんどう》もサポート班に加わっていた。緊張気味に近づき、皮肉そうな苦笑を浮かべてみせる。

「せっかく、おれらにバックバンドの話が来てるんスから」

「御託《ごたく》はいいから、順に端から確認していけ。手製の電池をセットしてるとなれば、発火物もふくめて、それなりの容積があるはずだ」

「なら、簡単スね。けど、回路を切ったら火花でボン、なんてこと、ないでしょうね」

言われて血の気が引いた。脅迫状を送ってきた以上、犯人は劇場周辺がチェックされることを予測しているはずだった。

篤史は携帯電話をつかんで報告を上げた。

「部長。念のためです。すべてのスイッチ類に気をつけましょう。これ以上、回路を遮断するとなれば、より慎重になるしか……」

「おいおい、下手な細工をしてるかも、と言うわけか」

「わかりません。手製の電池を作る技術があれば、電流の遮断をスイッチ代わりにできるかもしれません。倉庫とかの電源も危険です。懐中電灯で対処すべきかと」

「危ないのは警備のほうだな。おれが連絡に走る。任せておけ」

通話を終えて、見つめる遠藤にうなずき返した。目で頼むと訴えかける。

タブレットを遠藤に託すと、篤史はひとまず音響ブースを出た。先ほど気になったことを冷静に考え直してみる。

なぜ最初に犯人は、エルシー劇場の分電盤に発火装置を仕掛けたのか……。

二日にわたってエルシー劇場は閉鎖されたが、パークの営業にさほど響きはしなかった。だから、次の一手を打ってきたとも考えられる。

が、それならなぜ脅迫状を送りつけてきたのか。パークに打撃を与えるのが狙いであれば、脅迫などせずに、再び火を噴かせればいい。

もしや陽動作戦か……。

エルシー劇場に出演するダンサーに脅迫状を送れば、またも劇場が狙われていると パークの関係者は考える。その隙をついて、別の場所に火を放つ——。

篤史は魔女に電話を入れた。たった一度のコールでつながった。

「何か見つかったの？」

「いえ、まだチェックの最中です。それより気になることがあります。今この劇場に多くの警備員が集められていますよね。ほかの警備がおろそかになってはいないでしょうか」

魔女は少し電話口で考えていた。

「各エリアから三名ずつを送ったわ。合計十八名。でも、代わりに誘導係とパーク・キーパーを応援に向かわせてる。それに、警備が手薄になると困る場所があるとも思えないし……」

「各ショップの現金回収や両替を警備の者が任されてはいないでしょうか」

「そっちの心配はいらないわね。売上は、各エリアの金庫に保管される。カードキーがないと近づけないし、金庫も開かない仕組みよ」

「警備の者がカードキーを持ってはいないんですか」

「大丈夫。制御室に許可を得てから、回収担当とエリア責任者、ふたつのカードキーを使わないと開かないから」

篤史も初めて知った。まさしく万全の防犯態勢だ。犯人の狙いがパークの現金だとは思えない。

だとすれば、ほかに何があるか……。

「わたしも考えてみたのよ。でも、何が狙いなのか、まったく見当もつかなくて……」

パークのすべてを知ると言われる魔女の口から初めて弱音がもれた。

単なる嫌がらせであればいい。しかし、秘められた狙いがあるとすれば……。

第五章　魔女のため息

1

またも劇場が閉鎖された。

善意の拍手しか浴びてこなかったダンサーは、脅迫状という悪意の礫《つぶて》をぶつけられて、誰もが呆然となった。先日の発火は何者かによる仕業《しわざ》で、下手《へた》をすれば劇場が燃え上がっていたかもしれない。夢あふれるショーを提供してきた自分たちが、なぜ標的にされるのか。

花束を送りつけられた山本千香《やまもとちか》は、スタジオの隅に座りこんで震え上がった。ファンからのプレゼントに歓喜したのが一転、悪質なストーカーに足をすくわれたようなものだった。

「千香が狙われたわけじゃないって」

雀《すずめ》仲間の佐藤《さとう》いずみが肩を抱いても、山本はタオルに顔を埋めた。

「わたしのダンスがひどかったからかも……。あんなヤツはもう踊るなって……」

「おかしなこと言ってんじゃないよ！」

遥奈《はるな》は近づき、大声で叱《しか》りつけた。山本がビクリと視線を上げる。

「いい？　千香は、エルシー劇場の新人王だろ。早くもブライザ役をつかみ取ったんだぞ。今日まで人一倍練習してきた成果でしょ。あんたの踊りは、どこのステージに出したって、もう恥ずかしくなんかない。わたしが保証するってば」

「そうだよ、千香」

「だって、じゃあ、どうして……」

「警備の人が言ってたでしょ。愉快犯の仕業よ。脅迫状を送りつければ、ファンタシアがおたおたする。夢の世界をぶち壊して、憂《う》さ晴らしをしようってのがいるのよ。最近は特に千香のダンスが目立ってたから、嫌がらせの標的にされたの、決まってるじゃない」

「でも、先輩……。現に劇場で小火《ぼや》が起きてる……」

「そのニュースを見て、こいつは使えると思ったんでしょうよ。世の中には人を不幸のどん底に引きずり落とすことで、自分の愚かさを忘れられると考えるばかがいるの。たった一枚の安っぽい脅迫状で、わたしたちの大切な仕事が邪魔されるなんて、あんたは悔しくないの！」

大部屋にいる者すべてが、遥奈を見ていた。その中に衣装係のパルを見つけて言った。

「何ぼさっと見てるの。今すぐコスチュームを用意してちょうだい」

「え？　でも、もう劇場は閉鎖だって……」

「冗談じゃないわよ。わたしたちのショーを楽しみにしてくれてるパッセンジャーがたくさんいるのよ。ちょっと脅《おど》されたくらいで引き下がるなんて、わたしは絶対に嫌。断固として嫌。こうなったら意地でもパッセンジャーの前に出て踊るわよ。ほら、千香も立ちなさい。ブライザがいなきゃ始まらないでしょ」

決意をこめて言い、山本に手を差し伸べる。彼女の目には、まだ怯えがあった。

「待ってくれ。パーク本部に許可を求めないと……」

アシスタント・ディレクターも兼任する東海林《しょうじ》が慌てたように言った。

遥奈は目をむき、睨みつけた。

「上司にへつらうサラリーマンみたいなこと言わないでよ！　わたしたちが優先すべきは、パッセンジャーを笑顔にすることでしょ。わたしは劇場の前に出ていくわよ。臨時の撮影会だってできるし、簡単なダンスを披露したっていいじゃない。——さあ、お願い」

衣装係のパルを目でうながした。ファンタシアは徹底管理されたどこぞのテーマ・パークではない。エルシーが同時刻に何人もパークに出て客にサービスしようと、問題になるものか。

「よし、おれも一緒に行こう」

心強いことに、王子役の男性ダンサーが言い、早くも上に羽織《はお》ったシャツを脱ぎだした。

「わたしも――行きます」

山本千香も顔を上げ、ようやく立ち上がる。よし。その意気だ。自分たちには、夢の世界を楽しみに来た多くのパッセンジャーが待ってくれている。

無理やり衣装係のパルを楽屋へ引っぱっていった。エルシーの着ぐるみに入り、準備を調える。山本と王子役のダンサーも衣装に着替えて、手早く化粧をしていく。

「おい、何をしてるんだ！」

警備のシニア・パルが楽屋に駆けこんできた。

「見ればわかるでしょ。わたしたちを待ってるパッセンジャーの前に出ていくのよ。さあ、行くわよ」

驚くシニアが無線を手にして連絡を取り始めた。あとは彼が話をつけてくれるだろう、たぶん。

遥奈が合図を送ると、二人のパルが着ぐるみの頭部をセッティングしてくれる。

「わたしがサポート役を務めますから、そばを離れないでください」

村人の衣装を着た佐藤が前に立ち、呼びかけてきた。手を振ってＯＫサインを送る。

「王子とブライザも支度できました！」

よっしゃ、出発だ。

ガイド役を買って出た佐藤に続いて、裏のドアから外に出た。

総勢、八人。劇場を回りこんでエリアの通路へ走る。

劇場前には、まだ多くのパッセンジャーが群がっていた。窓口係がどう説明したのか、ショーの再開を待つつもりで今から並んでくれているのだ。その熱意に、胸が満たされていく。やはり表に出てきたのは正解だった。

ガイド役の佐藤が大きな声で辺りに呼びかける。

「みなさーん、ごめんなさいね」

突如、劇場の横から現れた一団を見て、パッセンジャーが歓声を上げた。一人で前に走り出た佐藤が、両手で待ったをかけるようにしながら言う。

「妖精ブライザの魔法で、劇場の機材が凍りついてしまったんです。今パルが必死になって温めてますけど、今日中の再開はちょっと難しそうになってきました。そこで、こうしてエルシーたちが会いに来てくれましたよぅ」

身ぶり大きく呼びかける佐藤の横に進み、遥奈もエルシーのポーズを決めてから、パッセンジャーに手を振った。歓声と拍手がわき起こる。

劇場の閉鎖を告知していた窓口係のパルが、すかさずパッセンジャーの整列に動きだした。そこに、衣装を身につけただけのダンサーたちも遅れて駆けつけ、遥奈たちを囲みだす。

「よし、踊るぞ。幕間明けのダンスなら何とかなるだろ。いけるよな」

集まってきた仲間に、王子役のダンサーが声をかけた。

アイコンタクトで合意がまとまっていく。それを見て、佐藤がまたパッセンジャーの前に飛び出した。大きく手を振る。

「さあ、皆さん。手拍子《てびょうし》をお願いします！」

そのひと言で、整列を手伝っていたダンサーたちが手拍子を始めた。遥奈も誘いかけるように両手を大きく振る。

見る間に手拍子が広がった。すごい。打ち合わせたわけでもないのに、窓口係のパルたちも笑顔で拍手をしていく。子どもたちが体を揺らし、目を輝かせて手をたたきだす。

「ワン、ツー、スリー……」

王子役のダンサーが体でリズムを刻み、遥奈を見てきた。うなずき返し、フォーのタイミングで大きくジャンプした。ステージと同じだ。エルシーの登場でダンス合戦が始まる。

音楽は流れていない。でも、遥奈には確かなメロディが聞こえた。パッセンジャーとパルが一体になって歓声を送ってくる。これなら踊れる。

四キロを超える着ぐるみの重みなどは感じなかった。手足が思うように動いた。ブライザ役の山本が派手にターンを決めた。負けてはいられない。手足の先まで使って力の限りステップを踏む。王子役と息を合わせて、またジャンプする。

出演者だけがショーを作っているのではない。素晴らしい観客がいてこそ、最高のステージが成立する。

脅迫状を送りつけてきた犯人がこの場にいたら、さぞや悔しくて地団駄《じだんだ》を踏んだろう。安っぽい悪意などは、このファンタシアでは通用しない。多くのパッセンジャーの熱い支持があるから、夢の世界が支えられているのだ。

地を揺するほどのリズムが波となって、着ぐるみの中に伝わってくる。流れるように自然と体が動いた。歓声と拍手がエネルギーに変わり、後ろから自分を操っているみたいだ。周囲を埋めるパッセンジャーの数が見る間に増えていく。

さあ、みんな、おいでよ！

手拍子の勢いを得て、いつもより足が上がっている。流れる汗が心地いい。これならいつまでも踊っていられそうだ。疲れなどは感じてたまるか。

ワン、ツー、続いてキックステップ。勢いあまって前のめりになる。が、踏ん張って体と頭を起こすと、ジャンプして一回転。目に流れこむ汗を、派手なジャンプで振り飛ばす。リズムが体を動かしてくれる。

子どもたちが笑っていた。手拍子がさらに大きくなった。遥奈を振り向いた山本の目がキラキラと光って見える。いつしか佐藤も後ろの列に加わり、肩を組みながら身を揺らしている。

ちっとも息は上がらなかった。王子役と手を取り合った。間に入って邪魔しようとするブライザを押しやり、また手をしっかりとつなぐ。離れていても、相手の鼓動が感じ取れる。パッセンジャーの拍手が背中をあと押しする。

全力でジャンプしてから、最後のポーズを決めた。

今までのどんなステージよりも納得のいく踊りだった。ブライザ役の山本が遥奈のエルシーに抱きついてきた。彼女は感極まって泣いていた。そこに佐藤が走り寄る。三人で手をつないで深々と一礼した。言いしれぬ喜びが体の隅にまで流れていく。

着ぐるみの中で大きく息をついて、考える。

脅迫状を送ってきた犯人の狙いは何なのだ。遥奈たちのステージを狙い打ちにしてきたのであれば許せない。本気でまた火を放つつもりなわけか。

放火犯は現場に舞い戻るという。もしかすると今もパークの中にいて、遥奈たちのダンスを見ているのではないだろうか。

鳴りやまない拍手を浴びながら、パッセンジャーを見渡した。着ぐるみの中で、熱い汗が一気に冷えていった。

2

編集部との話し合いはすぐについたようだ。落合《おちあい》記者が、これ見よがしに眉を寄せながら亮輔《りょうすけ》の前に戻ってきた。

「来週の月曜日であれば、ぼくのスケジュールもどうにかなります。その日に必ず密着取材をさせていただけますでしょうかね」

「確認してみます」

そう告げてドアへ向かうと、後ろから呼び止められた。

「それと、凄腕の女性パルの件なんですが」

「はい。すでに伝えてありますので、インタビューはできるかと思います」

「実は、編集部で情報を仕入れたとかで……。先ほどもちょっと話題に出た伝説のパルにしてもらいたいと言われまして。名前がわかったというんですよ」

来た――。ついに名指しだ。

警戒心を顔には出さず、マシュマロ・スマイルを保って落合記者を見つめ返した。

「――及川真千子《おいかわまちこ》さん。たった二年でシニア・パルに昇格されたかただとか」

落合はメモに目を落とす振りをしながら言った。

演技であるのは間違いなかった。なぜなら、編集部と話をしている最中、彼は一度もメモ帳にペンを走らせはしなかった。まさか後ろから監視されているとは思ってもいなかったろう。

なぜ演技をする必要があったのか。

もちろん、編集部が情報を仕入れたのではなかったからだ。落合は、自分の胸に巣くうやましさをごまかすため、ついメモを確認するような演技をしてしまったのだ。

これで明白になった。いや、真っ黒になった、と言っていい。

この記者は、最初から魔女にインタビューするのが目的で取材を申しこんできたのだ。

しかし、なぜ……。

確かに二年でシニアに昇格した者は、彼女のほかにいなかった。雑誌で紹介されれば、誰もが興味を抱く人物だと言える。が、NPO法人を騙《かた》って情報を集めてまで、インタビューをしたがるのはなぜなのか。仕事ぶりを記事にしたいのであれば、正面から取材を申し入れればいいのだ。真の狙いが見えてこない。

「及川真子ですね。ぼくも名前は聞いています。しかし、今日のスケジュールにゆとりがあるかどうかはわかりかねますので、本部に確認を取ってもらいます」

「編集部の意向もあるんですよ。ぜひとも及川さんでお願いします」

ここぞとばかりに、ごり押ししてくる。新人ダンサーの密着ができなくなったのだから、便宜を図るのが筋だろう。そう言いたげに、じっと目と態度で訴えてくる。

亮輔はドアを押し、廊下に出てから電話をかけた。一度のコールで魔女につながった。

「もう夕立前の空より真っ黒ですよ。新人ダンサーの代わりに、及川さんの名前を堂々と出してきました」

「そう……」

編集部と電話する際メモを取らなかったくせに、確認する演技をした、と補足も入れた。

魔女が深い吐息をもらす。

「今日は休んでると言ったら、どう出てくるかしらね」

「まずは九番対応で、別室に招待してからだと思います。下手な演技の件を指摘してもいいし。あの記者の持ちこみ企画じゃないかって編集部に問い合わせた件もありますし。打つ手はありますよ」

勢いこんで提案したが、答えは返ってこなかった。

魔女は何かを迷っているみたいだ。なぜ名指ししてインタビューを求めてきたか。その理由に、やはり何かしらの心当たりがあるように思えてならない。

「ぼくに任せてください。必ず口を割らせてみせます」

「証拠はないのよ。メモに目を落としたことぐらい、どうにでも言い訳できるでしょうし」

「でも、脅迫状が届いて、エルシー劇場が閉鎖される。そのせいで新人ダンサーの密着取材ができなくなる。ならば、代わりに及川さんのインタビューをさせろ、と強引に迫る。すべて筋書きどおりのように思えてくるじゃないですか」

「決めつけないで。何度も言うようだけど、女性誌から取材の依頼がきたのは、発火事故の二週間も前なのよ」

「だから、編集部の意を酌《く》んだ何者かがアルバイトとしてパークに潜入したんですよ。たまたまエルシー劇場で働くことになったから、分電盤に発火装置を仕掛けた。同時に新人ダンサーの密着取材を申しこんでおく」

絶対にそうだ。亮輔は確信している。ＮＰＯ法人を騙った者と、落合は一味なのだ。最初から、ファンタシアと魔女を狙い打ちにして周辺調査を進めていたとしか考えられない。

しかし、なぜ伝説のパルを調べる必要があるのか。その点に謎は残る。

だから、言った。

「もしかすると、及川さんは記者に調べられてもおかしくない心当たりが――」

亮輔の言葉をさえぎるように、魔女が早口になった。

「仕方ないわね。記者を個室に招待しましょう。わたしが直接会ってみるしか、方法はないのかもしれない……」

3

コンソール・ボックスの中をチェックしても、発火装置らしきパーツは見つからなかった。照明ブースの点検を終えた榎木《えのき》部長も合流し、放送機材と天井裏もくまなく調べていった。

そこに石原《いしはら》顧問が警備のシニアを引き連れて様子を見に現れた。二人の後ろには、光沢あるスーツに身を包んだ六十前ぐらいの紳士がいて、まず篤史《あつし》たちに声をかけてきた。

「どうでしょうか、皆さん、異常はありませんか」

ダクトスペースのパネルを閉じて振り返った部長が、急に直立不動になった。

「小野寺《おのでら》CEO……」

言われて篤史は、部長と紳士の顔を見くらべた。

「え？　嘘ーっ！」

横で遠藤《えんどう》が目を白黒させる。

まさか親会社のCEOが、発火装置を捜索する現場に顔を出すとは……。

「どうかそのまま作業を続けてください。榎木さん、あとはどこを確認すればいいでしょうか」

「あ、はい……倉庫とコスチューム部屋の天井裏が残ってます」

その言葉を聞くと、遠藤が「あうん」の呼吸でうなずき、ブースを出ていこうとした。慌てて篤史は言った。

「屋根裏は特に配線がこみ入ってるぞ」

「わかってますって。お手上げの時は、主任を呼びますからね」

言うなり仲間をともない廊下へ走っていった。いつのまにか彼もたくましくなっている。

榎木部長が携帯電話でサポート班のチェック状況を確認した。小野寺CEOに向き直って、報告する。

「倉庫のほうはすでに二名が作業中です。今のところ発火装置らしきものは、どこからも見つかっていません」

「こちらも同じなんです」

石原が悩ましそうに言い、小野寺が横でうなずいた。

「照明の置かれたシーリング・ブース、座席下やゴミ箱の中、トイレやロビーも警備のスタッフとくまなく確認したつもりですが、怪しげなものは見つかっていません」

篤史は驚きに目をむいた。現場に駆けつけたうえ、CEOまでも不審物を探し回っていたらしい。何たる無謀さか。

現場で指揮を執るべき者は別にいる。トップが現場を動き回れば、指令系統に混乱が生じかねない。浮き足立つ者も出る。

篤史が危ぶんでいると、小野寺が視線を振り向けてきた。

「こんなところまで出しゃばってきて、申し訳なく思ってます。しかし、電話で事細かに質問していくより、こうして現場を見たうえで、ともに善後策を協議したほうが早いと判断しました。前沢《まえざわ》さん――」

名前を呼ばれて、目を見すえられた。

「先ほど及川さんに指摘された件を、詳しく聞かせていただけませんか」

おまえは何を言ったんだ。部長に睨まれ、音響ブースの外へ連れ出された。

「及川さんほど現場のあらゆる事情に精通している者はいません。警備のすべてを知る者となれば、石原さんです。さらに、前沢さんは電気設備のスペシャリストと言える。そのお三かたの知恵を借りたいのです」

小野寺が、篤史たちを見ながら一気に告げた。

「前沢さんは、今日届いた脅迫状が、犯人の陽動作戦ではないかと考えられた。しかし、警備の者をこの劇場に集めたところで、ほかが手薄になって困るというケースはありそうもない。そうでしたよね、石原さん」

「今のところは……」

煮え切らない言い方が気になり、篤史は目で問いかけた。その意を悟ったようで、石原が説明を始める。

「各ショップの売上は、エリア内の金庫に納められるし、回収作業はパッセンジャーが退去したあとに行ってます。なので、今ここで発火騒ぎを起こされても、問題は生じないのです。それに、今日はＶＩＰが来場してもいない。ただし、パークに申し出る人ばかりではなく、その確認は非常に難しいと言えます。政治家の家族などでは顔も知られていないため、すべてを把握《はあく》することはまず不可能なんです」

いわゆるＶＩＰが来場した際には、パークの警備員がそれとなくついて回るのだろう。確かに有力者の家族までを、パーク側で独自にチェックはできそうもない。

篤史は状況を頭の中で整理しながら言った。

「たとえ政治家の家族がお忍びで来場したにしても……あくまでお忍びとなれば、警備の人をぞろぞろ連れて歩いたりはしませんよね。そんなことしたら、かえって目立ってしまうでしょうから。となると、最初から警備の者は少ないわけで——わざわざこの劇場にパークの警備員を集めたところで、犯人の側にメリットが生まれるとは思いにくいですよね」

「どこかで騒ぎが起これば、人々の関心は、そちらに向く。VIPの周辺にも隙が生まれると見ていい」

断定してきた石原に目でうなずき、篤史は続けた。

「もちろん、わかります。けれど、たとえ何者かを襲おうと企《たくら》んでも、遊園地に来た時をわざわざ狙わなくてもいい気がしてなりません……」

そもそも遊園地は閉鎖空間なのだ。外部から許可なく人が入ることはできない。その逆もまた真なりで、出口は限られている。逃走しやすい場所とは言えない。人目もある。防犯カメラの数も多い。遊園地で人を襲うメリットがどこにあるのか……。

どうかね、と小野寺が石原に視線を振った。

「いや、遊園地だからこそ、ターゲットに油断も出る。おつきの者も、よそに気を取られやすい。そこに騒ぎを起こせば、事を起こしたあとの逃走も楽になる。すべての入退場ゲートにはパルと警備員がいるので、彼らの混乱に乗じようという魂胆《こんたん》かもしれない」

石原はあらゆる事態を想定している。しかし、同じ騒ぎを起こすのであれば、街中で試みればいい気もしてしまう。

「ほかには何が考えられるだろうか。劇場への脅しが陽動作戦だったとすると、別の施設が狙われることで、本当に問題は生じないのか……」

小野寺があごの先をつまみながら言う。

「海外の映画か何かで見た覚えがあるんだが……」

石原が篤史に視線をすえた。

「うちのパークの電源を落とすことで、近くの施設の関連設備までをストップさせ、防犯装置を使えなくさせるとか、は可能だろうか」

篤史は即座に首を横に振った。

「それは無理です。系列のホテルやショッピング・モールも、独自に電力会社と契約しています。ファンタシア・パークを経由して電力を融通してはいないんです。ホテルの電源を落とすことは不可能ですよ」

狙いは面白いが、映画のようなケースはまれだ。遊園地は電力を大量に使用する。たとえ落雷が直撃しようと、近隣に被害が及ばないよう、万全の対策が取られているし、パークのみが独立した電源を何回線も持っているのが普通なのだ。さらに言えば、緊急用の発電装置も備えている。停電が起きた場合も、最低限の照明は点灯できる。

「警察へ通報はしたのでしょうか」

篤史は小野寺に確認した。が、答えたのは石原だった。

「地元署とのホットラインがあるからね」

「警察が動いてくれれば、脅迫状の送り主は、すぐに突きとめられますよね」

希望をこめて篤史が問うと、石原の太い首筋に皺が増えた。苦み走った表情で首をゆっくりと振る。

「花束の贈り物は、誰もがネット経由で簡単に申しこめるんだよ。業者に確認を取ったところ、代金を振り込めば、時間指定で配達されるとわかった。カードも郵送されてきたものを添えることが可能だ。匿名《とくめい》でも送りつけることができる」

「でも、振込元をたどれば、銀行とかの防犯カメラに犯人の姿が映っていますよね」

「振り込め詐欺のケースを思い出してくれ。彼らは金を受け取るため、〝受け子〟と呼ばれる連中を雇う。役割分担することで、主犯は姿を隠すわけだ。同じ手を使われたら、真犯人にたどりつける保証はない。ほかにも、ネットバンクを使うという手もある」

手数料をはずめば、相手の素性を問わずに、振り込みを引き受ける者は見つかるだろう。代金を振り込んだ銀行窓口やATMが突きとめられても、その防犯カメラが捕らえているのは、犯人とは縁もゆかりもない者かもしれないのだ。

しかし、ここまで手のこんだ脅迫状を送りつけてくるからには、明確な、それでいて犯人にとっては切実かつ有益な動機が存在するとしか思えなかった。

つまり――単なる悪戯《いたずら》ではない。

「小野寺CEO……」

篤史の呼びかけに、思いつめた顔の最高責任者が床に落としていた視線を上げた。

「ほかに最近、パークへの嫌がらせはなかったでしょうか。もし今回の脅迫状が単なる悪戯であれば、悪質すぎるにしても、大事にはいたらずにすみます。でも、悪戯ではなかった場合、こうして劇場だけを閉鎖してすむのか、不安が大いにあります」

小野寺が口を真一文字に結んで見つめ返してくる。

脅迫状が届いたことで、先日の発火が、仕組まれた犯行であった可能性が高くなる。ひとまずエルシー劇場は閉鎖したが、もし予想を超えた事態が起きた場合、客の安全を優先しなかったとして、パークとその経営陣に非難が集まるかもしれない。

脅迫状の文面に、劇場が危ないという具体的な指摘はなかった。もし事前に犯人の一味がアルバイトとしてファンタシアに潜入していれば、パーク内のどこにでも発火装置を仕掛けることができそうだった。

人気アトラクションには長い列ができる。その一角が火を噴きでもしたら……。避難訓練は積んでいたが、火を見た客がパニックを起こす可能性はあった。

「しかも、なぜか及川さんは、落合という記者を異様なまでに警戒しています。だから、わざわざぼくが呼ばれて、インタビューを受けることになったわけですよね。その最中に、脅迫状が届くなんて、偶然の悪戯にしては、できすぎている」

「確かに怪しい人物ではありますよね」

石原がささやき、パークのトップに視線を振った。何かを迷うように小野寺の眼差しが揺れる。

篤史はさらに疑問を投げかけた。

「及川さんは今どこで何をしているんでしょうか」

小野寺はこの廊下に出たところで、まず言ったのだ。三人の知恵を借りたい、と。だが、この場に魔女はいない。知恵を借りたいと言うのであれば、彼女も同席させるのが普通だろう。

小野寺に疑問を投げかけたのだが、横にいる石原のほうが困り顔になっていた。

「いや、彼女は……本部に残って……パーク全体を見てくれている」

「でも、本来であれば、それはパーク本部長の役目ですよね」

「こういった事態だからこそ、本部長を補佐する者も必要なんだよ」

なぜか慌てたような言い方だった。

さらに早口で、小野寺がつけ足してくる。

「今の本部長は、電鉄からの出向組でね。だから、及川君の補佐が必要だとわたしが判断した」

冷静に見えた小野寺の口調がはっきりと上擦《うわず》っていた。ますます疑問がつのる。

「ぼくは及川さんから呼び出しの電話を受けました。しかも、インフォメの北浦《きたうら》君までが、広報部でもないのに、記者のアテンドを任されている。まるで今日何か起こるのでは、と最初から予想ができていたようにも思えるじゃないですか」

「待ってくれ。及川さんが君たちに指示を出していたんだね。――それは本当ですか。小野寺さん自身が判断したと言ったじゃありませんか」

石原が身を揺らして声を上げ、視線を篤史から小野寺へ振った。

二人の間に緊張感が走る。

警備を担《にな》う石原には、すべて事情を伝えてあると見ていたが、少し違ったらしい。

「――小野寺さん。あなたと及川さんは何を隠してるんです。パークの警備を任されたわたしに、なぜ黙っていたんですか」

「声が大きすぎます。どうか落ち着いてください、石原さん」

「無理ですよ。今回のことは、わたしにも腑《ふ》に落ちないことだらけだ。どう考えても、パークの中であなただけが、及川さんに前科があったことを承知していたとしか思えなかった」

息をつめて二人の顔を見くらべた。

何のことなのだ。及川真千子に前科が……？

パーク本部に呼び出された日のことが頭をよぎる。あの日、消防の調査結果が出て、篤史のほかにも、小久保《こくぼ》弥生《やよい》が呼び出された。

なぜ彼女までが……。そう疑問に思ってパル・ロッジの外で待っていた篤史に、弥生は覚悟のうえで秘密を打ち明けてくれた。自分には詐欺の前科がある、と。だから元警察官である石原に呼び出されたのだ、と。

あの時——篤史はエレベーター・ホールで振り返り、弥生の後ろ姿を見かけた。だが、彼女一人ではなかった。その横には、魔女がつき添っていた。

元警察官に一人で前科のことを問われるのはつらい。そう思いやって魔女が立ち会ってくれたのだと考えていた。しかし、違ったのだ。及川真千子にも前科があったため、弥生とともに呼び出されていた——。

「そうですよね、小野寺さん。だからあなたは、前科を隠していた彼女に最低限のペナルティーしか与えなかった。パークへの裏切り行為にも等しいと、ほかの幹部が問いつめたにもかかわらず、彼女ほどパークの業務に精通する者はいないと言って、降格もさせず、半年間三十パーセントの減給という軽い処分ですませた。あなたと及川さんの間には何があるんです。記者の取材が入ったぐらいで、何をあなたたちは警戒してるんですか」

元警察官の石原は、パークに危害が及びかねない時に備えて雇われた人物だ。脅迫状の件は、もう警察に通報している。ところが、パークの側に、警察にも打ち明けていない秘密があるとわかったのでは、両者の橋渡し役を務める石原の面目は丸つぶれとなる。

おそらく彼は以前から、何かを感じ取っていたのだろう。伝説のパルが、パークの幹部と深い仲にあるのではないか、と。分電盤の発火事故が起き、その対応を見るにつけ、元警官の単なる勘ではなく、確信に変わっていったのだと思われる。

篤史は新たに浮かんだ疑問を投げかけた。

「もしかすると、あの記者の本当の目的は、及川さんと小野寺ＣＥＯとのことにあるんじゃないでしょうか」

伝説と言われたパル。五十歳をすぎてアルバイトとして勤め始め、たった二年でシニアに昇格した。が、その裏には、電鉄幹部でもあるＣＥＯとの深い関係が存在していた……。

小野寺ＣＥＯは既婚者で、当然ながら家族を持つ。夢にあふれるパークの最高経営責任者が、よりによって前科を持つ女性と深い仲にあった。夢の世界どころの話ではなく、ドロドロとした男女の醜聞でしかなかった。雑誌記者が追いかけたくなるのは無理もない。

何て世知辛《せちがら》い話なのだ。夢も希望もあったものではない。

「おかしなことを言わないでくれ。たとえ前科があったにせよ、罪を償《つぐな》った者は、社会復帰が許されていいはずだ。一度あやまちを犯したからといって、遊園地に勤める資格はない、などと誰が言えるだろうか」

「彼女は前科を隠してました。小久保弥生のケースとは違います」

石原が真っ向から異を唱えて、見返した。

「わたしはそういう考え方に承服はできないね。更生の道を歩む者には手を貸すべきなんだ。パークの趣旨にも合致する。それに誰が何を言おうと、彼女ほどパークを愛している者はいない」

篤史は二人の間に割って入った。

「及川さんのことを言い争ってる時じゃありません。パークをどうすべきか。事情を打ち明けて、パッセンジャーを退去させたほうがいいのか。それを今は考えないと……」

「CEOの判断にかかっています。記者の目的が、あなたと彼女の関係にあるのなら、脅迫状めいたカードは、我々をただ混乱させるのが目的かもしれない」

石原は、人に言えない深い仲にあなたたちがあるのなら、さほど心配はない、と言っていた。だが、もし記者があくまで雑誌の取材で来たのであれば、脅迫状を送ってきた者がほかにいることになる。その場合、犯人の真の目的は何か、不安が残る。

小野寺が殺風景な通路に視線をさまよわせた。迷いを振り切るように顔を上げた。

その口が開きかけた時、携帯電話が鳴った。小野寺が素早く口元に引き寄せる。

「──わたしだ。何かあったかね」

たちまち目つきが鋭くなる。

「わかった。我々もそちらへ向かう」

通話を終えて篤史たちを振り返った。石原が尋ねる。

「及川さんからですね」

「彼女は覚悟を決めたようだ。例の雑誌記者をパーク本部に招待したという」

4

劇場前でダンスを披露し、その後は撮影大会に突入し、一時間ほどが経過したころには足元がふらついてきた。全身汗まみれで息が上がり、立ちくらみに襲われる。

遥奈のポーズが小さくなったのに気づいたようで、ガイド役を務める佐藤が言った。

「はい、ごめんなさいね。エルシーには次の大切な仕事が待ってるの。ここで失礼させていただきます。今日は劇場で会えなくなってしまったけど、明日からまたここで待ってますよ。ぜひ来てくださいね！」

救われた思いになり、遥奈は最後の力を振りしぼってパッセンジャーに両手を振った。佐藤が脇から支えてくれなければ、劇場裏へ引き返すにも足がもつれていただろう。

通用口から廊下へ入ると、そのまま床にへたりこんだ。衣装担当のパルがすぐに頭部を外してくれる。

「新田《にった》さん、すごいダンスのキレだったじゃないですか。わたし、感動しました」

「何言ってるの。先輩はこれくらい、いつも踊ってたわよ」

遥奈があえいでいるのを見て、佐藤が言葉を添えてくれる。はしたないと思ったが、廊下で着ぐるみから出てシャツをまくり、背中や胸回りの汗をぬぐった。

「お疲れ様です。立てますか」

若手のダンサーがタオルを手渡してくれた。

「ありがと。で——劇場内のチェックはどうだったの」

遥奈は手を借りて立ち、周りの者に問いかけた。

照明係のパルがささやくように言った。

「倉庫の天井裏まで調べてます。まだ何も見つかってないようで、誰も近づくなと……」

「わたしたちもショー・ロッジへ退去しろって言われたんです。けど、新田さんたちが外に出ていかれたので、ここで待ってたんです」

タオルを渡してくれたダンサーが深刻そうな目で答えた。

立ち入りが禁じられたとなれば、パーク側も深刻な事態と見ているのだろう。しかし……。

遥奈は思う。あの脅迫状には、次に火を噴く場所が書かれていたわけではない。ダンサー宛に送りつけてきたのは、敵の陽動作戦だという可能性もあった。

一度火の出た劇場で踊るダンサーに脅迫状を送れば、また同じ場所が狙われていると誰もが考える。そうやってこの劇場に人目を集めておき――。

「わたしの着替えはどこ？」

汗を早く流したかったが、悠長にシャワーを浴びてはいられなかった。

遅れて戻ってきた王子役のダンサーたちと、ショー・ロッジに避難した。ひとまずジャージを身につけると、遥奈は更衣室を出た。

「先輩、どこ行くんですか」

「魔女に相談してくる」

こんな姿でパークを走り回ったのでは、何事かとパッセンジャーに驚かれるだろうが仕方なかった。メイン・プラザのゲートから勝手に地下へ降りて、パル・ロッジへ走った。

急に倒れた魔女の容体も心配だし、脅迫状の件でも話しておきたいことがある。それにパーク本部へ行けば、北浦亮輔の電話番号もわかる。

本部のオフィスに魔女は戻っていなかった。それどころか、遥奈が入っていくなり若い男性社員が走ってきて、険しい目で立ちふさがった。

「何だね、君は。悪いが出ていってくれ、忙しいんだ」

「エルシー劇場に出ているダンサーです」

「だったら、今がどういう時かわかってるだろ。邪魔はしないでくれ」

「このままパークの営業を続けて、大丈夫なんでしょうか」

「君に言われずとも、対策は練っている。その件で取込中なんだ」

不測の事態に備えて、パークの主要なパルに、不審物の点検をさせるべく動いているのかもしれない。しかし、それだけで万全だろうか。

「及川さんはどこにいるんでしょうか」

「こっちも探してるんだ。なぜか上の人たちといるみたいでね」

「どこに――」

「いいからもう帰ってくれ」

自動ドアを指で差された。北浦亮輔の電話番号を聞いたところで、相手にされそうもなかった。

こうなったらインフォメに行くまでだ。パーク本部から、そう遠くはない。

また地下通路を走った。いつもならパルを見かける休憩室の横を通ったが、今は一人もいない。すでに緊急情報が流れているのだ。多くのパルが事態に立ち向かおうとしている。

メイン・プラザの専用通路から地上に出て、インフォメーション・センターに駆けこんだ。

遥奈はパッセンジャーの列をかき分け、横からカウンターに近づいて言った。

「すみません、ダンサーの新田です。北浦君の電話番号を教えてください」

何事かと目を向けてきた男性パルにささやいた。

すると、奥にいた背の高いゴールド・パルの女性が走ってきた。遥奈と同年代か、少し下か。

「何かありましたか。北浦は休日ですが」

「とにかく電話番号を教えてください。もう本部からいろいろ連絡が来てますよね。その件で至急話したいことがあるんです」

本部と告げた瞬間、女性の表情が固まった。彼女はタブレットを手に、遥奈をカウンターの奥へ誘った。所属するパルの連絡先を画面に表示させながら言った。

「奥の電話を使ってください」

礼を言って、通路の先に見えたドアへ走った。その奥は遺失物を保管しておく部屋だった。テーブルに内線電話が置いてある。0発信で携帯電話の番号を押す。

コール音が続いた。何をしているのか、出ようとしない。しつこく待っていると、ようやく回線がつながった。

「もしもし、北浦ですが……」

5

どうしてこんな時に電話がかかってくるのか。自分の携帯を出して着信表示を見ると、インフォメーション・センターからだった。脅迫状の件で、非番の者にも招集がかけられたのか。

パル・ロッジ五階の会議室で、亮輔はあたふたと携帯電話を見つめた。落合記者は後ろで悠然《ゆうぜん》と椅子に腰かけ、うまそうに煙草を吹かしている。部屋に来てもう十五分は経つが、魔女はまだ現れない。

「電話が鳴ってるじゃないか。及川さんじゃないのかな」

落合記者が亮輔のほうに煙を吐き出してくる。

「いえ、それが……ちょっと違うようで」

「いつまで待たせるのかな」

「申し訳ありません」

魔女は何を考えて、落合を呼べと言ったのか。おそらく彼女は、この記者の真の狙いに見当をつけている。

落合の視線をさけるためにも、亮輔は頭を下げてから会議室を出た。彼に聞かれては困る話が出ないとは限らなかった。通話ボタンを押すなり、忙しない声が鼓膜《こまく》を打った。

「今どこ。魔女と一緒なんでしょ！」

どうしてダンサーの新田遥奈がインフォメから電話してくるのだろう。エルシー劇場が閉鎖され、その情報を集めようとしてのことだと見当はつく。

「すみませんが、今ちょっと取込中なんです」

「魔女に何か頼まれたんでしょ。いったい何が起きてるのよ。ＮＰＯ法人を騙って魔女を調べたがる者がいたり、脅迫状が送られてきたり。何を手伝えと言われたのか、教えなさいよね！」

恐ろしいほどの勢いでまくし立てられた。劇場が閉鎖され、仕事をできずにいる恨みが爆発寸前になっている。

「言っとくけど、エルシー劇場をいくら調べたって無駄よ。あの脅迫状には、また火を噴くかもって書いてあったけど、場所のことには触れてなかったもの」

「そうなんですか……」

「どうもよくわからないのよね」

新田遥奈は何度も舌打ちをしながら言った。

「何だって脅迫状なんてものを、わざわざ送ってきたんだろ、犯人は」

「そりゃ……パークが慌てるのを見て喜ぶため、じゃないですかね」

亮輔は、そうであってほしいと願いながら言った。本気でパークに火をつけられたのでは、大惨事になる。

「でもね、NPO法人を名乗ったり、パークを辞めたダンサーにまでインタビューしたりする記者がいるのよ。しかも、その双方とも、なぜか魔女の素性に強い関心を抱くなんて、ある？」

実はここにも一人、魔女と会いたがっている記者がいる。そう教えていいものか……。

迷ううちに、新田遥奈が続けて言った。

「気になるのは、美和さんへのインタビューなのよね。魔女のことだけじゃなくて、小火のことを訊いてもいいたのよ。魔女と劇場での発火事故、そのふたつに興味を持ったわけよね」

「ええ、まあ……」

「いい？　わたしと君が、その情報を魔女に伝えたその日に、脅迫状が届く。どう考えても、偶然なんてことないでしょ」

「かもしれませんね……」

「かもじゃなくて、そうに決まってるの！　となると、NPO法人を名乗った野郎と脅迫状は大いに関係ありそうじゃない。なのに、その野郎は、魔女にも強い関心を持ってるわけよ。どういうことだろ。ファンタシアの評判を落としたいのなら、事故について聞き回ればいいのに、どうして及川さんのことまで調べたがるのよ」

もどかしげに新田遥奈が問いかけてくる。真意がまだ今ひとつ伝わってこない。

「だからぁ――魔女がそこにいるなら、訊いてほしいの。もしかしたら魔女目当ての取材が入ってなかったかって？」

鋭い。

亮輔は心の底から感心した。彼女は、落合という雑誌記者がパークに来ていることをまだ知らないはずだ。なのに、鋭く事態を見通している。ここまで来れば、教えないわけにはいかないだろう。あとが怖い。

「実は今……パル・ロッジ五階の会議室にいるんです」

「えーっ、まだずっとそこにいたわけ？」

「いえ。ちょっと色々事情があって。もうすぐ及川さんもここに来ます」

「どういうことよ。魔女はずっとそこにいたわけじゃないの？」

「ぼくもよくわからなくて……あ──」

通路の先でエレベーターの開く音がした。魔女が来たようだ。

「すみません、切ります。またあとで連絡しますから」

小声で言って通話を終えた。会議室のドアを開ける。廊下で待っていたのでは、中へ入るな、と言われかねない気がした。今は室内で待ち受けたほうがいい。

落合記者が目で問いかけてきた。亮輔はうなずきながら、彼よりもドアから遠い窓際へ身を引いた。

コンコン、と強めにノックの音が響き渡る。

はい、と亮輔が答えるより早く、ドアが開いた。

先頭に立っていたのは、警備顧問の石原だった。渋柿でもかじったような顔で、ジロリと記者を見た。その後ろに、魔女と小野寺ＣＥＯが並んでいた。先ほど制御室を出ていった前沢篤史の姿もある。

「これはこれは……。わざわざ小野寺ＣＥＯまで来ていただけるとは……。こちらがお呼び立てする手間が省けたというものですね」

落合記者が余裕ある口ぶりで言った。

石原が亮輔に目でドアのほうを示してきた。出ていけ、ということなのだ。残念至極。この会合の成り行きを見守りたかったが、仕方ない。亮輔は一礼してからドアに歩いた。

6

記者の落合は、制御室を訪れた時より落ち着き払い、自信にあふれて見えた。真の標的であったと思われる及川真千子を前にしても、気負った様子はうかがえない。その横にパークのＣＥＯがいるとわかっても、当然のような顔でいる。

ほら、見ろ。思ったとおりだ。自分のつかんだ情報に間違いはなかった。そうかえって自信を深めたようにも見える。

彼は篤史になど目もくれなかった。パーク・キーパーのジャンパーを着た石原はともかく、CEOについて回る金魚の糞《ふん》だと判断したのだろう。

北浦亮輔が神妙そうに一礼し、会議室を出ていった。石原がそっとドアを閉める。

それを見て、小野寺が一歩、落合の前に進み出た。

「初めまして。ファンタシア・パークCEOを任されております小野寺です」

「こちらこそ、よろしく……。わざわざ最高経営責任者にまでお越しいただけるとは思ってもいませんでした」

そう言いながらも落合は、名刺を出そうとしないどころか、椅子から腰を上げる素振りもなかった。取材をさせてもらっている先の経営トップに対する態度ではない。

落合が、灰皿の上で軽く煙草を揺らしてから言った。

「しかし、なぜ小野寺CEOまでがこちらにこられたのでしょうかね。伝説とまで言われる凄腕の女性パルにインタビューさせていただきたかっただけなんですが」

「失礼ですが、落合さんの身分を証明するものを確認させていただけませんでしょうか」

小野寺が低姿勢に言うと、落合が薄笑いを見せた。そう来たか、と相手のやり口を皮肉るような笑みだった。

「先日、出版社の者とこちらにお邪魔してますので、ここであらためて確認するまでもないと思いますが」

「おっしゃりたいことはわかります。しかし最近は、在籍してもいない雑誌の名前を出して有望なダンサーに近づき、ファンタシアの悪口を集めたがる記者がいたり、ありもしないNPO法人の名を騙って、遊園地のアルバイトから話を聞きたがる者もいるようです。うちの社員が編集部に確認の電話をさせてもらいましたが、実在の編集部に出入りし、その関係を悪用する者がいないとは限りません。ご協力いただければ幸いです」

いくら確信を持っているにしても、穏やかではない言い方だった。CEOという立場にある者が、最初から相手の素性を疑わしいと決めつけていた。先制攻撃のジャブを放つことで、相手の出方を見るつもりらしい。

落合が大げさなまでに眉を上げ下げした。

「いやいや、驚きましたね。取材の依頼に快く許可を与えておきながら、急におまえの素性が怪しくなったから確認させろ、そうCEO自ら難癖《なんくせ》つけてくるとは、素晴らしい遊園地ですね、ここは。この見事な対応を記事にすれば、読者もさぞや喜んでくれるでしょう」

「ご存じとは思いますが、ただ今このパークには緊急事態が発生しています」

「ほう……何かありましたかね」

初耳だと言いたげに、落合が尋ねてくる。が、口調に切迫感はない。わかりきったうえでの、わざとらしい問いかけだった。

小野寺が口元に笑みを浮かべて言う。

「おや、おかしいですね。すでに制御室でエルシー劇場の電源が切られたことはご存じだったはずですよね。なのに、何があったかとは、理解に苦しむ質問に思えますが」

「もちろん、機材の故障があったようだとは聞きましたよ。しかし、故障ぐらいで緊急事態とは大げさすぎる。もっと何か大変な事故でもあったのかと、興味を覚えたまでですよ」

のらりくらりと落合は言い、不敵に笑い返してきた。面《つら》の皮が厚い。

「たとえ些細な故障でも、お客様に影響が及びかねないとなれば、うちにとっては緊急事態と言えるのです。しかも、外部からの関与が疑われるという報告も来ています。そういう時ですので、慎重には慎重を期する必要があるのです。ご協力をお願いします」

「なるほどね。パークに怪しい者が潜入していないか。そうあなたたちは疑ったわけだ。でも、ぼくはずっと北浦とかいう若者に見張られてましたよ。怪しいことなんかできるはずはない。なのに、素性を確認させろとは、あまりにもわたしを小ばかにした対応ではないですかね」

「ご協力いただけないとなれば、わたしどももあなたの取材依頼に応えるわけにはいきません」

小野寺には、落合の素性を疑うに足る理由があるのだ。でなければ、ここまで身分を確認させろと執拗《しつよう》に迫るわけがなかった。

落合という名前は——もしかすると偽名なのか。だから記者も、言い逃れようと無駄口をたたき続けている。そう思えてくる。

睨み合う二人の様子を、及川真千子がじっと無表情のまま見つめている。

落合が煙草を灰皿に押しつけた。

「まったく不愉快なCEOさんだ。そこに及川さんがいるじゃないですか。こちらのリクエストに応えようと、わざわざ彼女をともなって来ながら、取材拒否とはどういうわけですか」

「なるほど。誰に紹介されたわけでもないのに、あなたは及川君の顔を知っていたわけですね」

指摘の意味はわかる。が、苦しい追及に思えた。

確かに誰も彼女を紹介してはいなかった。が、記者は伝説のパルに話を聞きたいと言っていたのだ。五十歳をすぎてアルバイトとして勤め始めたという経歴も承知している。たとえ顔を知らずとも、CEOと現れた女性が及川真千子だと考えるのは自然なことだ。

しかし、最初から顔を知っていたと確信する理由があれば、また話は別になる。

落合がゆらりと椅子から立ち上がった。勝ち誇ったような笑みを浮かべ、両手を広げた。

「もう茶番はやめませんかね、小野寺ＣＥＯ。そこにいる女性は、及川真千子なんて名前じゃない。そうですよね、あなたはとっくに知っていたはずだ」

予想もしない指摘が飛び出し、篤史は息を呑んだ。部屋の空気が一瞬にして張りつめる。

落合は自分の放った言葉が、その場に与えた衝撃を明らかに楽しんでいた。小野寺は身じろぎもせず、じっと拳を固めている。石原が虚をつかれたように肩を揺らし、わずかに身を乗り出した。

及川真千子――ではないらしい女性――は一度目を閉じた。記者の放った言葉を受け止め、その時が来たのだと胸に言い聞かせているような表情に見えた。

7

「わたしも一緒に行かせてください」

インフォメーション・センターの通路へ飛び出すと、ゴールド・パルの女性が立っていた。遥奈の電話を立ち聞きしていたらしい。前をふさぐようにしながら真剣な目で迫ってくる。

「北浦君、今日は非番のはずなんです。なのに、ブロンズの山口《やまぐち》君がパークの中で見たって言うし。おかしいと思ってたんです」

「これには複雑な事情があるの。ゴールドのあなたが持ち場を離れちゃダメ。今パークでちょっとした騒ぎが起きてるのは聞いてるでしょ」

「それって、及川さんに関係してることですよね」

話の中身を聞いていたのなら、見当をつけても当然だったが、ゴールド・パルの女性の口ぶりからは、彼女なりの確信が感じられた。

「わたし……ここを辞めてった大志田《おおしだ》さんから相談を受けてました。でも、わたしの気を引くために大げさな話をしてるんだと思って、聞き流してたんです。だから、北浦君を巻きこもうとしたんだと思うんです、あの人は絶対に……」

どうもインフォメ内での複雑な人間関係が影響しているようだった。

確かに北浦は、パークを辞めた先輩から聞いたと言っていた。その相手は、この目の前にいる彼女に想いを寄せていたのだろう。けれど、淡い恋は実らず、先輩はパークを辞めていった。だから北浦を巻きこんだのだとすれば、要するにこの女性は

――。

「気持ちはわかるわよ。でも、あなたにはここでの仕事がある。それに、大きな声じゃ言えないけど、パークに脅迫状が届いたの」

女性が口に両手を当て、目を見開いた。

「本部で今、その対応策を協議してる最中よ。だから、下手をすると、インフォメは大変な忙しさになるわよ。ゴールドのあなたが持ち場を離れちゃ絶対にダメ」

「でも、北浦君に迷惑が――」

「大丈夫よ。彼はタフだもの。あなたは、あなたの責任をここで果たしなさい。でなきゃ、北浦君に笑われるよ」

何で契約ダンサーにすぎない自分が、ゴールド・パルというリーダーの立場にある者を励まさなきゃならないのか。いい迷惑だと思いながらも、女性の目を見つめた。

「わかるわよね。パークの中では、まず何よりパッセンジャーを優先しなさい。夢の世界を守っていく務めが我々にはある。いい、できるわよね」

「はい……。北浦君のこと、お願いします」

あの野郎、歳上にもてるとは知らなかった。魔女に次ぐ有望なパルと噂されるぐらいだから、注目を浴びる存在なのだろう。もしかすると、ほかにも北浦のファンがいるかもしれない。そう考えると、少し胸がきゅっとしめつけられる気がした。

慌てて首を振る。自分は何も北浦亮輔という男を案じているのではない。今はまたパーク本部へ急ぐ時だった。ゴールド・パルの女性の肩を優しくたたいてから、遥奈は走りだした。

本当に不思議だ。

食べていくのに困ってファンタシアで踊ろうと決めたにすぎない自分なのに……。チャンスがあれば外部のオーディションを受けて、藤島美和《ふじしまみわ》のように未来ある仕事をゲットしたい。たとえエルシーという主役を任されようと、ファンタシアは腰かけなのだ。そう考えていたのに、形振《なりふ》りかまわず全力で、パークのためにひた走っている。

自分が踊っていた劇場に発火装置が仕掛けられたらしいという事情は、もちろんある。が、この一連の出来事には、すっきりとしない違和感が残る。パークに悪意を持つ者は何を考えて脅迫状を送りつけたのか。なぜ魔女に関心を抱くのか。

電話をかけてきた藤島美和の言葉が思い出される。

――及川さんって不思議な人だもの。でも、ああいう人がいるからファンタシアって悪くない場所に感じられるんだものね――。

どういうわけか、魔女とファンタシアをつけ狙う者がいる。それゆえに焦《あせ》る気持ちが、遥奈を全力で走らせていた。

仮病を使ってもいいと伝えて藤島美和を送り出し、悔し涙をこらえながら告発状を書いていた魔女。彼女は日々全力で、ファンタシアという夢の世界を支えてきた。その熱意に冷や水を浴びせかけようとする何者かが存在する。

地下通路へ入ると、多くのスタッフとすれ違った。各エリアへ報告に走る者たちだ。

パル・ロッジの地下でエレベーターに乗り、五階のボタンを押した。が、ランプが点灯しない。いくら押しても反応はない。

五階にケージが停まらないようになっていた。魔女が記者と対面する会議室に人を近づけないためだろう。ならば、階段を使うまでだ。

エレベーターを四階で降りた。経理や人事のオフィス階でも、騒がしく人が行き交っている。すぐ右手の階段へ走った。一段飛ばしに駆け上がる。

五階に到着した。エレベーター・ホールを走りぬける。通路の先を見ると、左手の壁に身をぺったりと張りつける男がいた。

北浦亮輔だ。会議室から彼だけ締め出されたらしい。中の様子を盗み聞こうと、涙ぐましくもドアに耳をつけているのだった。気持ちはわかる。

足音に気づいた北浦が、慌てたように振り向いた。遥奈は唇の前に人差し指を当てた。黙っていろ。そのまま静かに。でないと、自分が来たことまで、中の者に悟られてしまう。

足音を忍ばせて近づいた。北浦がまた耳をドア板に押しつける。遥奈も目でうなずき、盗み聞きの体勢を取った。

耳をドアにつけずとも、中の声は聞こえた。それほど大きな声で誰かが発言していた。

「――もう茶番はやめませんかね、小野寺ＣＥＯ。そこにいる女性は、及川真千子なんて名前じゃない。そうですよね、あなたはとっくに知っていたはずだ」

北浦と間近で顔を見合わせる。

魔女が偽名を使っていた、というのか。

しかも、小野寺ＣＥＯまでが会議室にいて、その事実を知っていたとも聞き取れた。瓢箪《ひょうたん》から駒が出るどころの騒ぎではない。本当に、本当なのか。

なぜパークで働くのに素性を偽る必要があるのか。謎が多すぎる。

一体全体、魔女は何者なのだ。

8

「おやおや。聞きようによっちゃ、とんでもない言いがかりをつけたってのに、お二人ともまったく驚いたような顔してませんね。どころか、断崖に追いつめられて、刑事から犯罪の決定的な証拠を突きつけられた二時間ドラマの犯人みたいな深刻ぶった顔に見える」

確かな手応えを得たらしく、落合記者がにんまりと笑った。

「ねえ、そこの警備員さん。どうせあなた、元警官なんでしょ。確か地元署とのパイプ役として、元県警幹部をスカウトしてたはずだものね」

探偵役を自負する落合の調査は行き届いていた。周到な準備を経て、本丸とも言えるファンタシアに乗りこんできたのだと思える。

「経歴を詐称して就職するのは、確か私文書偽造の罪に問われるんじゃないのかな。しかも、CEOまでが荷担してたんだから、こりゃ、大っぴらになったら大問題になる」

当てこすりめいた問いかけを受けて、石原が毅然《きぜん》とした表情に変わった。

「いや……君はよく刑法の中身を知らないようだね。私文書偽造というのは、それを行使する目的で、他人の文書を偽造、または変造し、権利を侵害した時の罪を言う。自分の素性を偽るだけでは、私文書偽造の罪には問われない」

元警察官が言うのだから、法律上の解釈としてはそうなのだろう。だが、落合の笑みが顔全体に広がっていった。

「何を言っているのかな。本当に警官というのは、杓子定規《しゃくしじょうぎ》な考え方しかできないらしい。いいかな、この人はシニア・パルだ。パークの健康保険に加入している。つまり、及川真千子という女性が存在し、その戸籍を不当に利用しているから、保険にも加入できたし、税金の天引きだってされてるんだ。その点にすぐ思い当たらないとは、あなた、刑事事件の経験をほとんど持たない、お飾りの管理職だったんでしょうな」

見下しの視線を石原に浴びせて、落合は高らかに笑い声を上げた。

確かにそのとおりだ。住民票のない者に、税金に関する書類を送付はできない。保険や年金も同じだ。彼女は間違いなく及川真千子という女性の戸籍を利用している。その女性の権利を侵害した、と見なされるはずなのだ。

「そういう君こそ、落合というのは偽名じゃないのか」

石原が苦しまぎれの指摘をしたが、記者は余裕たっぷりに肩をすくめてみせた。

「嫌ですね。ペンネームといってくださいよ。仕事上、ライバル社の原稿書きもしなきゃならないんで、いくつかペンネームを使い分けていてね。でも、他人の戸籍を使って身分を詐称するのとは、わけが違う」

あふれる笑みを隠そうとせず、落合はテーブルを回りこんで小野寺の前へと近づいた。

「いけないよなあ。他人の戸籍を使って身分を偽ってるような人物が、こともあろうに、子どもに夢を与える遊園地で働くなんてのは。しかも、ＣＥＯまでがその事実を知りながら、見逃してきた。いやいや、もしかすると、この女性と共犯なのかもしれないな、最初からずっと……」

「小野寺さんは無関係です」

この会議室に来てから、初めて及川真千子――いや、及川真千子の戸籍を使う女性――が声を発した。

「彼は、わたしの素性を疑って、一度は問いつめてきました。でも、わたしはあくまで及川真千子です、何か勘違いをされているのでしょう、そう言いました。だから、たとえ何があろうと、小野寺さんに罪はありません」

「いやあ、お美しい友情ですな」

パチパチと拍手までして、落合猛というペンネームを持つ男は肩を揺すり上げた。

「ＣＥＯは気づいていながら、別人だと信じこもうとした。あなたは、ＣＥＯにまで上りつめた古い友人に責任を負わせるわけにはいかないと考えつつも、身分を偽り続けてきた。ほかに気づく者は絶対にいない。そう信じていたんでしょうが、残念でしたね」

「君は何者だ」

小野寺が毅然さを保とうとするかのように背筋を伸ばし、睨みつけた。

「もちろんぼくは、落合というペンネームを持つ、しがないフリーライターですよ。何者だと問いつめるなら、お隣の女性にまずその質問をすべきでしょうね。あ――そうか、あなたはもうとっくに彼女が何者かを知ってるから、そんな質問は必要なかったわけですね」

三文芝居のようにわざとらしく気づくような演技を入れてから、記者がほくそ笑んだ。

小野寺が唇を噛みしめる。その姿を見て、石原が言った。

「小野寺さん……。本当にあなたは、この女性が及川真千子ではないと知っていたのですか」

「違います。わたしは及川真千子です」

また及川真千子を名乗る女性が言い、髪を振った。

「いやいや、そんな猿芝居にだまされる者はいませんよ。だって、あなたと小野寺CEOは、このファンタシア・パークがリニューアルされる前からのつき合いじゃないですか」

二人の関係が、それほど古いものだったとは……。

小野寺はかつて電鉄会社の広報部にいて、パークのリニューアルに携わり、それを機に運営会社にも籍を置いたと聞いている。

記者を睨みつけていた石原が、急に横を向いて懐から携帯電話を取り出した。通話ボタンを押して、「そうか」とだけ相手に伝えると、再び落合と名乗る男を見つめた。

「彼の本名がわかりました。モリショウタ。三本木に上昇の昇、太陽の太。そうだよね、森君」

編集部からの正式な返事が来たのだろう。いや……もしかすると、ホットラインを通じて地元署に協力を求め、素性を確認してもらった、とも考えられる。

森昇太。

本名を探り当てられ、男がわずかに気後れを顔ににじませた。

「前沢さん。スマホで検索してみて」

魔女に呼びかけられて、篤史はうなずいた。彼女には思い当たる節があるようだった。当の森昇太も固唾《かたず》を呑むような顔でこちらを見ている。

急いでスマホを取り出した。すると、急に廊下で大きな声が上がった。

「あった、これだ！　森昇太。間違いない、これだよ！」

「どれ、見せてよ、どこどこ」

男と女の声が、ドアを通して会議室にまで響き渡る。男のほうは北浦亮輔だった。気づいた石原がドアへ歩み、素早くノブをひねって開ける。

「何してるんだ、そこで！」

うわっ、と叫び声を上げながら、若い男と女が棒立ちになった。

9

「何してるんだ、そこで！」

パーク・キーパーのジャンパーを着た厳つい男に一喝《いっかつ》された。

驚きのあまりに声を上げた自分のミスだったが、叫ばずにいられるものか。亮輔は、新田遥奈の手からタブレットを奪い返して、会議室の中に差し向けた。

「見てください。ここに森昇太の名前があります」

「おまえら、立ち聞きしてたな」

「そんなことより、その人、マンガの原作を書いてたんです。しかも週刊少年アタックで」

亮輔は興奮してタブレットを手にしたまま、ずかずかと会議室へ踏みこんだ。

「どいてよ、そこ」

新田遥奈までが、警備の石原顧問を押し返して乱入した。その勢いのままに声を放つ。

「もう偶然なんかじゃありません。こいつは、少年アタックに積年の恨みがあるんですよ！」

証拠も何もない決めつけだった。が、亮輔も同感だ。

小野寺CEOもうなずいている。それでこそ納得ができる。

週刊少年アタックは、日本でも指折りのマンガ雑誌だ。このファンタシア・パークのリニューアルを任されながら、志半ばに亡くなった加瀬《かせ》耕史郎《こうしろう》が編集者として活躍した雑誌だった。

森昇太の名前で検索をかけると、あるマンガの単行本がトップに出てきた。三十年近くも前に、週刊少年アタックに連載されたマンガで、復刻本が十五年ほど前に出版され、その古本をネット・オークションに出した者がいたのである。

マンガのタイトルは『土壇場ホームラン』。全五巻。亮輔はまったく聞き覚えもない野球マンガで、その原作者の名前が森昇太なのだった。

ファンタシア・パークの基礎を築いた加瀬耕史郎が働いていた雑誌で連載マンガを手がけた原作者が、取材記者としてファンタシア・パークを訪れている。偶然であるわけがない。

「なるほどな。君は編集者時代の加瀬さんを知っていたのか」

小野寺が腑に落ちたとばかりに言い、森昇太を横目で見た。

強がるかのようにあごを突き上げ、森が言い返す。

「そうですよ。今さら隠し立てをしても始まらないみたいだから、認めましょう。加瀬は傲慢《ごうまん》で、いつも威張りくさって、偉そうなことばかり自慢げに言うヤツだったよ。何が夢の世界を作るだ。あいつは金と自分の評判にしか興味のない暴君だった」

「あなた、加瀬にずいぶんとしごかれたみたいね」

魔女が見透《みす》かしたような言い方をした。

森の目が異様にぎらついた。

「しごくなんて、聞こえのいい言い方しないでもらいたいな。ありゃ、いじめだよ。おれのアイディアなんか、まったく認めようともしないどころか、あげくは、おれが血を振りしぼる思いで作り上げたキャラを勝手にねじまげて、下手くそな新人マンガ家に与えやがった」

「そうね。加瀬のやり方は、かなり強引だったものね」

その言い方から、ファンタシア・パークの始祖とも言える加瀬耕史郎とも、魔女は知り合いだったと見える。

「でも、新人たちのアイディアをぶつけ合わせることで、思いがけない化学反応が起きて、素晴らしいマンガに育っていくことが多い。そう言ってた覚えがあるわ」

「へっ。ものは言いようだよ。人のアイディアを強引に奪って、下手なマンガ家と好き勝手にこねくり回す。で、使えそうもないとわかれば、ポイ捨てだ。編集者なんて楽なもんだよ。上がってきたアイディアを眺めて、いちゃもんつけてりゃいいんだから」

「でも、その中から、あなただって一度は連載を勝ち取って、単行本にまでなったんでしょ」

「おれが必死になって生み出し、手塩にかけて育てたキャラを、あいつらが勝手にねじ曲げやがった。そのせいで人気がなくなり、あえなく連載打ち切りだよ」

「人気が上がってこないとなれば、方向性の見直しが図られるのは当然でしょ。ファンタシアのアトラクションも、ファンの意見を聞いて、改良できる箇所は少しずつ変えているもの」

森昇太は自分なりの夢を抱き、マンガの原作を書いていたのだろう。加瀬耕史郎も彼に見どころがあると魅力を感じたから、マンガ家を選んで連載を決めたと思われる。

残念ながら、期待したほどに人気は上がらなかった。もしかしたら、マンガ家のほうに力がなかったのかもしれない。けれど、少しでもファンを獲得しようと、加瀬とマンガ家は森昇太の原作に手を入れ、路線変更をしていった。

森は強く反対したのだろう。でも、現状のままでは連載を打ち切られてしまう。何かを変えていかないと、そのマンガに未来は訪れない。そう加瀬たちは決断し、無理やり話を広げるテコ入れに打って出た。

だが、それでも人気は上がらず、連載は打ち切られた。単行本は出たものの、多くの人気マンガの陰で忘れ去られていった。

よくある話に思えた。すべてのマンガが競争にさらされ、人気を獲得したものだけが生き残っていく。

森昇太が、加瀬を恨みたくなる気持ちはわからなくもない。彼にとっては、そのマンガが情熱を捧げるすべてだった。しかし、少年アタックに連載マンガはいくつも存在する。さして人気の出なかったマンガに、編集者がいつまでもこだわってはいられない。次のヒット作を生み出し、雑誌を支え、会社の売上に貢献していく使命が編集者にはある。

マンガ家を志望する若者は多く、誰もがチャンスをつかもうと懸命なのだ。恨み言ばかり口にして、新たなアイディアを出そうとしない者は、切り捨てられていくしかないのだろう。自分の作品への愛着ゆえのことであろうと、頑《がん》として意見を変えないのでは、次の一手が打てず、先細りとなる。

亮輔には想像するしかない。さぞやマンガの世界は厳しいのだろう、と。

いや、大人の社会全般に、似たことは言えそうだ。ファンタシアもほかの遊園地と闘っていかなければ、生き残ってはいけない。そのために、アルバイトという立場にすぎないパルたちも力をつくし、アイディアを出し、夢の世界を造っていく。誰もが懸命に闘っているのだ。

森昇太の顔がゆがんだ。

「ずいぶんと加瀬の肩を持つじゃないか。そりゃそうか。今は及川真千子だなんて名乗ってるけど、昔は加瀬の妻だったんだからな」

「ええーっ！」

新田遥奈が調子外れの声を上げた。

「嘘でしょ、そんなこと。だって、加瀬耕史郎の奥さんだった人が、どうしてアルバイトなんかしなきゃならないのよ、名前を偽って……」

亮輔も大声で問いたかった。わけがわからない。

魔女も小野寺CEOも何も答えようとはしない。石原や前沢も、予想外の事実の連続に、心ここにあらずの顔になっている。

「お嬢さん、よくぞ言ってくれた。そうだよ。どうして加瀬耕史郎の元妻が、加瀬の作り上げたファンタシア・パークで名前を変えてアルバイトなどしてるのか。しかも、名前を変えただけじゃない。たぶんこの人は整形手術も受けてる。昔の写真とずいぶん雰囲気が違ってるからな」

「えぇーっ！」

またも新田遥奈が叫び、魔女を見つめた。亮輔も息が苦しくなった。

整形手術まで……。

「あれあれ、みんなびっくり仰天。声も出ないみたいだね。いやいや、ホント驚かされるよな」

森昇太が何度も大きくうなずき、魔女と小野寺の前でうろうろと動き回り、わざとらしく手を振り回してみせた。

「でも、彼女にはそうすべき理由があった。及川真千子という他人の戸籍を手に入れただけでなく、どうしても整形手術までしておく必要があったんだ。そうしなければ、このファンタシアで働くことはできなかった。ね、そうでしょ、小島《こじま》さやかさん」

魔女の本名がついに明かされた。

小島——。その名字を聞き、元妻と言った理由が読めてくる。すでに加瀬耕史郎が命を落としているからではなく、その前に離婚をしていたのだろうと思われる。

小島さやかはじっと視線を森昇太に向けていた。

「まさしく運命ってやつだったんだろうね。しがないライターだったおれに、やたらとファンタシアの記事を書いてくれって仕事が舞いこんできた。あの忌々《いまいま》しい加瀬が手がけた遊園地なんて、おれには吐き気をもよおすだけの存在だった。何が夢の世界だ。でも、家族を養っていくには、仕事を断るなんてできない。だから、泣く泣く取材をこなしてきたさ。そしたら、伝説のパルと呼ばれる女性がいると聞くようになった。ところが、その伝説のパルさん、ちっともマスコミに登場してない。ははーん、夢の世界だけあって、短期間で昇進したアルバイトがいるって夢のある話をでっち上げたんだろうって最初は思ったよ。で——その時、決意したんだ。夢の世界の化《ば》けの皮を引っぱがしてやろうってな」

自慢げに小鼻がひくついていた。森は勝利を確信したような顔で続けた。

「そう考えてみると、そもそもあまりにできすぎた話に思えてきた。あの加瀬が自分の死期を悟って、だから子どもたちのために遊園地のリニューアルに全力を傾けたなんて。入院先で息を引き取ったベッドの枕元に、読者の子どもたちをファンタシアに招待した時の写真が置いてあったなんて。まるで、作られた美談そのものじゃないか。あの加瀬に限って、子どもたちのために自分の命を費やすなんて、絶対にありっこない。あいつは金と名声しか考えちゃいない男だった。おれだから確信できたね」

「あなたは加瀬の一面しか知らないのよ」

魔女——小島さやかが見下すように言った。

森の頬が引きつりを見せる。

「うるさい！　あいつは出版社を辞めたあと、キャラクター・ビジネスの会社を立ち上げたくせに、まったくうまくいってなかったろうが。なのに、どうしてファンタシアのリニューアルなんて大仕事を手がけられたのか。その疑問が大きくなってきた。だから、当時のことを知る人を探し回った。そしたら、面白いことがわかってきた。最初にリニューアルを相談されたのは、ある広告代理店だった。しかもその会社には、加瀬と離婚した元妻が勤めていた、と」

初めて聞く話に、亮輔は小野寺の反応をうかがった。観念したように彼は目を閉じ、乱れた息を整えている。その唇が動いた。

「もうよそう。森君……」

「最後まで聞け。あんたも共犯者だろ。なぜなら、あんたは電鉄会社から出向して、ファンタシアのリニューアル・チームに加わっていた。つまり、総合プランナーとして加瀬を選んだのは、あんたと小島さやかだったわけだ。違うとは言わせないぞ！」

第六章　夢を継ぐ者

1

恐れていた事態がついに訪れた。

ファンタシアを心から愛していても、自分がここに来てはいけなかったのだ。名前を変えた。顔にも多少は手を入れた。絶対に気づかれない。そう考えたが、愛ゆえに精魂こめて働いたせいで、たった二年でシニアへと昇格した。

正社員への道が拓けたが、親会社の幹部と会う機会が増えそうで、辞退せざるをえなかった。気楽なパートのままがいい。会社には驚かれたが、パークにいられるだけで自分は幸せだった。

ところが、三年前の異動で、よりによって小野寺元樹《おのでらもとき》がパークに来たうえ、一年前にはとうとうCEOに就任する事態となった。

さやかは迷った。このままパーク本部で働いていれば、小野寺と顔を合わせることになる。彼なら、いくら名前を変え、歳を経ていようと、さやかの雰囲気や声の質から見破るだろう。このまま勤めるのは危険だ。そう思いはしたが、ファンタシアを離れることはできなかった。

子どもを持てなかったさやかにとって、今や生き甲斐《がい》を越えて、日々をすごす力の源になっていた。ファンタシアを離れたら、自分は日陰の草より干からびていくに違いない。

不安を抱いたとおり、小野寺はさやかに気づいた。当然だろう。二人して心血をそそぎ、ともに昼夜を問わず働いた時期がある。さやかが仕事を離れたあとも、彼は長い間、季節の便《たよ》りを欠かさずくれた。共犯者とも言える仲なのだった。

――さやかさん、だよね。

――いいえ、何をおっしゃっているんでしょうか。わたしは及川真千子《おいかわまちこ》です。

さやかは頑《かたく》なに言い続けた。小野寺は大人の対応を見せてくれた。小島《こじま》さやかに違いないと見ぬきながら、それ以上は何も訊こうとしなかった。さやかを正社員に引き上げるべきとの意見にも首を縦に振らず、今の地位のまま働かせてくれた。

けれど、小野寺もどこかで恐れていたはずなのだ。いつか真実に気づく者が出てくるのではないか、と。多くのパッセンジャーに失望を与え、ファンタシアの素敵な夢の世界がガラガラと音を立てて崩れることになるのではないか、と。

加瀬耕史郎《かせこうしろう》と三人で作り上げていったファンタシア・パーク。今もあの輝ける日々はさやかの胸深くに刻まれている。

「おれは何人もしつこく当時の関係者を訪ね歩いたよ」

復讐の炎に身を焼かれた森昇太《もりしようた》が、恨み言を吐き散らした。

「そしたら、次々と面白いことがわかってきた。最初、加瀬が考えていたのは、自分が手がけてきたキャラクターをふんだんに使った遊園地だ。妖精エルシーのかけらもない、過去のマンガに登場する人気者を集めた遊園地という構想だった。そうだよな」

加瀬はずっと、自分が育ててきたキャラクターにこだわり続けた。が、彼に協力してくれたマンガ家は、すでに第一線からは遠い位置にいる者ばかりで、それゆえに彼のビジネスもうまく機能しなかったのだ。

遊園地を手がけるなら、過去の廃物利用のようなやり方では絶対に成功しない。お客は、そこに新たな物語を求めてくるのだ。

さやかは正直に親会社の方針を伝え、加瀬を説得した。過去はすべて捨ててくれ。あなたなら、胸躍る物語を新たに作りだしていけるはずだ、と。

――おれには、自分の命とも言えるキャラクターを預けてくれたマンガ家がいる。そいつらを裏切ることができるかよ。

加瀬は叫んで、さやかに酒の入ったグラスを投げつけた。それでも言い続けるしかなかった。

あなたも、あなたの後ろについているマンガ家も、すでに過去の人なのよ。遊園地は未来を描いていくものでしょ。過去を踏み台にして、新しく未来を切り拓いていくべきなのよ。

過去の栄光なんか、一文の価値にもならない。時代の先を見すえていくしかないのだ。信頼できるマンガ家がいると信じるのであれば、その人たちと闘って、たとえ転んで泥だらけになろうとも、歯を食いしばって次の物語を作っていくべきではないのか。

なぜあれほど厳しい言葉を彼に浴びせられたのだろうか。

自分という伴侶《はんりよ》をほっぽり出して、仕事に情熱を捧げ続けた加瀬を、離婚後も許せず、遊園地のリニューアルにかこつけて復讐したがっていたのかもしれない。でも、加瀬は、見すえた目標のためにならば格闘のできる男だった。いくらたたかれても闘志を捨てず、たとえ勝ち目の薄い闘いにも挑んでいく果敢さがあった。こういう男の血こそ、停滞しきって身を縮めていた遊園地には、絶対に必要だと思えた。

当時はまだ、親会社にいた小野寺も、さやかの意見に賛同してくれた。彼としては、加瀬の持つ業界へのパイプにすがるしか生き残る道はないと考えていた。

加瀬とマンガ家が練り上げてきた企画書を、さやかと小野寺で何度も突き返した。

これではディズニーランドの亜流だ。キャラクターに魅力が感じられない。日本古来の物語にこだわる必要はない。かといって西洋のお伽噺《とぎばなし》を頼るのでは困る。

無理難題を突きつけた。激論は時に、怒鳴り合いとつかみ合いに発展した。

「一時期は、物別れになったとかで、加瀬は手を引くと言ったらしいじゃないか。ところが、なぜか急転直下、加瀬の総合プランナー就任が発表された。何があったのかな、小野寺さんよ。あんたが強引に電鉄幹部を口説き落としていったんだよな」

森昇太が息巻いて、小野寺に指を突きつけた。

「もちろん、加瀬さんのプランが最も素晴らしいと思えたからだ。それに彼は、テレビ局や映画会社とも太いパイプを持っていた」

「あんたも、別れた旦那を強く会社に推薦したそうじゃないか」

指先と視線が、今度はさやかに向けられた。

「要するに、二人で加瀬を総合プランナーに祭り上げたわけだ。で、加瀬は懸命に働き、そのあげくに体を壊して入院し、志半ばに命を散らした。そういうお涙ちょうだいの物語があったから、ファンタシアのリニューアルは素晴らしいスタートを切れ、見事に再生することができた。いやぁ、よくできた筋書きだよ」

「まさか、あんたはリニューアルの裏に……」

前沢篤史《まえざわあつし》がその可能性に気づいて言った。

森がふてぶてしく笑い返す。

「いいや、おれだって確証はなかったよ。だから、必死になって加瀬の別れた奥さんを探してみたんだ。どういうわけか、ファンタシアの再生に尽力したあと、小島さやかは広告代理店を辞めて姿を消した。再婚したという話だったが、連絡先を教えられた者は少なかった。しかも、その全員が、彼女とは会うこともなく、数年後には音信不通になっていた。おかしいじゃないか。加瀬とファンタシアを再生に導いた立役者が、会社にも残らず、まるで自ら行方《ゆくえ》を断つように消えていたんだ」

さやかは恐ろしくて会社に残れなかった。このまま自分がパークの近くにいてはならない。その一心で、会社を辞めた。見合いを重ね、再婚相手を探した。新しい生き方を追い求めた。

「おれはコネを使って、小島さやかの戸籍を調べたよ。なぜ彼女はファンタシアから逃げたのか。本人に直接確かめたかったからだ。すると、小島さやかは鹿児島《かごしま》にいるとわかった……」

森昇太の執念深さには頭が下がる。戸籍の閲覧は身内でなければできないが、ぬけ道がないわけではない。最も恐れていたことだった。

「おれは鹿児島に飛んで、小島さやかを直撃した。驚いたことに、彼女は三度目の結婚をして、一主婦として生活していた。ところが、昔の写真の面影《おもかげ》とは、あまりにも違いすぎていた」

「その人が……及川真千子さんなのね」

新田遥奈《にったはるな》が、信じたくないと言うかのように声を苦しげに押し出した。

「そうか。戸籍を交換したのか。でも、どうして、そんなことを……」

北浦亮輔《きたうらりようすけ》が、責めるような目をさやかに向けてくる。

元警察官の石原《いしはら》がすぐに言った。

「及川真千子には前科があった。そのことで彼女は悩んでいたんだろうな」

彼女と会ったのは、夫を亡くしたあとのことだった。

十年間をともに暮らした人を突然、交通事故で奪われ、ただ呆然とするだけで一日がすぎていった。体の調子もおかしくなり、仕方なく通い始めた病院の待合室で、顔を腫らして虚《うつ》ろな目をする及川真千子と出会ったのだった。

魂がぬけたような彼女の目を見て、自分と同じだと直感した。生きる価値を見出せずにいる。

及川真千子は同居していた男性に殴られ、病院にきていたのだった。彼女は泣いた。あの男から逃げたい。でも、住まいを変えても、しつこくつきまとってくる。警察に相談しても、親身になってくれない。なぜなら、わたしに前科があるから。交通事故を起こし、恐ろしさのあまりについ現場から逃げてしまったから。

なぜあの時、あれほど大胆なことが言えたのだろう。さやかは自分でもわからない。

――大丈夫よ。戸籍をわたしと交換して別人になれば、あなたは人生をやり直せる。あなたの行く先を調べることはできなくなるでしょ。

――でも、あなたに、あの男が近づいてくる……。

――心配しないで、大丈夫だから。そういったケチな男は、少し痛めつけてやれば、おとなしくなるに決まってる。

さやかは、街に出て若者に金を渡し、及川真千子の部屋に居座る男を外に誘い出し、徹底的に痛めつけさせた。近づけば、おまえの命はないぞ、と。男は泣きながら許しを請うたという。

それから互いの保険証を交換して、別人となった。幸いにも、二人とも近しい縁者はいなかった。

及川真千子は知人も友人もいない鹿児島の地へ旅立った。さやかは東京へ向かった。

名前を変えれば、ファンタシアで働ける。実は最初から、その思いが胸深くに宿っていた。だから、あれほど大胆なことができたのだ。

それほどに、さやかは追いこまれていた。生きる意味を見失い、一人では歩けなくなっていた。ファンタシアのほかに、自分を支えてくれそうなものが見当たらなかった。再起をかけて、アルバイトの面接会に参加しようと決意した。

けれど、名前を変えたくらいでは、まだ不安があった。美容形成医院の門をたたき、顔にメスを入れた。老いも多少は手伝い、雰囲気は別人のように変わった。昔の小島さやかを知る者がいても、これで気づかれずにすむ。自分は及川真千子なのだ。もう心置きなくファンタシア・パークで働ける。

「小島さやかは、及川真千子と名前を交換し、別の人生を歩み始めた。そこまでは想像がついた。では、どこに消えたのか。おれは再び小島さやかの行方を追った。学生時代の友人を訪ね歩いたところ、同級生の一人が言ったんだ。彼女はファンタシアのリニューアルを手がけたのに、その話をまったくしてくれなかった。口外してはならない決まりがあったらしい。ところが、だ。再婚して名古屋で暮らしていたころの彼女の家は、ファンタシアの関連グッズであふれていたという。小島さやかは近所の者にも、自分がファンタシアのリニューアルを手がけたとは言ってなかった。でも、旦那とは何度もファンタシアに出かけていたんだ」

「その何がいけない……」

小野寺が言わずもがなのことを口にした。

森昇太が目に力を入れ、歩み寄る。

「小島さやかは、結婚後もファンタシア・パークのことが気になっていた。なのに、リニューアルを手がけた過去を誰にも語らなかった。死んだ夫にも打ち明けていなかったんだよ。夫の友人にも確かめたからな。では、なぜ夫にまで隠したのか。リニューアルの裏には、口外できない秘密があったのではないか。だから、あんたは会社を辞めた。決して人にその事実を知られてはならない。秘密を守りぬくため、あんたはファンタシアから離れたんだ！」

なぜあなたは身を引いたのだ。その場にいる者は誰一人として尋ねようとしなかった。ここまでの話を聞いていれば、おおよその見当はつく。

森昇太がチェックメイトに向けて最後の仕上げにかかった。

「小島さやかは、どこに消えたのか。もしかしたら、と考えた。あの女は、何らかの理由があってパークから逃げるしかなかった。けれど、その後もずっとファンタシアのファンであり続けていた。もしや彼女は、舞い戻ったのではないか……。夫を亡くし、生きる希望を失い、自分がリニューアルを手がけたファンタシアの近くにいる可能性はありそうだ。そこで雑誌の編集部に企画を売りこみ、取材を重ねた。すると、五十歳をすぎてからアルバイトを始め、たった二年でシニアに昇格した伝説のパルがいるとわかった。年齢は、どんぴしゃりだ」

「何を言ってるのか、わからないわね。わたしは及川真千子よ」

さやかは言った。断じて認めるわけにはいかなかった。

「とぼけるな。あんたは加瀬と組んで、お涙ちょうだいの物語をでっち上げた。日本人は、泣かせの人情話が好きだからな。いまわの際まで、子どもたちのために遊園地の再生を願い続けた。加瀬が死んだ時、その枕元にはファンタシア・パークで読者の子どもたちと一緒に笑う写真が置かれていた。加瀬が死ぬと、あんたらは大々的にその話をメディアに流し、加瀬耕史郎という名物編集者が子どもたちに託そうとした遺志を受け継ぎ、必ずリニューアルを成功させてみせる――そう宣伝に利用した。違うとは言わせないぞ!」

今もあの瞬間は、脳裏の奥に炎の記憶となって焼きついている。

加瀬が持ち寄るリニューアルプランを何度も突き返していた時のことだ。彼が夜中に突然、さやかのマンションを訪ねてきた。

酔いに任せて元妻の自宅へ押しかけてきたようには見えなかった。これが最後だ、とインターホン越しに言われた。思いつめた顔に不安を感じ、玄関先で企画書を受け取った。すると、頼むからその場で読んでくれ、と頭を下げられた。

開いてみると、最初のページに一通の封筒がはさんであった。中には、折りたたまれた薄い紙片と一枚の写真が入っていた。

すぐに写真の背景が、ファンタシア・パークだとわかった。特徴ある観覧車の前で、二十人ぐらいの子どもたちがピースサインを作り、弾《はじ》けるような笑顔で納まっていた。その端には、若い加瀬の姿もあった。そういえば……週刊少年アタックで読者をファンタシアに招待する企画があったと聞いた。その時の記念写真なのだとわかった。

薄手の紙を見ると、一番上に診断説明書と書いてあり、下には医師と加瀬のサインが並んでいた。病状と今後の治療方針を説明する際の確認書だった。

加瀬は自慢でもするように胸を張り、皮肉っぽく笑いながら言った。

——末期の肝臓癌《かんぞうがん》だそうだ。このままだと一年持たない、と医者から宣告された。

さやかは企画書を持つ手が震えた。

加瀬の顔色の悪さは気になっていた。病院に行ったほうがいい、と言い続けてもいた。彼も、肝硬変の初期ぐらいは覚悟していただろう。が、予想外に病は進行していたのだった。

——これがおれの、最後の企画だ。名物編集者が死を覚悟してもこだわり続けた夢の世界。どうだ、絶対に受けると思わないか？

異様なまでに目を光らせて、加瀬は言った。狂気を宿した目が、そこにはあった。

玄関先でふらつきながら立つ元夫は、自分の命と引き替えに、ファンタシアのリニューアルを売り出そうと提案してきたのだった。

自らの死期を悟り、意地でも最後に何かを残したい。絶対にリニューアルを成功させてみせる。これが命を懸けた最後の闘いだ。

さやかは愕然《がくぜん》となった。この男はここまで取り憑かれていたのか。自分の死までを栄光に結びつける戦略を練り、元妻に差し出してきた。

加瀬を憐《あわ》れみ、同情した。けれど、頭の隅で冷静に企画を値踏みしてもいた。これは——必ず成功する。元夫の命を懸けた闘いに手を貸してやりたい、という思いは薄かった。計算の上に、さやかは乗った。ビッグ・プロジェクトを軌道に乗せられる。

だが、さやか一人では、無念ながら力が足りなかった。役員決裁まで持ちこめるか、不安に襲われた。そこで、同年代でもある電鉄会社の男を味方に引き入れるべく、計画を打ち明けた。彼も手柄を欲しがっていた。三人は共犯者としての契約を結んだ。

この秘密は、地獄の底まで持っていく。

加瀬は目に涙を浮かべてさやかと小野寺に感謝を告げた。

——おれは幸せだよ。夢に殉《じゅん》じられるんだからな。

加瀬は放射線治療を受けながら、仕事を続けた。痛み止めの薬を飲んで会議をこなし、アニメ映画のシナリオに手を入れ、アトラクションの建設現場に日参した。近くで見ていて、さやかは圧倒された。とても末期の癌と闘っている者には見えなかった。

——すまんな、さやか。もしかすると、おれ、このまま癌を蹴散らしてしまうかもな。そうなったら、嘘でも倒れて入院するよ。

痩せこけた頬をなごませて、加瀬は笑った。それでもいい、とさやかは告げた。けれど、リニューアル・オープンとアニメ映画の公開をひと月後にひかえて、加瀬は倒れた。そのまま入院して、たった八日後に息を引き取った。あっけない死だった。

——あとは頼んだぞ。

さやかが一人で病室を訪れた際、加瀬は痩せ細った体をベッドに横たえたまま、懸命に笑おうとした。

——おれ……母親を早くに亡くしたろ。だから、親子三人で遊園地に行ったこと、なかったんだ。だから、命懸けでこの仕事に取り組んでた。あと少しだ……。

彼の本気は伝わっていた。約束どおり、さやかは預かっていた写真を、加瀬の枕元に置いた。

——ありがとな。

礼を言うべきなのは自分のほうなのに、さやかは声を出せなかった。ただうなずいて、病室を出た。加瀬は、自分の命で物語を紡ぎ、夢の世界へ旅立っていった。

あとは、さやかたちの仕事だった。加瀬の死を発表し、あらゆるコネを使って各メディアに売りこみをかけた。狙いどおりに話題は沸騰《ふっとう》した。映画は当たり、パークは満員盛況のオープンを迎えられた。

さやかは深く息を吸うと、冷静に、だが決然と言った。

「誰が何を言おうと、わたしは及川真千子です」

「面白い。一人でそう言い張ってみな。おれは今まで調べてきたことを、すべて記事にするだけさ。お涙ちょうだいの物語が、あらかじめ仕組まれていた三文芝居だったとわかったら、世のファンタシア・フリークはどう思うかな」

「あなたの勝手な妄想よ。本当は自分の力がなかったくせに、加瀬耕史郎に冷遇されたと逆恨《さかうら》みして、ありもしない下劣な物語をひねり出し、ファンタシアに泥を塗りたがってるだけ」

「小野寺さんよ。あんたも首を洗って待つんだな」

森が薄笑いとともに、矛先を転じた。

「無駄よ。何ひとつ証拠もない記事が、誰に信用されると思ってるのかしらね」

「あんたという立派な証拠があるだろ。あんたは小島さやかだ」

「証拠はどこにもないわ。なぜなら、あなたが記事を書く前に、わたしは——この命を絶つんだから」

2

遊園地を再生するという夢の物語を、文字どおりに命を懸けて描いてみせた加瀬耕史郎。その狂気とも言える執念に手を貸した小島さやか。

篤史は圧倒されて、声が出なかった。わなわなと指先が震えだしている。

かつて夫婦であった二人の間には、離婚しても断ち切れない縁《えにし》があったのだろう。一度は愛した男に死期が迫っていると知り、彼の夢を叶えようと、彼女は共犯関係を結んだ。しかも、ファンタシアの物語を守るためであれば、自ら命を絶ってみせる、と彼女は言った。凄《すさ》まじいまでの信念を感じる。

もしかしたら、と篤史は考えた。子のない二人にとって、ファンタシア・パークは我が子にも等しい存在になっていたのではないか。でなければ、命を絶つとの覚悟を抱けるはずはない。その気持ちが、篤史には理解できた。

森昇太は、まさしく本物の魔女に出くわしたかのように、身を引いた。が、すぐ目を見開き、懸命に笑おうとした。

「面白い、やってみろよ。あんたが死んだところで、まだ及川真千子が生きてるんだぞ」

「本当に頭の悪い男ね」

狂気に取り憑かれたとしか思えない形相で、魔女が森を見返す。

「命を絶つ前に、遺書を書いておくに決まってるでしょ。加瀬にしごかれたことを恨みに思う森昇太という男が、証拠もないのに言いがかりをつけ、脅《おど》してきた、と。大金を要求し、わたしを殴りつけもした。たとえ小島さやかが名前と顔を変えていようと、真っ当そうな理由はいくらでも書き残せるわよ。小島さやかは夫を失い、絶望していた。たまたま知り合った及川真千子に同情して戸籍を与えた。顔にメスを入れたのは、心機一転、人生をやり直したかったから。だから、昔自分がリニューアルに手を貸したファンタシアで働き始めたにすぎない。そこに、ファンタシアと加瀬を貶《おとし》めたい男が現れ、執拗《しつよう》な言いがかりをつけてきたので、人生に嫌気が差した。そういう遺書が発表されれば、あんたへの非難が湧き起こるわよ。覚悟しておきなさい」

魔女の振りしぼる声が会議室に響き渡った。

確かに証拠は何ひとつない。加瀬は編集者時代に、少年アタックの読者と一緒に写真を撮っている。合成写真ではないのだ。加瀬の死因も病死に間違いなく、彼はリニューアルの総合プランナーとして仕事に全力をそそぎ、志半ばに命を落とした。その事実は変わらなかった。

過去を知る小島さやかと小野寺が口をつぐんでいる限り、ファンタシアの物語は守られていく。

北浦亮輔が決意の顔で、急に森昇太の前へ足を踏み出した。

「ぼくも証言します。あなたが取材と称してファンタシアに来て、及川さんを脅した、と」

「貴様……」

「事実じゃないですか。現にあなたは、何ひとつ証拠もないのに、ただの思いつきで及川さんにありもしない罪をなすりつけようとしてる」

「わたしも証言しよう。及川君から相談を受けていた、と。森昇太に脅され、現金を要求されていた、とな」

小野寺も北浦の横に並んで言った。そこに、警備顧問の石原までが進み出た。

「元警察官として、わたしも言わせてもらおう。君がここで及川さんを責め立てた行為は、誰が見ても脅迫罪に該当する。警察から相談を受けたら、真実をありのままに証言するだけだ」

「ふざけるな。会社ぐるみで醜い過去を隠蔽《いんぺい》する気か！」

森昇太が、受けて立つとばかりに居並ぶ者らを睨み返した時だった。

「ちょっと待ってくださいよ！」

新田遥奈が両手を振り回して、大きく声を放った。

急に待ったをかけてきた彼女に、その場の視線が集まった。

「リニューアル・オープンの裏に何か隠し事があったのかもしれない。その疑惑についてはよくわかりましたよ。でも、問題は、今、じゃないですかね」

何を言いだすつもりか。昔の事情はどうでもいい、と聞こえてならない。

新田遥奈はもどかしげに体を揺すり上げた。

「森さん――あなた、脅迫状つきの花束を送りつけてきましたよね」

つかつかと新田遥奈が前に進んで指を突きつける。森がそっぽを向いた。

「さあな、何のことだか……」

「とぼけないでよね！　及川さんを追及したがってる記者が取材に来て、同じ日にたまたま脅迫状が届くなんて偶然、誰が信じると思うのよ。しかも、あなた、もしくはあなたの協力者が、ファンタシアで踊ってた藤島美和《ふじしまみわ》さんにインタビューして、エルシー劇場で起きた発火事故のことをしつこく訊いた。しかも、及川さんを狙い打ちにしたとしか思えない質問まで投げかけた。あんたが関係してたに決まってるでしょうが！」

「それだけじゃない。ＮＰＯ法人を騙《かた》って、ファンタシアの情報を集めていたろ。あんたは、ホームページの書きこみを見て連絡してきた大志田太一《おおしだたいち》さんにも、及川さんのことを訊いたはずだ。昨日は新宿で、ぼくと会おうともした。けど、ほかにも仲間がいると気づいて、姿を現さなかった」

北浦亮輔にも迫られて、森がさらに横を向く。

「そうよ。あんたのほかに、脅迫状を送りつけてくる者がいるわけないでしょ！」

篤史も若い二人に負けてはならじと、森を見つめた。

「おい、おまえが分電盤に火をつけさせたのか」

「知るかよ、そんなこと……」

森が開き直るように言って、睨み返してくる。

魔女が篤史を振り向いて言う。

「待って。――この人じゃないと思う。だって、雑誌の取材依頼は、あの発火事故より二週間も前に申しこまれているわ」

なるほど……。いくら自分のマンガ原作に情熱を持っていようと、もう三十年も昔の話だ。今なお加瀬とファンタシアを逆恨みするのだから、この男の器の小ささは筋金入りと言える。が、一味を潜入させてパークに火を放つという大胆な犯行を、この男が手がけられるとは思いにくい。ありもしないNPO法人を騙って、こそこそ調べ回る程度がお似合いだ。

新田遥奈が、森を蔑《さげす》むように見てから言った。

「この人は、あらゆる手を使ってファンタシアの情報を集めてた。何か事故とか不祥事があったとなれば、ファンタシアを追及する手段に使える。そう考えて嗅ぎ回ってたんでしょうよ。けど、自分で火をつけさせていたのなら、手を替え品を替えて、懸命に情報を集めたりする意味はないものね」

「確かにそうだな……」

小野寺が冷静に同意し、一同を見回した。

ここぞとばかりに、新田遥奈が続ける。

「だとしたら、この人は情報を集めていくうち、エルシー劇場で発火事故が起きていたことを知り、自分の取材に使えそうだと企んだ。そう考えたほうがいいように思えるでしょ。つまり――この人は、劇場のどこかが火を噴いたと聞きつけたから、その劇場に出てるダンサーと、メンテナンス担当者の取材を申し入れた。で、その日に、また劇場で火が出るかもしれない、という脅迫状が届けば、パークは大騒ぎになる」

横で北浦が天井近くを見上げてから、森に目を戻した。

「そうか……。現に劇場は閉鎖されたんで、新人ダンサーの密着取材はできなくなり、パークとしては取材の対象者を変更してくれと頼むしかなくなった。そこで、ならば及川さんを取材させろと、本当の狙いをぶつけてきたわけだ」

すべて計画どおりだったのだ。目の前にいる森昇太が、脅迫状を送りつけてきたと考えれば、すべての筋は通る。

「どこに証拠がある。おまえらこそ、勝手な言いがかりをつけるな！」

森が叫んで両手を振り乱した。

「証拠なんて、どうだっていいのよ。どこまで見苦しいヤツなのだ。問題は、あんたが脅迫状を出した犯人かどうかなの」

新田遥奈がなおも微妙な言い回しで森につめ寄っていく。

「だって、そうでしょ。あんたが発火事故をただ利用して脅迫状を送りつけただけなら、劇場に火をつけようとした犯人が別にいる――そういうことになるじゃないの」

一同が虚をつかれたように動きを止めた。

彼女の指摘をあらためて考えてみる。エルシー劇場には発火装置が仕掛けられたと思われる。もし森とは別にパークを恨む者がいて、火を放とうと企《くわだ》てているのであれば……大問題だ。

「この人がアルバイトを送りこんで火をつけさせたのなら、さして心配することはない。こうして及川さんを追及して、ある意味こいつはもう目的を遂げたわけなんだから。でも、火を放った犯人が別にいるなら、話はまったく違ってくるもの」

もう森昇太に注目している者はいなかった。こいつは雑魚《ざこ》だ。過去の恨みを晴らそうとして、こそこそゴミ漁りをしていた野良犬にすぎない。

それとは別に、発火装置を仕掛けてパークに火を放った犯人が、いる。

パル・スタッフとして登録されるアルバイトは五千人近い。週末などには、ざっと二千人が働き、パーク内を行き来する。そのうち、エルシー劇場の地下通路に入れる者は——数百人の規模だろう。

しかも、いつ発火装置を仕掛けたのかは、わからない。曜日とシフトによっては、かなりの者が劇場に近づける。その中から、どうやって犯人を選別したらいいのか……。

魔女が体で大きく息を吸い、一同を見回した。

「新田さんの指摘は注目に値するわね。なぜ犯人は劇場に火をつけたのか。しかも、時限発火装置を使ってまで……」

元警察官の石原が、青々としたあごをさすり上げながら言う。

「ファンタシアに打撃を与えるのが目的だとは思いにくいな。なぜなら、劇場は閉鎖を余儀なくされたが、ほかに大した被害は出ていない。もし恨みが動機だったら、同じ手法を使って次々と火を放ってもよかったはずだ。そうなれば、パークはもっと騒動の渦中にたたきこまれていたはずだからな」

恨みが動機だとは、確かに少し考えにくい。

エルシー劇場の分電盤に火を放った者は、この二週間ほど、じっと動かずにいた。まるで何かのタイミングを待つかのように……。

「及川さん――」

篤史は魔女に呼びかけた。本当は小島なのかもしれないが、この際どうだってい
い。

「犯人は何かを待っていたんじゃないでしょうか。ここへ来る前にも少し話題に出ましたよね。たとえば、もうじきどこかのＶＩＰがファンタシアに来るとか……。犯人は、その時をじっと待っていた。エルシー劇場の分電盤が火を噴いたのは、来たるべき時に備えた予行演習だった――そういう可能性はありませんかね」

篤史の指摘を受けて、魔女の視線が宙へと向けられた。が、言葉は発せられない。パークの全景を頭の中で思い浮かべているのだろう。

「ありえるな。及川君、何か思い当たるイベントはなかったろうか。外国の要人が来るという話はなかったと思うが……」

小野寺が魔女の前へと回りこむ。答えたのは石原だった。

「ＶＩＰが来るのであれば、わたしのところにも連絡が来ます、警察との打ち合わせがありますからね」

「人じゃないとすれば、金銭はどうなんでしょうか」

新田遥奈が一同を見回した。石原が振り返って首を振る。

「いや、それはないんだ。売上の回収は、閉園後に毎日行い、そのつど銀行関係者に

預けてる。犯人がわざわざ二週間も鳴りをひそめて待つ理由はない」

VIPが来場する予定はない。売上でもない。

あとは何があるか……。

「すみません、前沢さん」

北浦亮輔が頭をかきながら、頼りなさそうに発言してきた。

「えーと、まだうまく想像ができないんですけど。予行演習って、どういうことですか？」

篤史はうなずき、すぐに解説を始めた。

「実は、消防による火災調査でもまだはっきり断定はできていないが、先日の発火事故は、手製の電池を使った時限発火装置によるものという可能性も出てきている。エステル系樹脂などの燃焼物を増やすことで、火災の規模も大きくできるだろう。つまり、次は小火《ぼや》ですまないおそれもある。犯人はまずエルシー劇場で、発火装置の出来を確認してみた。そういう可能性も考えられるんだよ。だから、予行演習だったかも、と言ったんだ」

「何てこった……」。やはり客に影響しかねない話を隠してたのか。安全をおろそかにするとは度胸がいいな」

部屋の隅に追いやられていた森昇太が、自分を忘れてもらっちゃ困るとばかりに声を上げた。パークに隠し事があったと知り、喜び勇んで話に加わってくるとは最低の男だ。人をあげつらうしか能がない。

真っ先に新田遥奈が反応して叫んだ。

「うるさい！　部外者は黙ってなさいよ。大切な話をしてるんだから、口をはさまないで！」

若い女性に面と向かって怒鳴りつけられ、森昇太がぽかんと口を開けた。

「北浦君、この男を近づけさせないで」

新田遥奈に指示されて、北浦が森の前に立ちふさがった。警備顧問の石原も進み、行く手をはばむ。森がふて腐《くさ》れたような顔で、近くの椅子に腰を下ろした。よし。これでもう邪魔はしてこないだろう。

その様子を確認した新田遥奈が、再び篤史に目を向けてきた。

「要するに、犯人は劇場の分電盤に一度火をつけて、狙いどおりの結果が得られるかを確認したんじゃないか。そういうことですね」

「先日の発火事故のあと、すべての分電盤を緊急点検して、どこにも異常がないと確かめてはいる。でも、その後に犯人がまた別の分電盤に近づいたことも考えられる。すべての分電盤を毎日チェックできるわけではないからね」

「なぜエルシー劇場の分電盤だったんでしょうか」

北浦が首だけでこちらを振り向き、疑問を口にした。

小野寺が腕組みを解いて視線を上げる。

「別の場所の電源をストップさせるつもりかもしれない。だからこその予行演習だった……」

「その可能性はあるでしょうね。犯人は、まず身近な場所で実験を試みた。想定した火力で分電盤の回路を破壊できると知り、次の計画に移る……」

篤史がうなずき返すと、小野寺が魔女に告げた。

「及川君。やはり電源が落ちては困る場所だよ、犯人の狙いは……」

「でも、電源が落ちれば、どこであろうと混乱は起きますよ。アトラクションは停止するし、パークの照明も落ち、店舗の中も暗くなる。防犯カメラもストップする――」

篤史が指摘すると、新田遥奈がすぐに反応した。

「狙いはパークの中じゃないのかも……。ホテルの電源を落とすことができたら、どうなると思います。VIPを襲う時、防犯カメラを警戒しなくてもすむもの」

「まさか、襲うだなんて……」

「そんな映画みたいなこと、ありますかね？」

小野寺が半信半疑に言い、北浦亮輔が首をかしげる。篤史は言った。

「どうかな。犯人はアルバイトとしてパークに潜入している。発火装置を仕掛けたんだからね。でも、それぞれのスタッフは別だ。ホテルとパーク、その両方を行き来できる者は――」

言いかけて、窓の外に視線を振った。言葉がのどの奥につかえて、出てこない。

アルバイトのパル・スタッフは、明確に役割分担がされている。パークのパルが、ホテルの仕事を任されることはない。ホテルの中に設置された分電盤に近づけはしないのだ。

しかし、ホテルとパークで同時に仕事をこなす者はいた。

犯人を絞りこむ道筋が、ようやく見えてきた。

まずは、自分が勤務するファンタシア・メンテナンスの社員だ。

篤史のように主任以上の地位にいる者であれば、パークとホテル、どちらの回路図も簡単にタブレットで確認できる。どこに発火装置を仕掛けようと、誰に見とがめられる心配もなかった。仕事が終わった後で最終チェックをする役目を持つからだ。

「前沢君、メンテナンスのスタッフであれば……」

石原が気づいて目を向ける。

一同の視線を受け、篤史は冷静に考えた。静かに首を振る。

「いえ――メンテナンスは、下請けのアルバイトもふくめて、全員が一年以上のキャリアを持ちます。電気や設備の資格も確認ずみで、マイナンバーとの二重チェックもなされています」

「そうか……。一年以上も前から準備をしてたとは、少し考えにくいな」

小野寺が理に適った答えを導き出す。

発火装置を仕掛けるため、入念な準備をするにしても、一年という時間は長すぎるだろう。身元もはっきりしているため、事件のあとで捜査の手も及びやすい。ほかのパルと違って、募集も絶えずあるわけではなかった。

もっと気軽に応募ができ、採用される可能性が高いパルでなければ難しい。

「ほかにホテルとパークで同時に働くことがある者といえば……。パーク・キーパーと警備のスタッフですかね」

篤史が指摘すると、警備部門を預かる石原が目をまたたかせた。

「そうか……。エルシー劇場で火が出たあと、すべての分電盤に警備員を配置した……」

「決まりですよ！」

新田遥奈が石原に向かって叫ぶ。

「ただの予行演習じゃなかった。劇場の分電盤に発火装置が仕掛けられたとなれば、警備のスタッフが増員される。そうなったら、今度は堂々と、別の分電盤にも近づける」

警備のスタッフは、経験者が優遇される。履歴を偽ることができれば、採用される可能性は高い。パークのどこを歩こうと、不審に思われることもない。場合によっては、魔法のカードキーを使うこともできる。

「ほら、石原さん。警備のアルバイトは、体格が優先されるじゃないですか。ぼくだって、もう少したくましければ、警備に回されていたかもしれない。そうですよね、及川さん」

北浦が言って、アルバイトの採用状況をよく知る立場の魔女を振り返った。

が、彼女は何かを思案するように窓のほうを見ていた。今の会話が聞こえなかったわけはない。ようやく容疑者がしぼられてきたのだ。それでも視線を動かさずにいるのは、ほかの可能性を思い浮かべているからか。

やっと魔法が解けたかのように、魔女がこちらを向いた。

「北浦君、タブレットを貸して」

「あ、はい……」

北浦がタブレットを差し出した。奪うように受け取るなり、魔女が指で画面をタップする。

「どうした、及川君……」

小野寺が横に回ってタブレットをのぞきこむ。

「宿泊名簿の確認です。前沢さんが指摘したとおり、犯人は防犯カメラを停止させようとしているのかもしれません」

「では、VIPを襲うつもりだと……」

「いえ、わざわざホテルで襲う必要があるとは思えません」

魔女がタブレットをたたきながら、短く首を振る。

「ホテルやパークは、ただでさえ人が多い場所です。遊園地という観光スポットに来たら、VIPの警護係も少しは気もゆるむかもしれません。ですが、周囲に多くの観光客がいる状況で、人を襲う計画を立てるものでしょうか。犯人は、アルバイトとしてパークに潜入していた可能性が高いんです。そこまでして、このファンタシアを犯行現場に選んだ以上、このパークでなくてはならない明確な理由があったとしか思えません」

そこで魔女の指が止まった。篤史もタブレットをのぞいた。宿泊予約らしきリストが表示されている。

「ファンタシアでなくてはならない理由……」

小野寺が言って視線をさまよわせる。

遊園地だからこその理由なのだ。ファンタシアになくてはならないもの――。

「そうか、子どもね！」

新田遥奈が拳を握って言った。

魔女は答えず、タブレットを片手で持ったまま、携帯電話を取り出した。直ちに数字を押していく。宿泊名簿を確認して、誰に電話を入れようというのか。

 一同が見守る中、魔女が電話に向かって言った。

「ハロー、アイム・ア・レセプショニスト・オブ・ザ・ファンタシア・ホテル」

そこそこ流暢《りゅうちょう》な英語だった。ファンタシア・ホテルの受付係だ。そう早口に呼びかけながら、タブレットを北浦亮輔に押しつけた。

魔女は自分を落ち着かせるように、丁寧な発音で電話の向こうに話しかけた。短い会話が交わされると、魔女が小野寺に言った。

「見つけました。犯人の狙いは——自分の子どもです」

3

この日をずっと待っていた。さあ、遊園地に行こう！

今日まで四ヵ月と十三日を、入念な準備に費やした。練り上げた計画のどこにもほころびは見当たらない。あとはミスを犯さず、冷静に実行するのみ。

あの女が、娘を連れてクライストチャーチから飛び立ったのは確認ずみだ。こんな自分にも、今なお支持者やファンが少しばかりはいてくれる。その一人が航空会社に電話を入れて確かめたのだった。

昨日の夕刻、ナリタ空港に到着した二人は、ニュージーランド人母子の友人とシンジュクのホテルに宿泊した。今日はファンタシア・パークで遊び、隣接するホテルに泊まる。

この日をどれほど待ちこがれたか。

ホテルに足を運んでキャサリンの愛くるしい笑顔を遠くからでも見たい気持ちにさせられたが、失敗は許されない。今日までの準備をふいにしたのでは、次のチャンスがいつ訪れるかわからなかった。一年七ヵ月と二十二日。引き離された期間はあまりに長い。

午前七時、驚くほど狭いアパートの小さなベッドで、ブライアン・ウエヒラは目を覚ました。

愛娘との再会を夢見て寝つけなかったため、睡眠導入剤の助けを借りた。が、恐れていたほど眠気を引きずってはおらず、ひと安心した。娘のためを思えば、ミスは犯せなかった。あんな血も涙もない父娘に育てられては、キャサリンの前途は暗澹《あんたん》たるものだった。

そろそろ彼女たちもホテルを出たころか。七時三十分。ブライアンは大きめのバッグを手にアパートを出た。

私鉄からモノレールへ乗り継ぐと、早くも車内はパークへ向かう客で満員だった。今週は、リニューアル・オープンから二十五周年の記念ウィークに当たる。エルシー生誕祭と銘打って、イベントが目白押しだ。だからあの女は、わざわざ日本に娘を連れてきたのだ。

彼女たちの動きを知るため、アメリカの探偵社に身辺調査を依頼した。すると幸いにも、今回の旅の計画がつかめた。よくぞあの小さな島を離れて、アジアの国まで足を運んでくれたものだ。これ以上のチャンスは二度となかった。

曾祖父の母国であり、五年をすごした日本の遊園地でなら、キャサリンを取り戻すことが絶対にできる。

遊園地はゲートが限られた閉鎖的な空間であり、客のほとんどが夢の世界にひたりきっている。ましてや海外なのだ。あの女も必ずや油断する。

ブライアンは急いで日本人の協力者を探した。昔の友人に国際電話をかけて、事情を切々と訴えた。彼はずっとブライアンの身を案じてくれていたという。友ほどありがたいものはない。彼の知恵も借りて、慎重に計画を練り上げると、アメリカで偽造パスポートを手に入れて、日本へ旅立った。

友人の名を使って履歴書を書き、ファンタシア・パークにアルバイトとして潜入した。もとより日系人なので、見た目に問題はない。日本語もそこそこできた。語学スクールで特訓も受けてきた。体格には自信があったので、希望通りに警備員として雇われた。周りの誰よりも仕事に励み、信用を築いていった。

キャサリンの来日が迫ると、ネットで見つけた手製の時限発火装置を作り、パーク内の劇場で予行演習をすませた。見事に分電盤は火を噴き、劇場の電源は落ちた。

その日から、分電盤の特別警備が決まり、次なる場所への潜入もできた。簡単なものだ。ファンタシアのアルバイトは皆、人がいい。

ブライアンは最も大変な警備を自ら買って出た。パークの中枢——メイン分電盤キュービクル。担当は二人だったが、トイレ休憩で一人になる機会はあった。準備はすべて終わっている。

必ず成功させてみせる。愛しいキャサリンのために——。

モノレールを降りてパークへ急いだ。エルシー生誕祭の最中なので、いつもより人出が多い。

この日のチケットはネット・オークションで競り落として入手した。七万三千円。安いバイトの給料をつぎこんだが、これくらいの出費は痛くもない。パークに入れなければ、キャサリンを奪い返すことは叶わなかった。

どうせナンシーは、あの威張《いば》りくさった父親に甘えて旅の手配を頼んだのだろう。でなければ、生誕祭の期間にファンタシアのホテルを予約できるはずはない。

午前九時。チャイムとともに、入場ゲートが開いた。

あの女のことだから、律儀に並んで入園しようとするわけがなかった。少し遅れてくるだろう。ブライアンはパークに入ると、ゲートを見渡せる場所に立った。

帽子とサングラスで変装した。オープンから二十分がすぎたころで、二番ゲートの奥から、キャサリンが現れた。

しばらく見ないうちに、また大きくなった。娘の愛らしさに胸がつぶされそうになる。ピンクのフリルがついた赤いワンピースを着せられていた。本当にあの女は趣味が悪い。

出迎えのキャラクターを見るなり、キャサリンが弾けるような笑顔になった。可愛らしい歓声も耳に届いた。走り寄りたい衝動を、ぐっとこらえる。一年七ヵ月も耐えてきたのだ。あと八時間ぐらいは我慢してみせる。

ナンシーは、派手な原色の花模様をちりばめたシャツに短パンというセンスのなさだ。南の島の日常を、十月末の日本に持ちこむとは、あきれてものが言えない。友人らしき女とその子も、ポリネシアの民族衣装に近いラフな格好だった。

が、その派手な身形《みなり》のおかげで、遠くからでもキャサリンの居場所がわかる。

遠巻きに追いながら、頭の中で何度もシミュレーションをくり返した。絶対に成功する。今回は手製の電池など使ってはいない。スイッチを押せば、確実に発火装置が火を噴き、パークの電源が一斉に落ちる。

生誕祭に集まる多くの客に迷惑をかけるが、自家発電による復旧は早い。あとで真実が広まれば、誰もが自分を許してくれる、と信じてもいた。卑劣な手段で奪われた娘を取り戻すための、やむにやまれぬ選択なのだ。

早くもキャサリンは妖精のぬいぐるみを買ってもらい、頰ずりまでして喜んでいた。エルシーたちの活躍するアニメーション映画は、オセアニアの国々でも人気がある。

あのとろけるような笑顔を、ナンシーは卑怯にも独り占めにしてきたのだ。断じて許すことはできない。一度はあんな女に、愛にも似た思いを抱いた自分が心底から恥ずかしい。あいつはただ、少し鼻筋の通った顔と、肉感的な体を持つ愚かな女だった。

ウインドサーフィンの世界で注目を浴びつつあったブライアンに目をつけ、あいつのほうから近づいてきた。有名スポンサーとの契約がまとまり、ブライアンの前途は太平洋の大海原のごとく拓けていた。

世界選手権へ出場するため、ニュージーランドへ遠征した時のことだった。スポーツメーカーがリゾート地の一流ホテルを用意してくれた。

彼女は最上階のスイートに泊まり、多くの使用人を引き連れていた。地元のクック諸島では名を知らぬ者はいない財界人の娘で、父親の手がける系列ホテルで友人たちとバカンスを楽しんでいたのだった。

ブライアンのほうはスポンサーをはじめとするサポートチームを引き連れていた。世界を転戦する男が同じホテルに泊まっていると聞いたあの女は、目を輝かせながら近づいてきた。

ともに二十三歳という若さだった。意気投合してベッドをともにした。彼女は、ケアンズで開かれた次の大会にもついてきた。選手権に準ずるその大会で初優勝を遂げたブライアンは、ナンシーが勝利の女神に思えた。彼女を手放してはならない。順調すぎる自分の歩みに、どこか酔いしれていた。彼女に求婚し、二人で世界を転戦していった。

幸せな時は長く続かなかった。

キャサリンが生まれた年の開幕戦で、ブライアンは右足に大怪我を負った。すぐ治ると甘く見ていたのがたたり、さらなる悪化を招いた。長期の欠場を余儀なくされた。

怪我を抱える若いサーファーを支援してくれる者はなく、急にスポンサーが離れていった。ブライアンはあっけなく稼ぎの道を失った。収入を断たれて狼狽《ろうばい》するばかりで、働こうとしない夫に失望し、彼女は娘を連れて母国のクック諸島へ帰っていった。

慌ててあとを追うと、待ち受けていたのが彼女の父親だった。島はもちろん、ニュージーランドやオーストラリアでもホテル・チェーンを手がける彼は、ブライアンの学歴のなさをもとより見下していた。孫は自分が責任を持って育てる。娘は離婚を望んでいる。弁護士を通じて、まとまった額の慰謝料を、手切金として提示してきた。

それでも離婚を承諾しないと、島の警察官がブライアンの泊まる安ホテルに現れた。嫌がらせを受けている、とナンシーの家族が通報したのだった。島の名士でもある父親は、金を使って警察を動かしたのである。

息子の逮捕を知らされた両親が、クック諸島に飛んできた。二人に説得されて、その場はやむなくフロリダの実家へ帰った。が、離婚の申し出は頑なに拒み通した。ナンシーの父親の持つ力を甘く見ていた。彼は、ブライアンのスポンサーをしていたスポーツメーカーを利用した。怪我を過少申告して、不当に支援金を受け取った。明らかな契約違反で、詐欺罪に当たる。そう告発してきたのだ。

同時に、ナンシーは離婚を求める訴訟をフロリダで起こし、強引にブライアンを追いつめていった。有望選手の転落を、メディアも喜び勇んで報道した。執行猶予はついたが実刑判決を受け、離婚裁判でもブライアンは完膚《かんぷ》なきまでに負けた。

絶対に許せない。

キャサリンは血を分けた自分の分身なのだ。あの女だけのものではない。

今回のような実力行使に出れば、アメリカのメディアも関心を寄せ、真実を見つめ直そうとしてくれる。何としてもキャサリンを取り戻さねばならない。かつてトップ・サーファーだったブライアンも、この国では無名に等しく、顔は知られていなかった。これほどのビッグチャンスはもうないだろう。

午前中、彼女たちはキッズ・タウンですごした。スピード・チケットを買っていたらしく、キャサリンは列に並ばず、何度もローラー・コースターを楽しんだ。昼食も、キャラクターがテーブルを回るレストランを予約ずみだった。金に飽かした遊びに慣れてしまえば、ろくでもない者になる。あの女のように――。

ブライアンは近くのベンチで一人、ハンバーガーをかじった。あと数時間の辛抱だった。娘をこの腕に抱ける期待に胸がふさがり、食欲はほとんど感じなかった。

午後はアドベンチャー・タウンに移動した。驚いたことに、エルシー劇場がまたも閉鎖されていた。今度は正真正銘、機材の故障だという。スペシャル・ウィークにアクシデントが出るのでは、普段のメンテナンスがなっていない証拠だった。

広場の特設ステージでは、エルシーの誕生日を祝うショーが行われていた。抽選に当たらないと席に座れないはずだが、彼女たちは当然のような顔で最前列に陣取った。どこのパークも、コネと金によって便宜が図られる。

ショーが始まってしばらくすると、よほど大事な電話でも入ったのか、ナンシーが友人にキャサリンを託して席を離れた。スピーカーの後方へ歩き、大音量に背を向けながら、スマートフォンで長いこと何か話しこんでいた。

遠目から見ても、電話を手に怒鳴りちらしているのがわかった。一族の権威を笠《かさ》に着て自己主張すれば、必ず思いどおりに事が運ぶ。自分は選ばれた者だという選民思想におかされた女なのだった。

午後四時三十分。特設ステージのショーが終わった。

秋の陽は釣瓶《つるべ》落としに暮れていく。夕陽のオレンジ色が見る間に翳《かげ》り、宵闇《よいやみ》が上空を覆いだした。一分一秒を長く感じた。早く陽よ沈め。キャサリンを一刻も早くこの手に抱きしめたい。

パークの道筋に並ぶ街灯が、ぽつぽつと光を灯していった。

娘のあとを追って静かに歩く。ホテル近くの路上には、友人が車でスタンバイしている。あとは決行と同時にメールを送れば、彼もゲート前へと移動を始める。絶対にミスは犯さない。すべての照明が消えれば、パッセンジャーもパルも動きを止める。

ブライアンは目を見開き、深く息を吸った。ナンシーが娘を抱き上げ、なぜか友人母子に手を振っていた。トイレにでも行くのか、ヒストリー・タウンの方角へ足早に歩きだした。

どういうことなのか……。

彼女はほとんど小走りになっていた。何とも不可解な行動だ。トイレのある施設には目もくれず、娘を抱いたまま走っていく。

ショーを中座して電話で話していたことが思い出された。その相手と落ち合うにしても、行き先が、謎だ。キャサリンを抱いたナンシーは、ワイルド・タウンの奥へ伸びた通路へ向かっている。あの先には、書割塀《かきわりべい》の搬入ゲートがあるだけなのだ。

おかしい。何が起きたのか。ブライアンは二人を追って足を速めた。

その瞬間、後ろから女の声で呼び止められた。

「ブライアン・ウエヒラさんですよね、お待ちください」

声に心当たりはなかった。顔も隠していたのに、なぜ名前を……。

振り返ると、パークの制服に身を包んだ初老の女性が立っていた。その後方からは、ジャージ姿の女と宇宙飛行士のようなコスチュームを着た若い男が近づいてくる。こいつらは何者だ。早くごまかさないと、まずい。

うろたえるうちに、初老の女性が言った。

「もうむだです、ウエヒラさん。あなたが仕掛けた発火装置を、うちのスタッフが探しに行ってます。彼らなら必ず見つけだします。だから、おかしな真似はしないでください」

4

本名で呼び止められるとは予想もしていなかったろう。男は氷の魔法を浴びた兵士のように動きを止めた。遥奈も足を止め、魔女の後ろで息をつめた。

奥井弘臣《おくいひろおみ》。そう名乗って、彼はファンタシアのアルバイトに応募してきた。住民票とマイナンバーも提出ずみなので、奥井という日本人が手を貸しているのは疑いなかった。

本名は、ブライアン・ウエヒラ。アメリカ国籍の日系人。黒髪で背はかなり高いが、見た目は日本人そのままだった。彼は、別れた妻が娘を連れてクック諸島から日本に来ると知り、今回の計画を練り上げたのだ。

魔女がゆっくりとウエヒラに歩み寄る。彼女に何かあっては困ると、北浦亮輔が後ろについていく。遥奈もウエヒラの動きを油断なく見ながら横手に回った。

パークの外から搬入ゲートへ向かった石原顧問と警備のパルが、書割塀の隙間から次々と場内に身をすべりこませてきた。電話で打ち合わせたとおり、娘を抱いたポリネシア系の女性が、パルたちの後ろへ走って身を隠す。

「ウエヒラさん。発火装置に点火する無線を持ってるわよね。渡してください。今あなたがスイッチを押せば、メンテナンスのスタッフが炎に巻きこまれてしまう。あなたは放火と傷害の罪で逮捕されるのよ」

魔女から毒林檎を差し出されたみたいに、ウエヒラが頰を震わせて首を振った。その右手が、肩に担いだバッグの中へ差し入れられる。

魔女が今度は大きく呼びかけた。

「お願いだから、やめて！　今なら威力業務妨害の罪だけですむ。でも、そのスイッチを押したら、罪がもっと重くなる。そうなったら、あなたは長く日本の刑務所で暮らし、娘さんと本当に何年も会えなくなるのよ」

「うるさい、黙れ！」

「お願いだから、話を聞いて」

魔女が胸に手を当て訴えかけた。

ウエヒラの描いた計画によく気づいたものだと思う。本当に彼女は魔法使いだ。

及川真千子――小島さやか――は、あの会議室でのやり取りから、森昇太とは別に発火装置を仕掛けた何者かがいると考え、子どもの誘拐こそが真犯人の狙いだと確信を抱いた。そこまでは遥奈も予想はできた。が、魔女はあらゆる可能性を考え、ひとつの結論を導き出した。

ファンタシア・パークは確かに子どもの笑顔であふれている。が、何も遊園地でなければ幼子の誘拐ができないというわけでもないのだ。自宅の近く、幼稚園や学校の行き帰り、買い物に出た時……。親の目を盗んで誘拐するチャンスは、ほかにもある。

警護の者が絶えず随行するVIPの子であるなら、たとえ遊園地へ遊びに行こうと監視の目はそそがれていそうなものだ。パークの電源を落として照明を消すことができても、安全確実な手段とは言えない。

ほかに何かファンタシア・パークでなくてはならない唯一無二の理由があるのではないか。

魔女はひとつの可能性に行き着いた。

ファンタシア・パークには海外からも多くのパッセンジャーが訪れる。犯人には、異国である日本の地で誘拐を決行すべき理由があったのではないか。

たとえば――母国での誘拐が困難だと予想されるケースだ。日本より遥かに狭い島国で、国際線の空港が限られていた場合、たとえ子どもを奪えても、すぐに手配が回って、島からの脱出が難しくなる。船で逃げようにも、洋上の孤島であれば、長距離を航行できる大型の船舶が必要になってしまい、追跡もされやすい。

だが、旅先の日本でなら、誘拐のチャンスが生まれる。

照明が消えた混乱に乗じてパークを出て空港へ急げばいいのだ。停電の直後に親子連れがゲートから出ていこうと、誰も怪しみはしない。たとえ子どもが消えたと騒ぐ親がいても、最初は迷子と見なされる。手配が回るまでの時間稼ぎができる。

近年、国際結婚の破綻により、子どもを母国に連れ去る事件が増えていた。国が違えば、生活習慣や考え方に差があり、親権を争う裁判にも影響が出て、予想外の判決を受けることもある。法によって我が子と引き離された親が、一緒に暮らしたいと思うあまり、強硬手段に出てくるのだった。

その可能性に思い当たった魔女は、直ちにホテルの宿泊名簿にアクセスした。

海外からわざわざファンタシアを訪れながら、日帰りするケースはまれだ。多くがパークに近いホテルに宿泊する。誘拐のチャンスがないと思われる洋上の島国から来る外国人客はいないだろうか……。

魔女の予測は当たった。ファンタシア・ホテルの宿泊名簿に、クック諸島の国籍を持つ母子の名があったのだ。ナンシー・ホワイアラと三歳になる娘キャサリン。二人はニュージーランド人の母子と二泊する予定になっていた。

クック諸島は、ニュージーランドから約三千キロ離れた南太平洋上の島国だった。隣国ニュージーランドと自由連合制を取っており、国連には未加盟だが、日本をふくめた多くの国が、ひとつの国家として承認している。

その島国から来る女の子が狙われているに違いない。

直ちに魔女は、連絡先として記載された携帯電話の番号を押した。もしかしたら別れた夫と娘さんの養育権で問題が起きてはいないか、と確認した。見事に的中。ナンシー・ホワイアラは、日系アメリカ人男性と昨年の冬に別れたばかりだった。

元夫のブライアン・ウエヒラは、同じころに詐欺罪で逮捕され、今は執行猶予の期間中で、居住地を離れるには裁判所の許可が必要となる。が、見た目は日本人と変わらず、言葉も話せるため、日本人と偽って入国することはできる。

彼は娘がファンタシア・パークへ行くと知り、先に日本へ渡って待ち受ける計画を立てたのだ。娘を奪い返すために——。

元夫はウインドサーフィンの名選手だった。直ちにネットで検索すると、写真が何枚か見つかった。ひと目見るなり、警備部門を預かる石原が犯人を特定した。奥井弘臣と名乗り、二ヵ月前から警備のパルとして働く男だった。

エルシー劇場で小火が発生したあと、彼は自らメイン分電盤キュービクルの監視役を買って出ていたという。パークの照明を落とすには、まさに絶好と言える場所だった。

「――今ならまだ引き返せるわ。見なさい、娘さんが怖がってるわよ」

魔女が搬入ゲートを指さして言った。パルに囲まれながら、母親のナンシー・ホワイアラが娘を一心に抱きしめている。

「今ここで電源を落としても、周りにはこれほどの人がいるのよ。逃げられるものですか。多くの警備員に囲まれて逮捕される父親の姿を、あなたは娘さんに見せる気なの？」

「キャサリン……」

ウエヒラが娘を見つめ、悲しげな声で呼びかけた。ナンシーがまた一歩下がり、自分の体で娘を隠そうとして背を向ける。

「アイム・ダディ。ハブュー・フォガットゥン・ダディ……」

「フリーズ。キープ・アウェイ・フロム・ミー！」

動くな、わたしに近づくな。ナンシーが身を震わせて叫んだ。声の大きさに、娘が驚いて泣き顔になる。

「キャサリン！」

またウエヒラが近寄ろうとした。石原たち警備員にナンシーが早口の英語で何か叫んだ。あいつを捕まえてくれ、に近い言葉だろう。

石原がゆっくりと進み出た。

「ウエヒラ君。娘さんの前で、君を縛り上げるようなことを我々にさせないでくれ。さあ、発火装置のスイッチを渡しなさい。今ならまだ内密に処理できる。我々を信じてくれ。二週間前の小火は、分電盤の故障だったと見なせばいい。君は娘さんの顔をひと目見るため、偽造パスポートを使って日本に来ただけだ」

発火装置を仕掛けておきながら、罪に問われずにすむのだろうか。遥奈にはわからなかった。が、石原が言うように、今はまだエルシー劇場で小火が起きたにすぎないとも言えた。

ゲートの向こうには、そろそろ警察が到着しているころかもしれない。今ならまだ引き返せる。遥奈もウエヒラに呼びかけた。

「こんなことして、娘さんが喜ぶと思うの？」

「当たり前だろ、キャサリンのためだ！」

ウエヒラが目をむいて叫んだ。肩に担いだバッグから右手を引きぬいた。スマートフォンが握られていた。あれが無線スイッチなのだ。

「ナンシーとそいつの父親は、おれを罠にかけて罪をなすりつけたんだぞ。前科者に娘との面会権などないと言って、おれの親権に制限を加えやがった。あんな卑劣な親子に育てられたら、キャサリンに未来は、ない！」

詳しい経緯はわからなかった。娘への切なる思いは伝わってきたが、どこまで彼の話を信じていいのか……。

魔女がまた一歩、ウエヒラへ歩み寄った。

「気持ちはわかる。でも、権利を取り戻すには裁判で訴えるしかないの。新たな罪を犯したのでは、ますます自分を不利にするだけよ」

「黙れ。おまえらに何がわかる。あの女は、世界で何より大切な娘をおれから奪っていったんだ」

ウエヒラが絞り上げるようにして叫んだ時、北浦の携帯電話が着信音を発した。一同が動きを止めて目を向ける。

「はい、北浦です。今、彼を見つけたところです」

前沢からの電話だ。ウエヒラも予想はついたようで、目つきに鋭さが増し、無線スイッチを持つ腕が震えだしていた。北浦が魔女を見て言った。

「発火装置を見つけたそうです」

「手を出すなと言え！」

ウエヒラがスマートフォンを天に向かって突き上げた。

絶対にだめだ。今スイッチを押したら、撤去作業を始めた前沢たちが巻きこまれる。これ以上、罪を重ねて何になる。遥奈は叫んだ。

「あんた、ばかだよ！」

ウエヒラがびくりと身を揺らした。言わずにはいられなかった。

「よく考えなさいよ。あんたがそのスイッチ押したら、そこにいる女が喜ぶだけでしょ。これでますます娘を独り占めにできる。あんたが日本の刑務所で罪を償ってる間、娘さんは父親を知らずに育つのよ。親子で遊園地を楽しむこともできなくなるのよ！」

分からず屋の男に向かって、力の限りに言った。あんたの娘を思う気持ちは、ここにいるみんなが理解している。でも、解決策には到底ならない。

「わたしもずっと父親と別れて暮らしてきた。女癖が悪くて、いつも約束やぶってばかりの人だったけど、父はわたしのことを守ろうとしてくれた。その思いに疑問を持ったことはない。でも、あんたがやろうとしてるのは、正反対のことよ。今ここで罪を犯せば、娘さんまで騒動に巻きこまれる。しかも、喜ぶのはあの女。頭を冷やして考えなさい！」

言いながら、遥奈はズンズンとウエヒラの前へ進み出た。

「ほら、それを渡して。今なら間に合うのよ。娘さんともう会いたくないわけ？」

戸惑うウエヒラに向けて、遥奈は手を差し出した。

魔女が後ろから落ち着いた声で言う。

「ウエヒラさん、わたしたちを信じて。あなたもこのパークに勤めて、少しはわかったはずよ。ここは夢の世界なの。どうか夢をけがすようなことはしないで。あなたの娘さんのためにも」

北浦亮輔も歩み寄ってきた。人がよすぎるのか純粋だからか、今にも泣き出しそうな顔になっていた。

「父親が自分のために罪を犯した、そうあとで知ったら、娘さんはどう思いますかね。お願いです、娘さんの心に傷をつけないでください」

「勝手なこと、言うなよ……」

スマートフォンを握るウエヒラの右手が、ゆっくりと下がっていった。涙の浮かんだ目で、彼は娘を見ていた。

石原が後ろのナンシーに何か伝えた。英語を話せるとは知らなかった。

彼女は迷うような目でウエヒラを見たあと、目を背《そむ》けながらもうなずいた。石原が彼女の手から幼子を預かった。厳つい顔の男に抱かれて大きく嫌々をしはじめる。そこに魔女が走り寄った。

「大丈夫よ。ほら、パパが久しぶりに、会いに来てくれたのよ」

日本語で呼びかけてから、すぐに気づいて英語で伝え直した。石原の手から女の子を引き取り、そのままウエヒラのほうへ歩いていく。

「ユア・ダディ・ケイム・トゥ・ミーチュー」

魔女が微笑みながら呼びかける。

「ダディ？」

女の子が小さく声を上げた。

ウエヒラが両手を広げ、娘へ近づいていく。

そこに、場内スピーカーが鐘の音を放ち、軽快な音楽が流れ出した。

「――みんな、ぼくの誕生日に集まってくれてありがとう。もうすぐパレードが始まるよ」

生誕祭のために、いつもよりひと足早い花火が、まだ暮れ残る空へ打ち上げられた。赤や青や白の大きな花が次々と大空のキャンバスで満開になる。

ウエヒラの手からスマートフォンがすべり落ちた。石原が駆けだそうとしたが、魔女が手で制した。そっと二人で歩み寄っていく。

華やかに打ち上がる花火の下、父と娘が静かに――でも力強く抱き合い――ひとつのシルエットになって浮かび上がった。

「ようこそ、ファンタシア・パークへ。さあ、今日はぼくと一緒に、素敵な夢の世界を思う存分、楽しもうよ！」

エピローグ

ゲートの前には、今日も長い列ができていた。その一人一人に微笑みかけて、ファンタシアに来てくれてありがとう、どうか楽しんでいってね、と伝えたい。

今日も入場者は二万人をクリアできそうだった。でも、慢心はできない。前進あるのみ。パッセンジャーのニーズをつかみ、魅力的なアトラクションや新商品を次々と開発していかないと、移り気なファンの心をつなぎ止めておくことはできない。

一月のニューイヤー・フェスティバルから、十二月のクリスマス・ドリーミーまで、間を置かずにイベントをくり出し、パッセンジャーの目を引きつける。戦略にぬかりはない。けれど、毎日の持てなしの積み重ねこそが肝心だった。いつ来ても、夢の一日を楽しめる。その保証があってこそ、季節ごとのイベントも輝きを放つ。

「及川《おいかわ》さん、何してるんですか。今日も新人が待ってるんですからね」

名前を呼ばれて、さやかは我に返った。

振り返ると、インフォメのエリア・マネージャーが手招きしていた。

研修を終えた新人アルバイトが、今日もパークに配属されてくる。調査表を見たところ、そこそこ優秀なので、さやかが目を光らせるまでのことはなさそうだった。それでも、インフォメはパーク本部の直轄なので、挨拶してくれと言われていた。伝説のパルとして、ファンタシアへの愛を熱く語ってくれ、と。

新人たちが待つ地下通路へ下りると、エレベーターの前で小野寺元樹《おのでらもとき》が待っていた。

CEOといえども、重役出勤などもってのほか。早朝からパッセンジャーをパルと一緒に出迎える。二十五年も前から、パークの心構えは変わっていない。

「話し合いがどうにかスタートしたそうだ。今朝、ウエヒラ君からメールが来た」

ブライアン・ウエヒラは、娘との再会を果たした翌日、再び偽造パスポートを使ってアメリカへ帰国した。

罪を犯してでも娘を取り戻したい。そう思いつめた元夫の心情を知り、ナンシー・ホワイアラは約束してくれた。必ず父親を説得し、話し合う場を設ける、と。きっと解決の糸口は見つかる。そうさやかは信じている。子を思う二人の気持ちに嘘はないのだから。

もう一件、小野寺は別の話し合いを石原《いしはら》顧問とともに進めていた。

あの日、森昇太《もりしようた》は、さやかとファンタシアの過去をばらすと息巻いた。が、彼が送りつけた脅迫状より、もっと急を要する事態が発生したため、さやかたちは森をそっちのけでウエヒラの捜索に走り回った。

森は執拗につきまとおうとしてきた。が、小野寺と石原は彼に迫った。君を威力業務妨害と脅迫の容疑で告発もできるのだぞ、と。

加瀬耕史郎《かせこうしろう》が、文字どおりに命を懸けてファンタシア・パークをリニューアルさせた事実は動かなかった。それに引き替え、森は脅迫状を送りつけるという明確な罪を犯していた。

脅迫状が届いた件は警察に通報したが、正式な被害届を出してはいない。記者として取材を続けたいと言うのであれば、今後も協力はさせてもらう。夢に泥を塗る行為を、少しでも恥に思う気持ちがあるなら、力を貸してもらえないか。小野寺はあらためて森と会い、そう伝えたのだった。

森はまだ「記事にしない」と明言してはいなかった。だが、すべてを暴露する、とも言ってはいない。彼の良心を信じたい、と思った。森にも七歳と五歳の子がいると聞いた。自分の逆恨みから、子どもたちの夢を壊して胸が痛まないはずはないのだった。

「今日は午後から、新アトラクションの選定会議がある。前沢《まえざわ》君が山ほど資料をそろえてくれたよ。君も出席するんだぞ」

「でも……」

「君ほどパークを愛する者はいない。愛ゆえの意見をぜひとも聞かせてほしい」

もし素性が暴かれれば、パークに多大な迷惑をかける。辞表を書こうとしたが、小野寺は先手を打つように言ってきた。君からパークを取ったら何も残らないよ、と。

「クリスマスに向けて、とびきりのイベントを仕掛けていこうじゃないか。それぞれ来週までにアイディアをまとめておくこと。いいね」

軽やかにさやかの肩をたたくと、小野寺はエレベーターの中へ消えていった。

こんな自分にも、命を懸けて取り組める仕事がある。

パル仲間が早朝の掃除を始めた地下通路を歩いていくと、北浦亮輔《きたうらりようすけ》が待っていた。

「お早うございます」

「あら、あなたが研修の担当なの。だったら、わたしの出番はなさそうね」

傷のある頰をなごませ、北浦が板についたマシュマロ・スマイルを向けてくる。

「本当は、安井《やすい》さんに無理言って、代わってもらったんです」

安井加奈子《かなこ》は、インフォメ部門で最も頼りになるゴールド・パルだった。彼女の北浦を見る目には、ある種の想いが感じられた。けれど、彼女であれば、公私の別はつけてくれる、と安心もしていた。

北浦亮輔のほうは、まだ何も気づいてはいない。この子は今、ファンタシアで働くことが楽しくてならないのだ。

「最初にここで聞かされた及川さんの言葉を思い出して、新人研修を買って出たんです」

「わたしの言葉……？」

「はい。――人を育てることで、夢を支えていく。ファンタシアで一番大切な仕事ですからね」

加瀬の受け売りにすぎなかった。彼は編集者時代、お酒を口にすると、よく言っていた。

――おれは商売になりそうなマンガ家を鍛えようとしてるんじゃない。夢のあるマンガを描ける若者を育てたいんだ。人が育たなきゃ、夢は生まれないからな。

多くのマンガ家と衝突もしたが、加瀬は夢を育てることに懸命だった。そして――命を懸けてこのファンタシア・パークを生み落とした。あとは残された者が、夢を生む若者を育てていく。

「知ってましたか？」

いたずらっぽい笑顔に変わり、北浦が小声で言った。

「新田《にった》さん、あるオーディションに合格したそうなんです。でも、端役なんで、今のエルシーのほうがいいって言ってるらしくて……。だから、前沢さんたちと彼女の尻をたたきに行くつもりなんです」

さやかは微笑み返した。たとえ端役であろうと、若者は絶えず新たな挑戦をしていくべきだった。

新人たちの前に歩みかけた北浦たちが思っているように、彼女ならきっとやっていける。

「君も卒業は近いようね」北浦を呼び止めて、さやかは言った。

「よしてください。まだファンタシアで働くつもりです」

「必ずここを卒業しなきゃダメ。君なら、どこでもやっていける。わたしが保証する」

北浦は、整列する新人たちのほうを見ながら少し考えていた。

まだ彼がここへ来て半年ほどしか経っていない。それでも彼は多くの経験を得た。

誰の前であろうと、もう偽りない笑顔を見せられる。

柔らかな視線がさやかに戻された。

「彼らを一人前にするのが先ですよ」

そう言って笑うと、北浦は新人アルバイトたちの前に歩いていった。

手を上げて注目を集め、一人一人に微笑みかけた。

「ようこそ、ファンタシア・パークへ。みなさん、もうご存じのように、このパークには物語がたくさんつまっています。それぞれのキャラクターはもちろん、広場にあるゴミ箱のひとつにも、そこに置かれることになった独自の物語が存在するんです。そして、パッセンジャーに夢と笑顔を与える我々パル一人一人にも、それぞれの秘めた物語があるはずです。今日から精一杯力をつくして、あなた自身が誰よりもキラキラと輝ける素敵な物語をこのファンタシア・パークで描いていってください」

先輩パルのアドバイスを聞き、新人たちの目が輝きを放つ。その様子を見て、北浦亮輔が満面の笑みを浮かべた。

どこに出しても恥ずかしくない、最高に素敵な笑顔だった。

解説

青木千恵

本書は、「行こう!」シリーズの三作目となる長編小説だ。真保裕一さんの「行こう!」シリーズは、『デパートへ行こう!』、『ローカル線で行こう!』、本書、そして『オリンピックへ行こう!』の四作がこれまで刊行されている。第一弾の『デパートへ行こう!』は、閉店後のデパートを舞台にした群像劇にして、家族の再生物語だ。第二弾『ローカル線で行こう!』は、赤字ローカル線と地域の再生物語。続く本書『遊園地に行こう!』までが、「再生」を描いた「行こう!」シリーズの長編三作である。『オリンピックへ行こう!』は、読後にスカッとする爽快感は同じでも、三つの競技に焦点を当て、それぞれに関わる主人公たちを描いたスポーツ小説に趣向を変えて発表された。ただし、夢を実現しようと情熱を傾ける人たちが登場するのは、第三弾の本書から引き続く。

本書の舞台である「ファンタシア・パーク」は、私鉄沿線にある日本生まれのアミユーズメント・パークだ。
ファンタシアとは、〝印象〟や〝想念〟を意味するギリシャ語である。かつては低い観覧車やジェットコースター、小さな動物園を併設する素朴な遊園地だったが、海外から上陸したディズニーランドの開業で状況は一変、来場者が減って赤字に転落した。もはや閉園は決定的となっていたところに、一人の男がリニューアル計画を提案し、息を吹き返した。リニューアルから二十五年。奇跡の復活を遂《と》げたファンタシア・パークは今、多くのファンに愛されている。パークではお客様を「パッセンジャー」、従業員を「パル」と呼ぶ。彼ら「パル」、「夢の国」を支える人々の姿を通して、本書の物語は描かれる。

第一章は、就活でことごとく断られ、ようやくファンタシア・パークにアルバイト採用された北浦亮輔の物語だ。インフォメーション・センターに配属された彼は、意外な適性を発揮していく。第二章は、契約ダンサーとして働く新田遥奈の物語。怪我人の代役としてトップ・キャラクターのエルシー役に指名されるが、抜擢には〝裏〟があった。第三章は、閉園後のパークで保守点検をする前沢篤史の物語だ。おなじく深夜に働く清掃スタッフで、ミス・ナイトエルフと呼ばれる女性が気になるのだが、仕事でも結婚でも挫折を経験した篤史は、何事にも臆病になっている。前半は亮輔、遥奈、篤史それぞれの物語で、悩める彼らの前に〝ファンタシアの魔女〟と呼ばれる女傑、及川真千子が出没する。後半になると、パークの内情を嗅《か》ぎ回る者が現れ、パークに不穏な影が迫る――。

本書の読みどころはいくつもあり、まずは、「仕事小説」としての面白さだ。特に、それぞれの部署で働く三人を主人公にした前半は、お仕事小説の趣きが強い。彼らにとって、遊園地は仕事の場だ。また「夢の国」といえども商業施設なのだから、企業として成長しなければ淘汰《とうた》されてしまう。

ファンタシア・パークのスタッフは大半が非正規雇用で、亮輔はアルバイト、遥奈は契約ダンサー。篤史は正社員だが、新卒で入った工作機械メーカーの職を失い、パークを運営する電鉄会社の系列企業に再就職した身だ。深夜に、切れた電球を付け替える日々。〈篤史は大学でロボット工学を専攻した。アトムやガンダムのようなロボットを作り上げたい。研究室に残る手もあったが、夢の近道と考えて、ロボット技術で定評のある工作機械メーカーに就職した〉。それなのに……。

第二章の遥奈の「夢」は、プロのダンサーになること。仲間と誘いあってはオーディションを受けまくっているが、現状は〝少し踊れる〟ダンサーでしかない。〈もう二十五歳。まだ二十五歳〉――。

夢を抱いても、現実は厳しい。そんな彼らが働くパークで、アルバイト・スタッフは四つのランクに分けられている。新人は三ヵ月後の研修でブロンズ・バッジを支給され、あとは実績に応じてシルバー、ゴールドと昇格していく。さらに内部試験に通ればシニア・パルと呼ばれ、各エリアのリーダーになる。五十歳を過ぎてからアルバイトを始め、二年足らずでシニア・パルに駆け上がった〝レジェンド〟が、〝魔女〟こと及川真千子だ。

「でも、仕事に就くからには、企業が担う使命と責任を自覚しておかないとね。たとえ夢の世界であっても、うちのパークはまぎれもないひとつの企業だものね」

出没しては、アメとムチで導く〝魔女〟と若者たちのやり取りを通して、職場のリアルが浮き彫りになる。真保さんは、緻密な取材に基づいた小説作りで定評があり、パークの内部や仕事のリアリティは抜群だ。

次に、シリーズ前二作に比べて、「ミステリー要素」が多く加えられているのも読みどころだ。「行こう！」シリーズの初期三作は、「再生物語」である以外は縛《しば》りを設けずに作られているが、ミステリー界の第一線で活躍してきた真保さんならではのミステリー要素が加えられている。赤字ローカル線を立て直す過程で数々の事件が起き、真相が知りたくて引き込まれる二作目でその要素は強まり、さらに三作目の本書は、ミステリーの手法が前作よりも際立《きわだ》っている。まるで遊園地のアトラクションが、よりスリリングに、ハラハラドキドキするものへとグレードアップしていくように。

お仕事小説の趣きだった物語は、後半に入ると、「夢の国」の危機と対決するサスペンスへと様相を変える。パークで発火事故が起き、漏電や設備不良による発火ではなく、「時限発火装置」をもちいた何者かによる放火の疑いが強まる。同じ頃、パークの内情や〝魔女〟及川真千子のことを嗅ぎ回る者が現れる。「夢の国」を守るために、亮輔らパルたちが立ち上がる。本書は、発火事故や不審人物の「謎」が解かれていくミステリーであり、スリリングな展開が待ち受けるサスペンスだ。そして読了後、真千子がなぜ〝ファンタシアの魔女〟と呼ばれたのか、すべての「謎」とテーマが実像を結ぶのである。

そしてもう一つ、読みどころとして挙げたいのは、「遊園地」というテーマである。アメリカ発祥のディズニーランドが日本に上陸したのは、一九八三年のこと。以降、日本のアミューズメント施設の中で圧倒的な人気を誇るが、ディズニーランドが上陸する前から、日本にはいろんな遊園地があった。私も親に連れられて遊園地に行き、大人になると、子どもを連れていった。その時の子どもの反応を思い出すと、子どもは、そこがディズニーランドであろうと、申し訳程度の遊具しかない公園であろうと、どこでも遊ぶのである。コインを投入すると少しだけ動くクマの乗り物に乗っても、デパートの屋上に設けられた簡素な電車に乗っても、心ときめくらしい。子どもにとっては、目にする新しいものはみんな非日常の「夢」なのだと思う。

それがいつしか、夢を抱きにくくなっていく。子どもが大人になり、世の中が移り変わるなら、新たな夢をどう見せるのか。ある男が企画を持ち込み、復活したファンタシア・パークがどのような遊園地かを、本書ではありありと目にすることができる。


顔にも心にも傷を負い、やる気の欠片《かけら》もなく亮輔が新人として来た時、ファンタシア・パークはリニューアル二十五周年を迎えようとしていた。単行本が二〇一六年に刊行された本書は、「真保裕一・作家生活二十五周年記念作品」でもある。「IN★POCKET」二〇一六年五月号の真保裕一インタビューによると、この物語は、個人的な思い出から生まれたという。真保さんが子どもの頃、隣町に遊園地があり、夜に忍び込んだこともあったそうだ。『発火点』（二〇〇二年）の主人公のバイト先を遊園地にし、思い出をちりばめて書いた時、「遊園地そのもの」を舞台にした小説をいつか書きたい、と考えた。その「夢」を実現させたのが本書なのである。

一九九一年のデビュー以来、真保さんは多彩な物語を書き続けてきた。まさに「エンターテインメント」の王道を行く。勝手な憶測だが、真保さんにとり小説を書くことは、深夜の遊園地に忍び込むのと似た作業かもしれない。真っ暗なパークに目を凝《こ》らし、少しずつ明かりをつけていくと、全体像が現れる。そこは「小説」＝「夢」の世界だ。本書の亮輔はパッセンジャーと向き合い、遥奈は踊り、篤史は電球を付け替え、夢の国をいつも楽しめるようにしている。構想を土台に、取材して、読者が楽しめるように作り続ける真保さんの小説は、言葉のアミューズメント・パークだと思う。

〈現実は甘くないとわかっていた。でも、夢へつながる道がある。勇気を持って踏み出し、チャレンジを続けていかねば、たぶん夢には近づけない〉──。

本書には、さまざまな人の思いと、そこから生まれる言葉がたくさんある。

あなたの夢はなんですか？

スポーツ選手？　エンジニア？　芸能人？　私のなりたかった職業は「漫画家」だった。漫画の神様、手塚治虫先生のように、すごいストーリー漫画を描きたかった。とはいえ、今、漫画家になれなくて悔やんでいるかというと、そうでもない。夢は夢。じゃあ、どうしようか、まあ、よーし、行こう！　と思っている。明日が待っている。

そして私には、今、叶わない夢が一つある。それは、この物語のファンタシア・パークに一度行ってみたいなという……。

妖精エルシーと会いたい、着ぐるみをもふもふしたい。
あー、ファンタシア・パークに行ってみたい！
とにもかくにも、真保裕一さんの描く世界に行ってみよう！

この作品は、二〇一六年六月に小社より刊行されたものです。

|著者|真保裕一　1961年東京都生まれ。'91年に『連鎖』で江戸川乱歩賞を受賞。'96年に『ホワイトアウト』で吉川英治文学新人賞、'97年に『奪取』で山本周五郎賞と日本推理作家協会賞長編部門をダブル受賞し、2006年には『灰色の北壁』で新田次郎文学賞を受賞。「行こう！」シリーズは『デパートへ行こう！』『ローカル線で行こう！』『遊園地に行こう！』（本書）『オリンピックへ行こう！』がある。他の著書に『暗闇のアリア』『こちら横浜市港湾局みなと振興課です』『おまえの罪を自白しろ』など。

遊園地《ゆうえんち》に行《い》こう！

真保裕一《しんぽゆういち》

講談社文庫

定価はカバーに
表示してあります

2019年6月13日第1刷発行

発行者——渡瀬昌彦
発行所——株式会社　講談社
東京都文京区音羽2-12-21　〒112-8001
電話　出版（03）5395-3510
　　　販売（03）5395-5817
　　　業務（03）5395-3615

デザイン—菊地信義
本文データ制作—講談社デジタル製作
印刷———大日本印刷株式会社
製本———大日本印刷株式会社

Printed in Japan

ISBN978-4-06-516159-3

講談社文庫刊行の辞

二十一世紀の到来を目睫に望みながら、われわれはいま、人類史上かつて例を見ない巨大な転換期をむかえようとしている。

世界も、日本も、激動の予兆に対する期待とおののきを内に蔵して、未知の時代に歩み入ろうとしている。このときにあたり、創業の人野間清治の「ナショナル・エデュケイター」への志を現代に甦らせようと意図して、われわれはここに古今の文芸作品はいうまでもなく、ひろく人文・社会・自然の諸科学から東西の名著を網羅する、新しい綜合文庫の発刊を決意した。

激動の転換期はまた断絶の時代である。われわれは戦後二十五年間の出版文化のありかたへの深い反省をこめて、この断絶の時代にあえて人間的な持続を求めようとする。いたずらに浮薄な商業主義のあだ花を追い求めることなく、長期にわたって良書に生命をあたえようとつとめるところにしか、今後の出版文化の真の繁栄はあり得ないと信じるからである。

同時にわれわれはこの綜合文庫の刊行を通じて、人文・社会・自然の諸科学が、結局人間の学にほかならないことを立証しようと願っている。かつて知識とは、「汝自身を知る」ことにつきていた。現代社会の瑣末な情報の氾濫のなかから、力強い知識の源泉を掘り起し、技術文明のただなかに、生きた人間の姿を復活させること。それこそわれわれの切なる希求である。

われわれは権威に盲従せず、俗流に媚びることなく、渾然一体となって日本の「草の根」をかたちづくる若く新しい世代の人々に、心をこめてこの新しい綜合文庫をおくり届けたい。それは知識の泉であるとともに感受性のふるさとであり、もっとも有機的に組織され、社会に開かれた万人のための大学をめざしている。大方の支援と協力を衷心より切望してやまない。

一九七一年七月

野間省一

講談社文芸文庫

オルダス・ハクスレー　行方昭夫　訳

モナリザの微笑　ハクスレー傑作選

解説＝行方昭夫　年譜＝行方昭夫

ディストピア小説『すばらしい新世界』他、博覧強記と審美眼で二十世紀文学に異彩を放つハクスレー。本邦初訳の「チョードロン」他、小説の醍醐味溢れる全五篇。

ハB1

978-4-06-516280-4

ヘンリー・ジェイムズ　行方昭夫　訳

ヘンリー・ジェイムズ傑作選

解説＝行方昭夫　年譜＝行方昭夫

現代文学の礎を築きながら、難解なイメージがつきまとうジェイムズ。その百を超える作品から、リーダブルで多彩な魅力を持ち、芸術的完成度の高い五篇を精選。

シA5

978-4-06-290357-8

講談社文庫　目録

柴村　仁　プシュケの涙
柴村　仁　ノクチルカ笑う
柴田哲孝　チャイナ インベイジョン〈中国日本侵蝕〉
柴田哲孝　ク　ズ　リ〈ある殺し屋の伝説〉
塩田武士　盤上のアルファ
塩田武士　盤　上　に　散　る
塩田武士　女神のタクト
塩田武士　ともにがんばりましょう
芝村涼也　鬼《き》溜《だ》まりの闇〈素浪人半四郎百鬼夜行(一)〉
芝村涼也　鬼　心　の　刺　客〈素浪人半四郎百鬼夜行(二)〉
芝村涼也　蛇　変　化　の　淫〈素浪人半四郎百鬼夜行(零)〉
芝村涼也　狐　嫁　の　列〈素浪人半四郎百鬼夜行(四)〉
芝村涼也　怨《おん》鬼《き》の執《しゅう》〈素浪人半四郎百鬼夜行(五)〉
芝村涼也　夢　告　の　訣　れ〈素浪人半四郎百鬼夜行(六)〉
芝村涼也　孤《こ》闘《とう》の寂《せき》〈素浪人半四郎百鬼夜行(七)〉
芝村涼也　邂　逅　の　紅　蓮〈素浪人半四郎百鬼夜行(八)〉
芝村涼也　終　焉　の　百　鬼　行〈素浪人半四郎百鬼夜行(拾遺)〉
芝村涼也　追　憶　の　翰《かん》
真藤順丈　畦　と　銃

芝　豪　朝　鮮　戦　争　(上)(下)
信濃毎日新聞取材班　不妊治療と出生前診断〈温かな手で〉
柴崎竜人　三軒茶屋星座館1〈冬のオリオン〉
柴崎竜人　三軒茶屋星座館2〈夏のキグナス〉
城平　京　虚　構　推　理
周木　律　眼　球　堂　の　殺　人〈～The Book～〉
周木　律　双　孔　堂　の　殺　人〈～Double Torus～〉
周木　律　五　覚　堂　の　殺　人〈～Burning Ship～〉
周木　律　伽　藍　堂　の　殺　人〈～Banach-Tarski Paradox～〉
周木　律　教　会　堂　の　殺　人〈～Game Theory～〉
周木　律　鏡　面　堂　の　殺　人〈～Theory of Relativity～〉
周木　律　大　聖　堂　の　殺　人〈～The Books～〉
下村敦史　闇　に　香　る　嘘
下村敦史　生　還　者
下村敦史　叛《はん》　徒《と》
下村敦史　失　踪　者
九　把　刀　阿井幸作／泉　京鹿　訳　あの頃、君を追いかけた
杉本苑子　孤　愁　の　岸　(上)(下)
鈴木光司　神々のプロムナード

鈴木英治　大江戸監察医
杉本章子　お狂言師歌吉うきよ暦
杉本章子　大奥二人道成寺〈お狂言師歌吉うきよ暦〉
杉本章子　精《あき》姫《ひめ》様　一　条〈お狂言師歌吉うきよ暦〉
杉山文野　ダブルハッピネス
諏訪哲史　アサッテの人
諏訪哲史　ロンバルディア遠景
末浦広海　捜　査　官
須藤靖貴　抱きしめたい
須藤靖貴　池波正太郎を歩く
須藤靖貴　どまんなか(1)
須藤靖貴　どまんなか(2)
須藤靖貴　どまんなか(3)
須藤靖貴　おれ、力士になる
鈴木仁志　司　法　占　領
菅野雪虫　天山の巫女《みこ》ソニン(1)　黄金の燕
菅野雪虫　天山の巫女《みこ》ソニン(2)　海の孔雀
菅野雪虫　天山の巫女《みこ》ソニン(3)　朱鳥《あけがらす》の星
菅野雪虫　天山の巫女《みこ》ソニン(4)　夢の白鷺

講談社文庫　目録

田中芳樹　土屋守　「イギリス病」のすすめ
田中芳樹ほか文　皇名月画・文　中国帝王図
田中芳樹　赤城毅　中欧怪奇紀行
田中芳樹 編訳　岳飛伝〈青雲篇〉(一)
田中芳樹 編訳　岳飛伝〈烽火篇〉(二)
田中芳樹 編訳　岳飛伝〈風塵篇〉(三)
田中芳樹 編訳　岳飛伝〈悲曲篇〉(四)
田中芳樹 編訳　岳飛伝〈凱歌篇〉(五)
高田文夫　誰も書けなかった「笑芸論」〈森繁久彌からビートたけしまで〉
高田文夫　TOKYO芸能帖〈1981年のビートたけし〉
谷村志穂　黒髪
高村薫　李歐《りおう》
高村薫　マークスの山(上)(下)
高村薫　照柿(上)(下)
多和田葉子　犬婿入り
多和田葉子　尼僧とキューピッドの弓
多和田葉子　献灯使
高田崇史　QED〈百人一首の呪《しゅ》〉
高田崇史　QED〈六歌仙の暗号〉

高田崇史　QED〈ベイカー街の問題〉
高田崇史　QED〈東照宮の怨〉
高田崇史　QED〈式の密室〉
高田崇史　QED〈竹取伝説〉
高田崇史　QED〈龍馬暗殺〉
高田崇史　QED～ventus～〈鎌倉の闇〉
高田崇史　QED〈鬼の城伝説〉
高田崇史　QED～ventus～〈熊野の残照〉
高田崇史　QED〈神器封殺〉
高田崇史　QED～ventus～〈御霊将門〉
高田崇史　QED～flumen～〈九段坂の春〉
高田崇史　QED〈諏訪の神霊〉
高田崇史　QED〈出雲神伝説〉
高田崇史　QED〈伊勢の曙光《あけぼの》〉
高田崇史　QED～flumen～〈ホームズの真実〉
高田崇史　毒草師〈QED Another Story〉
高田崇史　試験に出るパズル〈千葉千波の事件日記〉
高田崇史　試験に敗けない密室〈千葉千波の事件日記〉
高田崇史　試験に出ないパズル〈千葉千波の事件日記〉

高田崇史　パズル自由自在〈千葉千波の事件日記〉
高田崇史　化けて出る〈千葉千波の怪奇日記〉
高田崇史　麿の酩酊事件簿〈花に舞〉
高田崇史　麿の酩酊事件簿〈月に酔〉
高田崇史　クリスマス緊急指令〈～きよしこの夜、事件は起こる！～〉
高田崇史　カンナ　飛鳥の光臨
高田崇史　カンナ　天草の神兵
高田崇史　カンナ　吉野の暗闘
高田崇史　カンナ　奥州の覇者
高田崇史　カンナ　戸隠の殺皆
高田崇史　カンナ　鎌倉の血陣
高田崇史　カンナ　天満の葬列
高田崇史　カンナ　出雲の顕在
高田崇史　カンナ　京都の霊前
高田崇史　鬼神伝　鬼の巻
高田崇史　鬼神伝　神の巻
高田崇史　鬼神伝　龍の巻
高田崇史　軍神の血脈〈楠木正成秘伝〉
高田崇史　神の時空《とき》　鎌倉の地龍

講談社文庫　目録

土居良一　海翁伝
土居良一　修徳記〈直参松前八兵衛〉
土居良一　京都花暦〈直参松前八兵衛〉
ドウス昌代　イサム・ノグチ(上)(下)〈宿命の越境者〉
鳥羽　亮　狼《ろう》虎《こ》血《けっ》闘《とう》〈深川狼虎伝〉
鳥羽　亮　御隠居剣法〈駆込み宿　影始末(一)〉
鳥羽　亮　ねむり鬼《き》剣《けん》〈駆込み宿　影始末〉
鳥羽　亮　霞隠れの女〈駆込み宿　影始末〉
鳥羽　亮　のっとり奥坊主〈駆込み宿　影始末〉
鳥羽　亮　かげろう妖剣〈駆込み宿　影始末〉
鳥羽　亮　霞《かすみ》と飛《ひ》燕《えん》〈駆込み宿　影始末〉
鳥羽　亮　闇姫変化〈駆込み宿　影始末〉
鳥羽　亮　鶴亀横丁の風来坊
鳥羽　亮　金貸し権兵衛〈鶴亀横丁の風来坊〉
鳥越　碧　漱石の妻
鳥越　碧　兄いもうと〈子規庵日記〉
鳥越　碧　花筏　谷崎潤一郎・松子　たゆたう記
東郷　隆　銃士伝
東郷　隆　定吉七《セブン》番の復活
東郷　隆／上田信　絵　【絵解き】雑兵足軽たちの戦い〈歴史・時代小説ファン必携〉
東嶋和子　メロンパンの真実
戸梶圭太　アウトオブチャンバラ
堂場瞬一　八月からの手紙
堂場瞬一　壊れる心〈警視庁犯罪被害者支援課〉
堂場瞬一　邪心〈警視庁犯罪被害者支援課2〉
堂場瞬一　二度泣いた少女〈警視庁犯罪被害者支援課3〉
堂場瞬一　身代わりの空(上)(下)〈警視庁犯罪被害者支援課4〉
堂場瞬一　影の守護者〈警視庁犯罪被害者支援課5〉
堂場瞬一　傷
堂場瞬一　埋れた牙
堂場瞬一　Killers(上)(下)
土橋章宏　超高速！参勤交代
土橋章宏　超高速！参勤交代　リターンズ
戸谷洋志　Jポップで考える哲学〈自分を問い直すための15曲〉
富樫倫太郎　信長の二十四時間
富樫倫太郎　風の如く　吉田松陰篇
富樫倫太郎　風の如く　久坂玄瑞《くさかげんずい》篇
富樫倫太郎　風の如く　高杉晋作篇
富樫倫太郎　スカーフェイス〈警視庁特別捜査第三係・淵神律子〉
富樫倫太郎　スカーフェイスII　デッドリミット〈警視庁特別捜査第三係・淵神律子〉
夏樹静子　新装版　二人の夫をもつ女
中井英夫　新装版　虚無への供物(上)(下)
中島らも　しりとりえっせい
中島らも　今夜、すべてのバーで
中島らも　白いメリーさん
中島らも　寝ずの番
中島らも　さかだち日記
中島らも　バンド・オブ・ザ・ナイト
中島らも　休みの国
中島らも　異人伝　中島らものやり口
中島らも　空からぎろちん
中島らも　僕にはわからない
中島らも　中島らものたまらん人々
中島らも　エキゾティカ
中島らも　あの娘《こ》は石ころ
中島らも　ロカ
中島らも　編著　なにわのアホぢから

講談社文庫　目録

中島らもほか　輝きの一瞬〈短くて心に残る30編〉
中島らも チチ松村　らもチチ わたしの半生〈青春篇〉〈中年篇〉
鳴海 章　フェイスブレイカー
鳴海 章　謀略航路
中嶋博行　違法弁護
中嶋博行　司法戦争
中嶋博行　第一級殺人弁護
中嶋博行　ホカベン ボクたちの正義
中嶋博行　新装版 検察捜査
中嶋博行　新検察捜査
中村天風　運命を拓く〈天風瞑想録〉
中山康樹　ジョン・レノンから始まるロック名盤
永井 隆　ドキュメント 敗れざるサラリーマンたち
中島誠之助　ニセモノ師たち
梨屋アリエ　でりばりぃAge
梨屋アリエ　ピアニッシシモ
中原まこと　笑うなら日曜の午後に
中島京子　FUTON
中島京子　イトウの恋

中島京子　均ちゃんの失踪
中島京子　エルニーニョ
中島京子　妻が椎茸だったころ
奈須きのこ　空の境界(上)(中)(下)
中村彰彦　幕末維新史の定説を斬る
中村彰彦　乱世の名将 治世の名臣
長野まゆみ　簞笥のなか
長野まゆみ　となりの姉妹
長野まゆみ　レモンタルト
長野まゆみ　チマチマ記
長野まゆみ　冥途あり
長嶋 有　夕子ちゃんの近道
長嶋 有　佐渡の三人
永嶋恵美　擬態
永井 均 内田かずひろ 絵　子どものための哲学対話
なかにし礼　戦場のニーナ
なかにし礼　生きる力〈心でがんに克《か》つ〉
中村文則　最後の命
中村文則　悪と仮面のルール

中田整一　トレイシー〈日本兵捕虜秘密尋問所〉
編/解説 中田整一　真珠湾攻撃総隊長の回想〈淵田美津雄自叙伝〉
中村江里子　女四世代、ひとつ屋根の下
中野美代子　カスティリオーネの庭
中野孝次　すらすら読める方丈記
中野孝次　すらすら読める徒然草
中山七里　贖罪の奏鳴曲《ソナタ》
中山七里　追憶の夜想曲《ノクターン》
中山七里　恩讐の鎮魂曲《レクイエム》
長島有里枝　背中の記憶
長浦 京　赤《セキ》刃《ジン》
長浦 京　リボルバー・リリー
中澤日菜子　お父さんと伊藤さん
中澤日菜子　おまめごとの島
長辻象平　半百《はんびゃく》の白刃 虎徹と鬼姫(上)(下)
中脇初枝　世界の果てのこどもたち
西村京太郎　四つの終止符
西村京太郎　七人の証人
西村京太郎　華麗なる誘拐

2019年3月15日現在